中国现代文学大师精品集

鲁彦精品集

本书编写组◎编

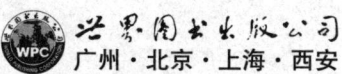

世界图书出版公司
广州·北京·上海·西安

图书在版编目（CIP）数据

鲁彦精品集／《中国现代文学大师精品集》编委会编著 . —广州：广东世界图书出版公司，2009.12（2024.2重印）

（中国现代文学大师精品集）

ISBN 978－7－5100－1461－1

Ⅰ．①鲁… Ⅱ．①中… Ⅲ．①文学－作品综合集－中国－现代 Ⅳ．①I216.2

中国版本图书馆 CIP 数据核字（2009）第 216955 号

书　　名	鲁彦精品集 LUYAN JINGPINJI
编　　者	《中国现代文学大师精品集》编委会
责任编辑	陶　莎　张梦婕
装帧设计	三棵树设计工作组
出版发行	世界图书出版有限公司　世界图书出版广东有限公司
地　　址	广州市海珠区新港西路大江冲 25 号
邮　　编	510300
电　　话	020-84452179
网　　址	http://www.gdst.com.cn
邮　　箱	wpc_gdst@163.com
经　　销	新华书店
印　　刷	唐山富达印务有限公司
开　　本	787mm×1092mm　1/16
印　　张	13
字　　数	120 千字
版　　次	2009 年 12 月第 1 版　2024 年 2 月第 11 次印刷
国际书号	ISBN 978-7-5100-1461-1
定　　价	59.80 元

版权所有　翻印必究

（如有印装错误，请与出版社联系）

作者小传

鲁彦（1901－1944），浙江镇海人，原名王燮臣，又名王衡、王鲁彦、返我。现代小说家、翻译家。

鲁彦1901年出生于农村商人家庭。1918年，18岁的鲁彦离家到上海洋行当学徒。受"五四"新思潮影响，1920年，参加由李大钊、蔡元培等创办的工读互助团，自上海到北京大学旁听。1923年夏，到湖南长沙平民大学、周南女学和第一师范任教。在同年11月号的《东方杂志》发表处女作《秋夜》。此后陆续有小说发表。早期代表作为《柚子》，之后又发表了《狗》、《许是不至于罢》、《菊英的出嫁》等作品。1926年出版第一部小说集《柚子》。1927年任湖北武汉《民国日报》副刊编辑。1928年春至南京国民政府国际宣传部任世界语翻译。1930年至福建厦门任《民钟日报》副刊编辑。此后辗转在福建、上海、陕西等地的中学任教。1927年7月号《小说月报》发表他的小说《黄金》。抗战前夕出版重要作品长篇小说《野火》。为重要的乡土写实派作家。

鲁彦的主要作品有短篇小说集《柚子》（1926）、《黄金》（1928）、《童年的悲哀》（1931）、《小小的心》（1933）、《屋顶下》（1934）、《雀鼠集》（1935）、《河边》（1937）、《伤兵旅馆》（1938）和《我们的喇叭》（1942）等九集，以及中篇小说《乡下》（1936）和长篇《野火》（1934，又名《愤怒的乡

村》),散文集有《驴子和骡子》(1934)、《婴儿日记》(1935)、《旅人的心》(1937)和《鲁彦散文集》(1947),译作主要有《显克微支小说集》(1928)、《世界短篇小说集》(1927)等。

鲁彦是以乡土文学代表作家的身份确立他在现代中国文学史上的地位的,他的创作以半殖民地化的中国江南小镇为背景,描摹了浙东农村的人情世态、民风习俗,显示了朴实细密的写实风尚。其中突出的是对乡村小资产阶级的刻画。代表作《黄金》标志着鲁彦乡土写实小说走向成熟。同时,鲁彦的小说也表达了对底层人民的关切。

对浙东滨海水乡间民众行事习惯和传袭信仰的描写,使鲁彦的作品具有浓郁的地方色彩。《菊英的出嫁》反映了浙东农村的"冥婚"风习,《岔路》讲述两个村庄抬关帝爷出巡驱除瘟神引起的械斗,《小小的心》记载拐卖儿童而世人却习以为常的野蛮村俗,《鼠牙》写用"老鼠嫁女儿"的方法将老鼠赶到邻家的邻里之争,这样的风俗画在他的作品中比比皆是。

细腻、朴素、自然的创作风格,是鲁彦作品艺术风格的主要表现。鲁彦总是用细腻的文笔描绘生活的场景和人物的心理活动,主旨在朴素的故事叙述中自然地流泻,语言清新质朴,娓娓道来,如话家常。

1937年全面抗战爆发后,鲁彦曾在武汉军委会的政治部任职,1938年任文协桂林分会主席,并主编大型刊物《文艺杂志》,有《炮火下的孩子》、《伤兵医院》等短篇小说结集出版,并在《广西日报》副刊上连载长篇小说《春草》。1941年参加中华全国文艺界抗敌协会的组织工作,主编大型文学刊物《文艺杂志》。由于他经济窘迫,多年来积劳成疾,于1944年8月20日去世,终年44岁。

中国现代文学大师精品集丛书

目 录

散 文

狗　3
风　筝　9
食味杂记　13
雪　16
父亲的玳瑁　19
听潮的故事　25
关中琐记　32
清　明　46
旅人的心　50
活在人类的心里　55
母亲的时钟　57

小 说

秋　夜　65
菊英的出嫁　73

中国现代文学大师精品集丛书

黄　金　81
毒　药　95
童年的悲哀　105
小小的心　124
他们恋爱了　137
岔　路　145
病　153
安　舍　166
桥　上　176
河　边　190

鲁彦精品集 2

散文

狗

"我们的学校明天放假,爱罗先珂君请你明晨八时到他那里,一同往西山去玩。"一位和爱罗先珂君同住的朋友来告诉我说。

"好极了,好极了!"我喜欢得跳了起来,两只手如鼓槌似的乱敲着桌子。

同房的两位朋友见我那种样子,哈哈的大笑了。

住在北京城里,只是整天的吃灰吃沙,纵使有鲜花一般的灵魂的人也得憔悴了。

到马路上去。不用说;大风起时。院子内一畚箕一畚箕扫不尽的黄沙也不算希奇;可是没有什么风时关着门,房内桌上的灰也会渐渐的厚起来,这又怎么说呢?

北京城里有几条河,都如沟一样的大,而且臭不堪闻。有几个池多关在皇宫里,我不知他们为什么叫那些池为"海",或许想聊以自慰罢。所谓后海,现在已种了东西。

北京城里也有几个小山,但是都被锁在皇宫里。

这样苦恼的地方,竟将漂流的我留了四五年,我若是不曾见过江南的风景倒也罢了,却偏偏又是生长在江南。

许多朋友都羡慕我,说我在北京读了这许久书,却不知道我肚里吃饱了灰。

西山离城三十余里,是一座有名的山,到过北京的人,大概都要去游几次。只有我这倒霉的人,一听人家谈起西山就红了脸。

来去的用费原化不了多少,然而"钱"大哥不听我的命令,实在也是无可奈何的事情。

扑满虽曾买过几次,但总不出半月就碎了。

从高柜子上换得的几千钱,也屡屡不能在衣袋中过夜。

不幸,住在北京四五年,竟不曾去过一次。这次爱罗先珂君邀我一道去游这里的名山。我还不喜欢吗?

和爱罗先珂君同住的朋友走后,我就急忙预备我的东西。从洗衣作里取回了一身衬衣,从抽斗角里找出了一本久已弃置的抄写簿,削尖了一支短短的铅笔,从朋友处借来了一只金黄色的热水瓶。

晚饭只吃了一碗,因为我希望黑夜早点上来。

约莫八点钟,我就不耐烦的躺在床上等候睡神了。

"时间"是我们少年人的仇敌。越望它慢一点来,好让我们少长一根胡髭,它却越来得迅速,比闪电还迅速;越希望它快一点来,好让我们早接一个甜蜜的吻,它却越来得迟缓,比骆驼还迟缓。

"天亮了吗?天亮了吗?"我时时睡眼矇眬的问,然而仔细一看,只是窗外的星和挂在墙上的热水瓶的光。

"亮了!亮了!……"窗外的雀儿叫了起来。我穿了衣,下了床,东方才发白,不敢惊动同房的朋友,只轻轻的开了门走到院中。

天空浅灰色,西北角上浮着几颗失光的星。隔墙的柳条儿静静的飘荡着,一切都还在甜睡中,只有三五只小雀儿唱着悦耳的晨歌,打破了沉寂。我静静的站着,吸着新鲜的空气,脑中充满了无限的希望,浑身沐在欢乐之中了。天空渐渐变成淡白的——白的——浅红的——红的——玫瑰色的颜色。雀儿的歌声渐渐高了起来,各处都和奏着。巷外的车声和脚步声渐渐繁杂起来。一忽儿,柳梢上首先吻到了一线金色的曙光,和奏中加入了鹊儿的清脆的歌声。巷内的人家都砰嘭的开了门,我的旅馆的茶房也咳嗽着开了大门。

我回到房中，那两位朋友还呼呼的酣睡着。开了窗子，在桌旁坐下，看着他们沉醉似的微笑的脸，我暗暗的想道：

"西山也有如梦一般的甜蜜吗？"

一会儿，茶房送了脸水来。我洗过脸，挂上热水瓶，带了簿子和铅笔要走了。回过头去一看，那两位朋友依然呼呼的酣睡着，看着他们沉醉似的微笑的脸，我对他们低低的吟道：

"静静的睡着罢，亲爱的朋友们。梦中如有可爱的人儿，就不必回来了。"

太阳已将世界照得灿烂，微风摇曳着地上的柳影，我慢慢儿的踏了过去。

在路旁的小店里，我买了几个烧饼，一面咬着，一面含糊的唱着歌，仰着头呆看那天上的彩云，脚步极其缓慢的移动着。今天出门早，早到爱罗先珂君处也要等待，所以走得特别的慢。

然而事实并不这样，这极长极长的路，却不知不觉地一会儿就走完了。

爱罗先珂君仍和平日一样的赤着脚躺在床上和一个朋友谈话。他热烈地握着我的手，问我为什么来得这样早，我说我的灵魂还要早呢，它昨夜已到了西山了。他微微一笑，将我的手紧紧的捏了一捏。

我们三人吃了一点饼干，谈了一会，就陆续来了几位朋友。要动身时凑巧又来了一个日本的记者，谈论许久，说是爱罗先珂君将离开中国，要照一个相。照相后，我们方才动身。去的人一起十二个，除爱罗先珂君外，其中有一个日本人，一个台湾人，三个内地人，其余都是朝鲜人；我们随身带去一点橘子，糕饼等物。

出了西直门，我们分两路走。坐洋车的往大路，骑驴子的往小路。我和爱罗先珂君都喜欢骑驴子。

那时正是植树节，又逢晴天，我们曲曲折折的在田间小路上走，享受不尽春日的野景。有些人唱着日本歌，有些人唱着世界语歌，有些人唱着中国歌。我的驴子比谁的都快，只要我"得而……"一喝，拉紧缰绳，它就飞也似的往前疾驰。只是别的驴子多不肯跟着上来，它们都走得很慢，使我屡次不耐烦的在前面等。有一次我的驴子在路旁等它们，让它们往前走，不知怎的，忽然那些驴子都疾驰起来。我很奇怪，将自己的驴子跟在

别一匹驴子后一试，也多是这样。后来我仔细一看，原来我的驴子要咬别的驴子的屁股，别的怕了起来，所以疾驰了。于是我发明了一种方法，等大家鞭不快驴子时，我就挽转缰绳跑了回去，跟在后面。这样一来，大家就走得快了。

"为什么它们不怕鞭子，只怕你呀？"爱罗先珂君惊异的问我。

"因为我的驴子是雄的……"我回答说。

大家都笑了。

西山原不很远，我们出城门时早已望见，但是仿佛有谁妒忌我们似的，任我们如何走得快，他只是将西山暗暗的往远处移去。我很焦急，爱罗先珂君也时时问我远近。确实的里数我不知道，我便问驴夫。

离山不远时，路上的石子渐渐多了起来，最后便满路上都是。那些灰白色的石子重重的堆盖着，高高低低，不曾砌入泥中，与普通的石子路完全不同。驴子的脚踏下去，石子就往四面移动。在这一条路上，真是"英雄无用武之地"，我的驴子虽有"千里之才"，也不能在这里施展，一不小心，就是颠蹶。大家只好叹一口气，无可奈何的慢慢儿走。驴蹄落在石子上，发出轧轧的声音。我觉得我是坐在骆驼上。

这时离山已很近，山上青苍的丛林，孤野的茅亭，黄色的寺院，以及山脚下的屋子都渐渐在我们眼前清楚起来。喜悦从我的心底涌了上来，我时时喊着"到了！到了！"爱罗先珂君的眉毛飞舞着，他似乎比我还喜欢。大家望着山景，手指着东，指着西，谈那风景。

我仿佛得了胜利似的，在他们的前面走。

忽然，一阵低低的呜咽声激动了我的耳鼓。我朝前一看，有一个衣服褴褛的妇人坐在路的右边哭泣。她的头发蓬乱，脸色又黑又黄，消瘦得很，约莫四十余岁。她坐在路外斜地上，下面是一条一丈许深的干了的沟。她拉着草坐着，似要倒下去的一般。哭泣声很低微，无力似的低微。

"游览的地方，都有这种乞丐，"我略略一想，就昂着头过去了。

"先生！先生！"爱罗先珂君在后面喝了起来。

我仍然往前走着,只回过头来问他什么。

"什么人在路旁哭呀!王先生?"他说着已经走过了那妇人的面前。

"是一个妇人,"我说。

"她为什么哭着?什么样的人呢?"

"或许是要钱罢,穷人。"我说着仍昂然的往前走。

爱罗先珂君是在我后面的第四个人,他的前面是一个朝鲜人。他用日本话问那朝鲜人,朝鲜人也用日本话回答他,似乎在将那妇人的模样描写给他听。

"王先生!你为什么不下去问问她呀?"爱罗先珂君愤然的问我。这时离那妇人已经很远了。

我没有回答。我觉得这没有问的必要。在游览的地方,我曾看见过许多没有手和脚的乞丐,他们都是用这种方法讨钱的。

"你为什么不下去问问她呢,王先生?你为什么不给她一点钱呢?"爱罗先珂君接连的问我。

乞丐不来扯我的驴子,我却下去问她?平日乞丐扯着我的车子跟了来,我总是摇一摇头。多跟了一程,我就圆睁着眼,暴怒似的大声的说:"没有!"向来不肯说"滚!"这已是很慈悲的了,今天却要我下去问她?——但是我想不出一句话回答爱罗先珂君。

我一摸口袋,袋中有六七元的铜子票。爱罗先珂君出来时共带了十二三元,在路上都换了铜子票,一半交给了坐车去的,一半交给了我,我这时想依从爱罗先珂君的意思回转去给她一点钱,但回头一看,已距离得很远,便仍往前走了。

爱罗先珂君知道我没有什么话可以回答,很愤怒的在后面和朝鲜的朋友谈着。

我听见那愤怒的声音,渐渐不安起来。我知道自己错了。

到了山脚下,我们都下了驴子。我握着爱罗先珂君的右手,那位朝鲜的朋友握着他的左手,在宽阔的山路上走。

"你为什么不下去问她呢,王先生?"他依然愤怒的问我,皱了眉毛。

我浑身不安起来,脸上火一般的发烧,依然没有话可以回答,只低下了头。

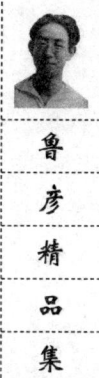

"在我们那里，"他愤怒着继续说："谁一见这种不幸的人时，谁就将她扶了回去。在这里，你却经过她面前，如对待一只狗似的安然走了过去！……"

狗，我才是一只狗！我从良心里看见了我所做的事情，我承认他所说的是对的，我才是一只狗！我恨不得立刻钻入地下！……

我如落在油锅中，沸滚的油煎着我。我羞耻，我恨不得立刻死了！……

西山有如何的好玩，我不知道。在山间，我们曾喝过溪水，但是在水中，我照见了我自己是一只狗；在岩石上我曾躺了一会，但是我觉得我那种躺着的样子与别的狗完全一样。在山上吃蛋时，我曾和爱罗先珂君敲尖、赌过胜负，在半山里，我们曾猜过石子；但是我同时又觉得不配和他，和其余的人玩耍。

的确，我经过她面前时，我是如对待一只狗似的安然走了过去！

（选自短篇小说集《柚子》，1926年10月，北新书局）

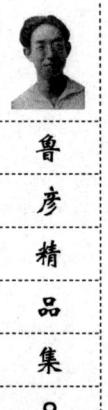

中国现代文学大师精品集丛书

风 筝

"五代李业于宫中作纸鸢,引线乘风为戏。后于鸢首以竹为笛,使风入竹,声如筝鸣,故名风筝。"——《询刍录》。

但据我所知道,现在的风筝,或纸鸢,有些变化了。现在有许多不会鸣的风筝,不象鸢的纸鸢和不会鸣亦不象鸢而名为风筝或纸鸢的。此外还有一种特别的变化,如在宁波的风筝。

"风筝"和"纸鸢"这两个名字,在宁波只有读过书的人才懂得这是什么东西,没有读过书的人,只晓得"鹞子"这一个名字。据说这是一个通俗的名字,除了宁波还有许多地方也是这样喊的。其所以喊为"鹞子"的原因,是因鹞和鸢略同的缘故。宁波的鹞子除了不象鹞之外还变了一种极可怕的东西。如果孩子的鹞子落在谁的屋上,不仅鹞子要被踏得粉碎丢在粪缸里,那屋里的男男女女还要跑出来辱骂孩子,跑到孩子的父母那里去吵闹,要求担保三年的太平。据说鹞子落在屋上,这屋子不久就要犯火灾的。

这所以要犯火灾的原因,宁波人似乎都还不知道。我个人因通俗以鹞子喊纸鸢的事情却生出了一个胡乱的类推,以为鹞子和老鸦也发生了什么关系。

老鸦与乌老鸦还有很大的分别,但它们与火灾的关系都极为密切。老鸦在白天叫，不一定是发生火灾的预兆，也可以作为一切大小祸事的预兆，如口角、疾病、死亡等等。白天，宁波人一听见远处的一声老鸦叫，他们便要喊三声，"呸！出气娘好！"（这"出气娘好"四字也许还没有写错，因为这句话平常用为"出气"的居多。例如谁的屁股或那里忽然痛了起来，动弹不得的时候，宁波人叫做中了"龌龊气"，意即鬼气。便立刻吐了几滴唾沫在手心上，响了一声"呸！"忙把手心往痛的地方打去，一面说"出气娘好！"这样的三次，龌龊气便被赶出去。他就好了。所谓"娘"，是说鬼是他的儿子，蔑视鬼也。）老鸦若在夜里叫，那便必是火灾的预兆。谁听见了，谁就必须立刻（必须立刻，第二天便无效）起来喊邻居，告诉他刚才老鸦叫过了。这叫做"喊破"，老鸦的叫被喊破以后便不能成为火灾的预兆。若是谁听见了，怕冷或贪睡不起来喊破，数日后，远近必有一次火灾。这火灾的地方虽然并不一定在听见老鸦叫的人的地方，但人人毕竟怕这灾祸不幸的落到自己的头上。至于乌老鸦的叫，那便大不同了。冬天满田满天的乌老鸦，任它们叫几千声几万声都不要紧。在他们的眼光中这并不是一种不祥之鸟。不过火灾时纷纷四飞的火星，他们都叫做"乌老鸦"，象这种乌老鸦确也极使他们恐怖。

我回想到自己幼时的几种游戏，觉得有许多也还满足。例如看见摇船的不在船上，船又没有载着什么的时候，跳下去把它荡到河的中心去，在他人的眼中原是最下等最顽劣的孩子的游戏，我却也背着母亲学会了。因此三年前在玄武湖中得到了许多的兴趣，雇船去游时可以不受船夫的掣肘，自由自在的荡到太平洋（我们给湖中最宽阔的地方起了这一个名字）中去洗脚。但想起来其中有两件最使我怅惘的是游泳和放风筝。母亲对于这两种事情防范我最严。她不准我游泳的原因除了赤着屁股在河里浮着是不体面之外，最重要的自然是怕我溺死了。我好几次偷偷的去学——后来已经能够把下颚扣在裤做的球上游一丈远——差不多都被她发觉了。她不说要我上来，但拿着一根又长又粗的晒衣用的竹竿，说是要把我按到河底去。这样，我便终于没有学会。至于放风筝，不用说是更其困难了。这是关系于许多人的祸福的事情。但是大人们尽管禁止，每年冬天和春天田野中总还有大人们所谓顽童的在那里偷着放。自然，我也是极愿意加入这一党的。但是这游戏太不容易了。不仅自己没有钱，就有钱也没地方去买。自己偷

偷的做了几次，不是被母亲发觉就是做得不灵。而其中尤感觉难办的是线。母亲用的都是短短的一根一根的线，没有极长的线。若是偷了去，一则容易发觉，怕屁股熬不得痛，二则一根一根结起来不灵活，所以没有法子想，我就只有跑去呆子似的仰着头看人家的风筝。若是那个放风筝的是我的熟人，他的风筝落下了，我便自告奋勇的跑去帮他拾。他要放时，我便远远的捧着风筝给他送了上去。这样我就非常的喜欢。但尤其满足的是千求万求的才允许了我在几分钟内拉着空中飞舞着的风筝的线。

三星期前的有一天下午，看见窗外大杞树的飘动，我忽然又想到风筝了。我急切的想做一个放。我忙把这个意思告诉唐珊和静弟。唐珊告诉我，湘乡的风俗和宁波的差不多，风筝落在屋上也是火灾的预兆。但是她又说我不妨做一个放，这里屋子非常的稀少，不至于落在屋上；静弟的母亲不信从这种风俗，也不会来阻挡我。于是她便为我寻线，我和静弟动手做风筝了。静弟向来没有做过，我也只会做瓦片风筝。这虽然不好看而且不会鸣，但是我想只要放得高倒也罢了。不一会，风筝成功了。这确象一块瓦片，背脊凸着，只是下面拖了一根长长的草尾巴。我知道这尾巴是最关紧要的，起首不敢怎样的放线，只试验尾巴的轻重，但是，把尾巴的重量增而又减，减而又增，总是放不高，不是翻筋斗，便是不肯上去，任凭我怎样的拉着线跑。这样的天就黑了。第二天，我注意到风筝背上的那三根引线，怕有太长或太短的毛病，改长改短的又试放了半天。结果还是放不高，而且有一半落在水田里。第三天没有进步，第四第五天没有风。第六天觉得平地上的风太小，跑到山顶上去放，但是依然觉得太小了。有一天，风可大了，但是我拿出去试觉得又太大了。这样，我只有懊恼着把风筝高高的挂在壁上了。"我为什么和风筝这样的无缘呢？"我绝望后这样的想。"难道是因为我自己太重了拖住了它吗？"于是我感到自己的身体的确重了，年纪的确大了。我觉得我是一个不幸的人。

"在贵州"，静弟的妈妈——她是贵州人——告诉我说，"放风筝是非常热闹的。大大小小的铺子几乎没有一家不卖风筝。那风筝不象你做的那样不好看。那里的风筝有象鸟的，有象鱼的，有象虫的，有象兽的，有象人的——几乎无奇不有。那里没有象宁波和湘乡这种迷信。他们不仅不把风筝当做不祥的东西，他们遇到人家的风筝的线在他们屋上

不高的时候他们还要用一根拴着石子的线丢上去把风筝的线钩了下来抢风筝。在自己屋上抢风筝,是作兴抢的,只要你有本领。有些人故意把自己的线割断了,让风筝飘去。有些人在一个大风筝——有时大的象八仙桌那样大——上系两三个小风筝。有些人在夜里放风筝,在风筝上系了一串鞭炮,鞭炮的引线上接着一根纸煤(即卷纸引火的那种东西),纸煤的一端点了火,待风筝放高了,纸煤便渐渐燃到鞭炮的引线上,鞭炮便在黑暗的半空中劈劈啪啪的响了起来,火光四散的飞走,随后风筝失了相当的重量便几个筋斗翻了下来。男男女女大大小小在清明前后几乎都带了风筝拜坟去。他们请死者吃过了羹饭,便在坟边堆起了石头,摆上锅子——煮饭菜的器具都带了去的——将饭菜烧热了,大家在地上坐着吃。吃完了暂时不回家,便在那里放风筝。有一次,一个衙门里的少爷竟做了一个非常好看的大蜈蚣,上面系着响铃,据说是花了几元钱定做的,因为风筝重,线便粗了许多,放线的时候手拿着要出血,便用毛巾裹了手。就在这一次,他把线割断了,让蜈蚣自己飞去。还有最令人发笑的是,有些人放马桶风筝,飞在半空里摇摇摆摆的确乎象一只真马桶。"静弟的妈妈讲到这里,听的人都大笑起来了。

于是我想:"这马桶风筝如果落在宁波人的屋上,在火灾之前,怕不是先有一场极大的灾祸吗?"

我觉得风筝也如人似的,有幸与不幸。

(原载1925年5月25日《东方杂志》第22卷第10期)

中国现代文学大师精品集丛书

食味杂记

鲁彦精品集

如其他的宁波人一般,我们家里每当十一二月间也要做一石左右米的点心,磨几斗糯米的汤果。所谓点心,就是有些地方的年糕,不过在我们那里还包括着形式略异的薄饼厚饼,元宝等等。汤果则和汤团(有些地方叫做元宵团)完全是一类的东西,所差的是汤果只如钮子那样大小而且没有馅子。点心和汤果做成后,我们几乎天天要煮着当饭吃。我们一家人都非常的喜欢这两种东西,正如其它的宁波人一般。

母亲姐姐妹妹和我都喜欢吃咸的东西。我们总是用菜煮点心和汤果。但父亲的口味恰和我们的相反,他喜欢吃甜的东西。我们每年盼望父亲回家过年,只是要煮点心和汤果吃时,父亲若在家里便有点为难了。父亲吃咸的东西正如我们吃甜的东西一般,一样的咽不下去。我们两方面都难以迁就。母亲是最要省钱的,到了这时也只有甜的和咸的各煮一锅。照普遍的宁波人的俗例,正月初一必须吃一天甜汤果。因此欢天喜地的元旦在我们是一个磨难的日子,我们常常私自谈起,都有点怪祖宗不该创下这种规例。腻滑滑的甜汤果,我们勉强而又勉强的还吃不下一碗,父亲却能吃三四碗。我们对于父亲的嗜好都觉得奇怪、神秘。"甜的东西是没有一点味的,"我每每对父亲说。

二十几年来,我不仅不喜欢吃甜的东西,而且看见甜的(糖却是例外)

还害怕，而至于厌憎。去年珊妹给我的信中有一句"蜜饯一般甜的……"竟忽然引起了我的趣味，觉得甜的滋味中还有令人魂飞的诗意，不能不去探索一下。因此遇到甜的东西，每每捐除了成见，带着几分好奇心情去尝试。直到现在，我的舌头仿佛和以前不同了。它并不觉得甜的没有味，在甜的和咸的东西在面前时，它都要吃一点。"甜的东西是没有一点味的，"这句话我现在不说了。

从前在家里，梅还没有成熟的时候，母亲是不许我去买来吃的，因为太酸了。但明买不能，偷买却还做得到。我非常爱吃酸的东西，我觉得梅熟了反而没有味，梅的美味即在未成熟的时候。故乡的杨梅甜中带酸，在果类中算最美味的，我每每吃得牙齿不能吃饭。大概就是因为吃酸的果品吃惯了，近几年来在吃饭的时候，总是想把任何菜浸在醋中吃。有一年在南京，几乎每餐要一二碗醋。不仅浸菜吃，竟喝着下饭了。朋友们都有点惊骇，他们觉得这是一种古怪的嗜好，仿佛背后有神的力一般。但这在我是再平常也没有的事情了。醋是一种美味的东西，绝不是使人害怕的东西，在我觉得。

许多人以为浙江人都不会吃辣椒，这却不对。据我所知，三江一带的地方，出辣椒的很多，会吃辣椒的人也很多。至于宁波，确是不大容易得到辣椒，宁波人除了少数在外地久住的人外，差不多都不会吃辣椒。辣椒在我们那边的乡间只是一种玩赏品。人家多把它种在小小的花盆里，和鸡冠花、满堂红之类排列在一处，欣赏辣椒由青色变成红色。那里的种类很少，大一点的非常不易得到，普通多是一种圆形的象钮子般大小的所谓钮子辣茄（宁波人喊辣椒为辣茄），但这一种也还并不多见。我年幼时不晓得辣椒是可以吃的东西，只晓得它很辣，除了玩赏之外还可以欺侮新娘子或新女婿。谁家的花轿进了门，常常便有许多孩子拿了羊尾巴或辣椒伸手到轿内去，往新娘子的嘴上抹。新女婿第一次到岳家时，年青的男女常常串通了厨子，暗地里在他的饭内拌一点辣椒，看他辣得皱上眉毛，张着口，胥胥的响着，大家就哄然笑了起来。我自在北方吃惯了辣椒，去年回到家里要买一点吃吃便感到非常的苦恼。好容易从城里买了一篮（据说城里有辣椒出卖还是最近几年的事），味道却如青菜一般一点也不辣。邻居听说我能吃辣椒，都当作一种新闻传说。平常一提到我，总要连带的提到辣椒。

他们似乎把我当做一个外地人看待。他们看见我吃辣椒，便要发笑。我从他们眼光中发觉到他们的脑中存着"他是夷狄之邦的人"的意思。

南方人到北方来最怕的是北方人口中的大蒜臭。然而这臭在北方人却是一种极可爱的香气。在南方人闻了要呕，在北方人闻了大概比仁丹还能提神。我以前在北京好几处看见有人在吃茶时从衣袋里摸出一包生大蒜头，也同别人一样的奇怪，一样的害怕。但后来吃了几次，觉得这味道实在比辣椒好得多，吃了大蒜以后还有一种后味和香气久久的留在口中。今年端午节吃粽子，甚至用它拌着吃了。"大蒜是臭的"这句话，从此离开了我的嘴巴。

宁波人腌菜和湖南人不同。湖南人多是把菜晒干了切碎，装入坛里，用草和篾片塞住了坛口，把坛倒竖在一只盛少许清水的小缸里。这样，空气不易进去，坛中的菜放一年两年也不易腐败，只要你常常调换小缸里的清水。宁波人腌菜多是把菜洗净，塞入坛内，撒上盐，倒入水，让它浸着。这样做法，在一礼拜至两月中咸菜的味道确是极其鲜嫩，但日子久了，它就要慢慢的腐败，腐败得臭不堪闻，而至于坛中拥浮着无数的虫。然而宁波人到了这时不但不肯弃掉，反而比才腌的更喜欢吃了。有许多乡下人家的陈咸菜一直吃到新咸菜可吃时还有。这原因除了节钱之外，还有一个原因是为的越臭越好吃。还有一种为宁波人所最喜欢吃的是所谓"臭苋菜股"。这是用苋菜的干腌菜似的做成的。它的腐败比咸菜容易，其臭气也比咸菜来得厉害。他们常常把这种已臭的汤倒一点到未臭的咸菜里去，使这未臭的咸菜也赶快的臭起来。有时煮什么菜，他们也加上一两碗臭汤。有的人闻到了邻居的臭汤气，心里就非常的神往；若是在谁家讨得了一碗，便千谢万谢，如得到了宝贝一般。我在北方住久了，不常吃鱼，去年回到家里一闻到鱼的腥气就要呕吐，惟几年没有吃臭咸菜和臭苋菜股，见了却还一如从前那么的喜欢。在我觉得这种臭气中分明有比芝兰还香的气息，有比肥肉鲜鱼还美的味道。然而和外省人谈话中偶尔提及，他们就要掩鼻而走了，仿佛这臭食物不是人类所该吃的一般。

（原载1925年8月10日《东方杂志》第22卷第15期）

雪

美丽的雪花飞舞起来了。我已经有三年不曾见着它。

去年在福建，仿佛比现在更迟一点，也曾见过雪。但那是远处山顶的积雪，可不是飞舞着的雪花。在平原上，它只是偶然的随着雨点洒下来几颗，没有落到地面的时候。它的颜色是灰的，不是白色；它的重量像是雨点，并不会飞舞。一到地面，它立刻融成了水，没有痕迹，也未尝跳跃，也未尝发出窸窣的声音，像江浙一带下雪子时的模样。这样的雪，在四十年来第一次看见它的老年的福建人，诚然能感到特别的意味，谈得津津有味，但在我，却总觉得索然。"福建下过雪"，我可没有这样想过。

我喜欢眼前飞舞着的上海的雪花。它才是"雪白"的白色，也才是花一样的美丽。它好像比空气还轻，并不从半空里落下来，而是被空气从地面卷起来的。然而它又像是活的生物，像夏天黄昏时候的成群的蚊蚋，像春天流蜜时期的蜜蜂，它的忙碌的飞翔，或上或下，或快或慢，或粘着人身，或拥入窗隙，仿佛自有它自己的意志和目的。它静默无声。但在它飞舞的时候，我们似乎听见了千百万人马的呼号和脚步声，大海的汹涌的波涛声，森林的狂吼声，有时又似乎听见了情人的切切的密语声，礼拜堂的平静的晚祷声，花园里的欢乐的鸟歌声……它所带来的是阴沉与严寒。但在它的飞舞的姿态中，我们看见了慈善的母亲，柔和的情人，活泼的孩子，微笑的花，温暖的太阳，静默的晚霞……它没有气息。但当它扑到我们面上的时候，我们似乎闻到了旷野间鲜洁的空气的气息，山谷中幽雅的兰花

的气息,花园里浓郁的玫瑰的气息,清淡的茉莉花的气息……在白天,它做出千百种婀娜的姿态;夜间,它发出银色的光辉,照耀着我们行路的人,又在我们的玻璃窗上札札地绘就了各式各样的花卉和树木,斜的,直的,弯的,倒的;还有那河流,那天上的云……

现在。美丽的雪花飞舞了。我喜欢,我已经有三年不曾见着它。我的喜欢有如四十年来第一次看见它的老年的福建人。但是,和老年的福建人一样,我回想着过去下雪时候的生活,现在的喜悦就像这钻进窗隙落到我桌上的雪花似的,渐渐融化。而且立刻消失了。

记得某年在北京的一个朋友的寓所里,围着火炉,煮着全中国最好的白菜和面,喝着酒,剥着花生,谈笑得几乎忘记了身在异乡;吃得满面通红,两个人一路唱着,一路踏着吱吱地叫着的雪,踉跄地从东长安街的起头踱到西长安街的尽头,又忘记了正是异乡最寒冷的时候。这样的生活,和今天的一比,不禁使我感到惘然。上海的朋友们都像是工厂里的机器,忙碌得一刻没有休息;而在下雪的今天,他们又叫我一个人看守着永不会有人或电话来访问的房子。这是多么孤单,寂寞,乏味的生活。

"没有意思!"我听见过去的我对今天的我这样说了。正像我在福建的时候,对四十年来第一次看见雪的老年的福建人所说的一样。

但是,另一个我出现了。他是足以对着过去的北京的我射出骄傲的眼光来的我。这个我,某年在南京下雪的时候,曾经有过更快活的生活:雪落得很厚,盖住了一切的田野和道路。我和我的爱人在一片荒野中走着。我们辨别不出路径来,也并没有终止的目的。我们只让我们的脚欢喜怎样就怎样。我们的脚常常欢喜踏在最深的沟里。我们未尝感到这是旷野,这是下雪的时节。我们仿佛是在花园里,路是平坦的,而且是柔软的。我们未尝觉得一点寒冷,因为我们的心是热的。

"没有意思!"我听见在南京的我对在北京的我这样说了。正像在北京的我对着今天的我所说的一样,也正像在福建的我对着四十年来第一次看见雪的老年的福建人所说的一样。

然而,我还有一个更可骄傲的我在呢。这个我,是有过更快乐的生活的,在故乡:冬天的早晨,当我从被窝里伸出头来,感觉到特别的寒冷,隔着蚊帐望见天窗特别的阴暗,我就首先知道外面下了雪了。"雪落啦白洋洋,老虎拖娘娘……"这是我躺在被窝里反复地唱着的欢迎雪的歌。别的早晨,照例是母亲和姊姊先起床,等她们煮熟了饭,拿了火炉来,代我烘

暖了衣裤鞋袜，才肯钻出被窝，但是在下雪天，我就有了最大的勇气。我不需要火炉，雪就是我的火炉。我把它捻成了团，捧着，丢着。我把它堆成了一个和尚，在它的口里，插上一支香烟。我把它当做糖，放在口里。地上的厚的积雪，是我的地毯，我在它上面打着滚，翻着筋斗。它在我的底下发出嗤嗤的笑声，我在它上面哈哈的回答着。我的心是和它合一的。我和它一样的柔和，和它一样的洁白。我同它到处跳跃，我同它到处飞跑着。我站在屋外，我愿意它把我造成一个雪和尚。我躺在地上愿意它像母亲似的在我身上盖下柔软的美丽的被窝。我愿意随着它在空中飞舞。我愿意随着它落在人的肩上。我愿意雪就是我，我就是雪。我年青。我有勇气。我有最宝贵的生命的力。我不知道忧虑，不知道苦恼和悲哀……

"没有意思！你这老年人！"我听见幼年的我对着过去的那些我这样说了。正如过去的那些我骄傲地对别个所说的一样。

不错，一切的雪天的生活和幼年的雪天的生活一比，过去的和现在的喜悦是像这钻进窗隙落到我桌上的雪花一样，渐渐融化，而且立刻消失了。

然而对着这时穿着一袭破单衣，站在屋角里发抖的或竟至于僵死在雪地上的穷人，则我的幼年时候快乐的雪天生活的意义，又如何呢？这个他对着这个我，不也在说着"没有意思！"的话吗？

而这个死有完肤的他，对着这时正在零度以下的长城下，捧着冻结了的机关枪，即将被炮弹打成雪片似的兵士，则其意义又将怎样呢？"没有意思！"这句话，该是谁说呢？

天呵，我不能再想了。人间的欢乐无平衡，人间的苦恼亦无边限。世界无终极之点，人类亦无末日之时。我既生为今日的我，为什么要追求或留恋今日的我以外的我呢？今日的我虽说是寂寞地孤单地看守着永没有人或电话来访问的房子，但既可以安逸地躲在房子里烤着火，避免风雪的寒冷；又可以隔着玻璃，诗人一般的静默地鉴赏着雪花飞舞的美的世界，不也是足以自满的吗？

抓住现实。只有现实是最宝贵的。

眼前雪花飞舞着的世界，就是最现实的现实。

看呵！美丽的雪花飞舞着呢。这就是我三年来相思着而不能见到的雪花。

（选自散文集《驴子和骡子》，1934年12月，上海生活书店）

父亲的玳瑁

在墙脚跟刷然溜过的那黑猫的影,又触动了我对于父亲的玳瑁的怀念。

净洁的白毛的中间,夹杂些淡黄的云霞似的柔毛,恰如透明的妇人的玳瑁首饰的那种猫儿,是被称为"玳瑁猫"的。我们家里的猫儿正是那一类,父亲就给了它"玳瑁"这个名字。

在近来的这一匹玳瑁之前,我们还曾有过另外的一匹。它有着同样的颜色,得到了同样的名字,同是从我姊姊家里带来,一样地为我们所爱。

但那是我不幸的妹妹的玳瑁,它曾经和她盘桓了十二年的岁月。

而现在的这一匹,是属于父亲的。

它什么时候来到我们家里,我不很清楚,据说大约已有三年光景了。父亲给我的信,从来不曾提过它。在他的理智中,仿佛以为玳瑁毕竟是一匹小小的兽,比不上任何的家事,足以通知我似的。

但当我去年回到家里的时候,我看到了父亲和玳瑁的感情了。

每当厨房的碗筷一搬动,父亲在后房餐桌边坐下的时候,玳瑁便在门外"咪咪"的叫了起来。这叫声是只有两三声,从不多叫的。它仿佛在问父亲,可不可以进来似的。

于是父亲就说了,完全像对什么人说话一样:

"玳瑁,这里来!"

我初到的几天，家里突然增多了四个人，在玳瑁似乎感觉到热闹与生疏的恐惧，常不肯即刻进来。

"来吧，玳瑁！"父亲望着门外，不见它进来，又说了。

但是玳瑁只回答了两声"咪咪"，仍在门外徘徊着。

"小孩一样，看见生疏的人，就怕进来了。"父亲笑着对我们说。

但是过了一会，玳瑁在大家的不注意中，已经跃上了父亲的膝上。

"哪，在这里了。"父亲说。

我们弯过头去看，它伏在父亲的膝上，睁着略带惧怯的眼望着我们，仿佛预备逃遁似的。

父亲立刻理会它的感觉，用手抚摩着它的颈背，说："困吧，玳瑁。"一面他又转过来对我们说："不要多看它，它像姑娘一样的呢。"

我们吃着饭，玳瑁从不跳到桌上来，只是静静地伏在父亲的膝上。有时鱼腥的气息引诱了它，它便偶尔伸出半个头来望了一望，又立刻缩了回去。它的脚不肯触着桌。这是它的规矩，父亲告诉我们说，向来是这样的。

父亲吃完饭，站起来的时候，玳瑁便先走出门外去。它知道父亲要到厨房里去给它预备饭了。那是真的，父亲从来不曾忘记过，他自己一吃完饭，便去添饭给玳瑁的。玳瑁的饭每次都有鱼或鱼汤拌着。父亲自己这几年来对于鱼的滋味据说有点厌，但即使自己不吃，他总是每次上街去，给玳瑁带了一些鱼来，而且给它储存着的。

白天，玳瑁常在储藏东西的楼上，不常到楼下的房子里来。但每当父亲有什么事情将要出去的时候，玳瑁象是在楼上看着的样子，便溜到父亲的身边，绕着父亲的脚转了几下，一直跟父亲到门边。父亲回来的时候，它又象是在什么地方远远望着，静静地倾听着的样子，待父亲一跨进门限，它又在父亲的脚边了。它并不时时刻刻跟着父亲，但父亲的一举一动，父亲的进出，它似乎时刻在那里留心着。

晚上，玳瑁睡在父亲的脚后的被上，陪伴着父亲。

我们回家后，父亲换了一个寝室。他现在睡到弄堂门外一间从来没有人去的房子里了。

玳瑁有两夜没有找到父亲，只在原地方走着，叫着。它第一夜跳到父亲的床上，发现睡着的是我们，便立刻跳了出去。

鲁彦精品集

20

正是很冷的天气。父亲惦念着玳瑁夜里受冷,说它恐怕不会想到他会搬到那样冷落的地方去的,而且晚上弄堂门又关得很早。

但是第三天的夜里,父亲一觉醒来,玳瑁已在床上睡着了,静静的,"咕咕"念着猫经。

半个月后,玳瑁对我也渐渐熟了。它不复躲避我。当它在父亲身边的时候,我伸出手去,轻轻抚摩着它的颈背。它伏着不动。然而它从不自己走近我。我叫它,它仍不来。就是母亲,她是永久和父亲在一起的,它也不肯走近她。父亲呢,只要叫一声"玳瑁",甚至咳嗽一声,它便不晓得从什么地方溜出来了,而且绕着父亲的脚。

有两次玳瑁到邻居家去游走,忘记了吃饭。我们大家叫着"玳瑁玳瑁",东西寻找着,不见它回来。父亲却猜到它那里去了。他拿着玳瑁的饭碗走出门外,用筷子敲着,只喊了两声"玳瑁",玳瑁便从很远的邻屋上走来了。

"你的声音象格外不同似的,"母亲对父亲说,"只消叫两声,又不大,它便老远的听见了。"

"是哪,它只听我管的哩。"

对于寂寞地度着残年的老人,玳瑁所给与的是儿子和孙子的安慰,我觉得。

六月四日的早晨,我带着战栗的心重到家里,父亲只躺在床上远远地望了我一下,便疲倦地合上了眼皮。我悲苦地牵着他的手在我的面上抚摩。他的手已经有点生硬,不复象往日柔和地抚摩玳瑁的颈背那么自然。据说在头一天的下午,玳瑁曾经跳上他的身边,悲鸣着,父亲还很自然的抚摩着它亲密地叫着"玳瑁"。而我呢,已经迟了。

从这一天起,玳瑁便不再走进父亲的以及和父亲相连的我们的房子。我们有好几天没有看见玳瑁的影子。我代替了父亲的工作,给玳瑁在厨房里备好鱼拌的饭,敲着碗,叫着"玳瑁"。玳瑁没有回答,也不出来。母亲说,这几天家里人多,闹得很,它该是躲在楼上怕出来的。于是我把饭碗一直送到楼上。然而玳瑁仍没有影子。过了一天,碗里的饭照样地摆在楼上,只饭粒干瘪了一些。

玳瑁正怀着孕,需要好的滋养。一想到这,大家更其焦虑了。

第五天早晨,母亲才发现给玳瑁在厨房预备着的另一只饭碗里的饭略略少了一些。大约它在没有人的夜里走进了厨房。它应该是非常饥饿了。然而仍象吃不下的样子。

一星期后,家里的亲友渐渐少了。玳瑁仍不大肯露面。无论谁叫它,都不答应,偶然在楼梯上溜过的后影,显得憔悴而且瘦削,连那怀着孕的肚子也好象小了一些似的。

一天一天家里愈加冷静了。满屋里主宰着静默的悲哀。一到晚上,人还没有睡,老鼠便吱吱叫着活动起来,甚至我们房间的楼上也在叫着跑着。玳瑁是最会捕鼠的。当去年我们回家的时候,即使它跟着父亲睡在远一点的地方,我们的房间里从没有听见过老鼠的声音。但现在玳瑁就睡在隔壁的楼上,也不过问了。我们毫不埋怨它。我们知道它所以这样的原因。

可怜的玳瑁。它不能再听到那熟识的亲密的声音,不能再得到那慈爱的抚摩,它是在怎样的悲伤呵!

三星期后,我们全家要离开故乡。大家预先就在商量,怎样把玳瑁带出来。但是离开预定的日子前一星期,玳瑁生了小孩了。我们看见它的肚子松瘪着。

怎样可以把它带出来呢?

然而为了玳瑁,我们还是不能不带它出来。我们家里的门将要全锁上。邻居们不会象我们似的爱它,而且大家全吃着素菜,不会舍得买鱼饲它。单看玳瑁的脾气,连对于母亲也是冷淡淡的,决不会喜欢别的邻居。

我们还是决定带它一道来上海。

它生了几个小孩,什么样子,放在哪里,我们虽然极想知道,却不敢去惊动玳瑁。我们预定在饲玳瑁的时候,先捉到它,然后再寻觅它的小孩。因为这几天来,玳瑁在吃饭的时候,已经不大避人,捉到它应该是容易的。

但是两天后,我们十几岁的外甥遏抑不住他的热情了。不知怎样,玳瑁的孩子们所在的地方先被他很容易的发现了。它们原来就在楼梯门口,一只半掩着的糠箱里。玳瑁和它的小孩们就住在这里,是谁也想不到的。外甥很喜欢,叫大家去看。玳瑁已经溜得远远的在惧怯地望着。

我们想,既然玳瑁已经知道我们发觉了它的小孩的住所,不如便先把它的小孩看守起来,因为这样,也可以引诱玳瑁的来到,否则它会把小孩

衔到更没有人晓得的地方去的。

于是我们便做了一个更安适的窠,给它的小孩们,携进了以前父亲的寝室,而且就在父亲的床边。

那里是四个小孩,白的,黑的,黄的,玳瑁的,都还没有睁开眼睛。贴着压着,钻做一团,肥圆的。捉到它们的时候,偶然发出微弱的老鼠似的吱吱的鸣声。

"生了几只呀?"母亲问着。

"四只。"

"嗨,四只!怪不得!扛了你父亲的棺材,不要再扛我的呢!"母亲叹息着,不快活的说。

大家听着这话,愣住了。

"把它们丢出去!"外甥叫着说,但他同时却又喜悦地抚摩着玳瑁的小孩们,舍不得走开。

玳瑁现在在楼上寻觅了,它大声的叫着。

"玳瑁,这里来,在这里,"我们学着父亲仿佛对人说话似的叫着玳瑁说。

但是玳瑁象只懂得父亲的话,不能了解我们说什么。它在楼上寻觅着,在弄堂里寻觅着,在厨房里寻觅着,可不走进以前父亲天天夜里带着它睡觉的房子。我们有时故意作弄它的小孩们,使它们发出微弱的鸣声。玳瑁仍象没有听见似的。

过了一会,玳瑁给我们女工捉住了。它似乎饿了,走到厨房去吃饭,却不防给她一手捉住了颈背的皮。

"快来!快来!捉住了!"她大声叫着。

我扯了早已预备好的绳圈,跑出去。

玳瑁大声的叫着,用力的挣扎着。待至我伸出手去,还没抱住玳瑁,女工的手一松,玳瑁溜走了。

它再不到厨房里去,只在楼上叫着,寻觅着。

几点钟后,我们只得把玳瑁的小孩们送回楼上。它们显然也和玳瑁似的在忍受着饥饿和痛苦。

玳瑁又静默了,不到十分钟,我们已看不见它的小孩们的影子。现在

可不必再费气力，谁也不会知道它们的所在。

有一天一夜，玳瑁没有动过厨房里的饭。以后几天，它也只在夜里，待大家睡了以后到厨房里去。

我们还想设法带玳瑁出来，但是母亲说：

"随它去吧，这样有灵性的猫，哪里会不晓得我们要离开这里。要出去自然不会躲开的。你们看它，父亲过世以后，再也不忍走进那两间房里，并且几天没有吃饭，明明在非常的伤心。现在怕是还想在这里陪伴你们父亲的灵魂呢。它原是你父亲的。"

我们只好随玳瑁自己了。它显然比我们还舍不得父亲，舍不得父亲所住过的房子，走过的路以及手所抚摸过的一切。父亲的声音，父亲的形象，父亲的气息，应该都还很深刻地萦绕在它的脑中。

可怜的玳瑁，它比我们还爱父亲！

然而玳瑁也太凄惨了。以后还有谁再像父亲似的按时给它好的食物，而且慈爱地抚摩着它，像对人说话似的一声声地叫它呢？

离家的那天早晨，母亲曾给它留下了许多给孩子吃的稀饭在厨房里。门虽然锁着，玳瑁应该仍然晓得走进去。邻居们也曾答应代我们给它饲料。然而又怎能和父亲在的时候相比呢？

现在距我们离家的时候又已一月多了。玳瑁应该很健康着，它的小孩们也该是很活泼可爱了吧？

我希望能再见到和父亲的灵魂永久同在着的玳瑁。

（选自散文集《驴子和骡子》，1934年12月，上海生活书店）

听潮的故事

一年夏天，趁着刚离开厌烦的军队的职务，我和妻坐着海轮，到了一个有名的岛上。

这里是佛国，全岛周围三十里中，除了七八家店铺以外，全是寺院。为了要完全隔绝红尘的凡缘，几千个出了俗的和尚绝对地拒绝了出家的尼姑在这里修道，连开店铺的人也被禁止带女眷在这里居住。荤菜是不准上岸的，开店的人也受这拘束。

只有香客是例外，可以带着女眷，办了荤菜上这佛国。岛上没有旅店，每一个寺院都特设了许多房子给香客住宿，而且准许男女香客同住在一间房子里。厨房虽然是单煮素菜的，但香客可以自备一只锅子，在那里烧肉吃，这样的香客多半是去观光游览的，不是真正烧香念佛的香客。

我们就属于这一类。

这时佛国的香会正在最热闹的时期里，四方善男信女都跨山过海集中在这里。寺院里一天到晚做着佛事，满岛上来去进香领牒的男女恰似热锅上的蚂蚁，把清净的佛国变成了热闹的都市。

我们游览完了寺刹和名胜，觉得海的神秘和伟大不是在短促的时间里领略得尽，便决计在这岛上多住一些时候，待香客们散尽再离开。几天后，我们选了一个幽静的寺院，搬了过去。

它就在海边，有三间住客的房子，一个凉台还突出在海上，当时这三间房子里正住着香客，当家的答应过几天待他们走了就给我们一间房子，我们便暂在靠海湾的一间楼房住下了。

楼房的地位已经相当的好，从狭小的窗洞里可以望见落日和海湾尽头的一角。每次潮来的时候，听见海水冲击岩石的声音，看见空中细雨似的、朝雾似的、暮烟似的飞沫的升落。有时它带着腥气，带着咸味，一直冲进了我们的小窗，粘在我们的身上，润湿着房中的一切。

象是因为寺院的地点偏僻了一点的缘故，到这里来的香客比较少了许多，佛事也只三五天一次，住宿在寺院里的香客只有十几个人。这冷静正合我们的意，而我们的来到，却仿佛因为减少了寺院里的一分冷静，受了当家的欢迎。待遇显得特别周到：早上晚上和下午三时，都有一些不同的点心端了出来，饭菜也很鲜美，进出的时候，大小和尚全对我们打招呼，有时当家的还特地跑了来闲谈。

这一切都使我们高兴，妻简直起了在那里住上几个月的念头了。

"要是搬到了突出在海上的房子里，海就完全属于我们的了！"妻渴望地说。

过了几天，那边走了一部分香客，空了一间房子出来，我们果然搬过去了。

这里是新式的平屋，但因为突出在海上，它象是楼房。房间宽而且深，中间一个厅。住在厅的那边的房里的是一对年青的夫妻，才从上海的一个学校里毕业出来，目的想在这里一面游玩，一面读书，度过暑假。

"现在这海——这海完全是我们的了！"当天晚上，我们靠着凉台的栏杆，赏玩海景的时候，妻又高兴地叫着说。

大海上一片静寂。在我们的脚下，波浪轻轻地吻着岩石，睡眠了似的。在平静的深暗的海面上，月光辟了一条狭而且长的明亮的路，闪闪地颤动着，银鳞一般。远处灯塔上的红光镶在黑暗的空间，象是一个宝玉。它和那海面银光在我们面前揭开了海的神秘——那不是狂暴的不测的可怕的神秘，那是幽静的和平的愉悦的神秘。我们的脚下仿佛轻松起来，平静地，宽怀地，带着欣幸与希望，走上了那银光的道路，朝着宝玉般的红光走了去。

"岂止成佛呵！"妻低声的说着，偏过脸来偎着我的脸。她心中的喜悦正和我的一样。

海在我们脚下沉吟着，诗人一般。那声音象是朦胧的月光和玫瑰花间的晨雾那样的温柔，象是情人的蜜语那样的甜美。低低地，轻轻地，象微风拂过琴弦，象落花飘到水上。

海睡熟了。

大小的岛屿拥抱着，偎依着，也静静地朦胧地入了睡乡。

星星在头上也眨着疲倦的眼，也将睡了。

许久许久，我们也象入了睡似的，停止了一切的思念和情绪。

不晓得过了多少时候，远处一个寺院里的钟声突然惊醒了海的沉睡。它现在激起了海水的兴奋，渐渐向我们脚下的岩石推了过来，发出哺哺的声音，仿佛谁在海里吐着气。海面的银光跟着翻动起来，银龙似的。接着我们脚下的岩石里就象铃子，铙钹，钟鼓在响着，愈响愈大了。

没有风。海自己醒了，动着。它转侧着，打着呵欠，伸着腰和脚，抹着眼睛。因为岛屿挡住了它的转动，它在用脚踢着，用手拍着，用牙咬着。它一刻比一刻兴奋，一刻比一刻用力。岩石渐渐起了战栗，发出抵抗的叫声，打碎了海的鳞片。

海受了创伤，愤怒了。

它叫吼着，猛烈地往岸边袭击了过来，冲进了岩石的每一个罅隙里，扰乱岩石的后方，接着又来了正面的攻击，刺打着岩石的壁垒。

声音越来越大了。战鼓声，金锣声，枪炮声，呐喊声，叫号声，哭泣声，马蹄声，车轮声，飞机的机翼声，火车的汽笛声，都掺杂在一起，千军万马混战了起来。

银光消失了。海水疯狂地汹涌着，吞没了远近的岛屿。它从我们的脚下浮了起来，雷似地怒吼着，一阵阵地将满带着血腥的浪花泼溅在我们的身上。

"可怕的海！"妻战栗地叫着说，"这里会塌哩！"

"哪里的话！"

"至少这声音是可怕得够了！"

"伟大的声音！海的美就在这里！"我说。

"你看那红光!"妻指着远处越发明亮的灯塔上的红灯说,"它镶在黑暗的空间,象是血!可怕的血!"

"倘若是血,就愈显得海的伟大哩!"

妻不复做声了,她象感觉到我的话的残忍似的,静默而又恐怖地走进了房里。

现在她开始起了回家的念头。她不再说那海是我们的话了。每次潮来的时候,她便忧郁地坐在房里,把窗子也关了起来。

"向来是这样的,你看!"退潮的时候,我指着海边对她说。"一来一去,是故事!来的时候凶猛,去的时候多么平静呵!一样的美!"

然而她不承认我的话。她总觉得那是使她恐惧,使她厌憎的。倘使我的感觉和她的一样,她愿意立刻就离开这里。但为了我,她愿意再留半个月。我喜欢海,尤其是潮来的时候。因此即使是和妻一道关在房子里,从闭着的窗户里听着外面模糊的潮音,也觉得很满意,再留半个月,尽够欣幸了。

一天,两天,我珍视的日子,已经过去了四天。我们的寺院里忽然来了两个肥胖的外国人,随带着一个中国茶房,几件行李,那是和尚们从轮船码头上接来的。当家的陪他们到我们的屋子里看了一遍,合了他们的意以后,忽然对我们对面住着的年青夫妻提出了迁让的要求。

"一样给你们钱,为什么要我们让给外国人?"他们拒绝了。

随后这要求轮到了我们,也得到了同样的回答。

当家的去后,别的和尚又来了,他们明白的说明了外国人可以多出一点钱的原因,要求我们四个人同住在一间房子里,让一间房子出来给外国人。他们甚至已经把行李搬到我们的厅里来了。

"什么话!"年青的学生发怒了。"外国人出多少钱,我们也出多少钱就是!我们都有女眷,怎么可以同住在一间房子里!"

他们受不了这侮辱,开始骂了起来,终于立刻卷起行李,走了。妻也生了气,提议一道走。但我觉得这是常情,劝她忍受一下。

"只有十天了。管他这些!谁晓得什么时候还能再来听这潮音呵!"

妻的气愤虽然给我劝住了,但因她的感觉的太灵敏,却愈加不快活起来。她远远的看见了路上的香客,就以为是到这个寺院来住的,怀疑着我

们将得到第二次的被驱逐。她觉察出当家的已几天没有来和我们打招呼，大小和尚看见我们的时候脸上没有笑容，菜蔬也坏了，甚至生了虫的。

"早些走吧！"妻时常催促我。

"只有八天了。"我说。

"不能留了！"过了一天，妻又催了。

"只有七天了。"

"只有六天，五天半了。"我又回答着妻的催促。

"等到将来我们有了钱，自己在海边造起房子来，尽你享受的，那时海就完全是你的了！"

"好了，好了，只有四天半了哩！以后不再到海边听潮也行。海是不能属于一个人的。造了房子，说不定还要做和尚的。"

然而妻终于不能忍耐了。这天晚上，当家忽然跑来和我们打招呼，脸上没有一点笑容。

"香期快完了，大轮船不转这里，菜蔬会成问题哩！……"

我们看见他给外国人吃的菜比我们好而且多到几倍。他说这话，明明是一种逐客的借口，甚至是一种恫吓。

"我们就要走了！你不用说谎！"

"哪里，哪里！"他狡猾地微笑一下，走了。

"都是你糊涂！潮呀，海呀，听过一次，看过一次，就够了，偏要留着不肯走！明天再不走，还要等到人家把我们的行李摔出去吗？我刚才已经看见他们又接了两个香客来了！"妻喃喃地埋怨着。

"好，好，明天就走吧，也享受得够快乐了！"

"受了人家的侮辱，还说快乐！"

"那是常情，"我说，"到处都一样的。"

"我可受不了！"

"明天一上轮船，这些事情就成为故事了。二十四，二十三，二十二，二十一，十八，不是只有十八个钟头了吗？"我笑着说。

然而这时间也确实有点难以度过。第二天早晨，正当我们取了钱，预备去付账，声明下午要走的时候，我们的厅堂里忽然又搬进行李来了，正放在我们这一边。那正是昨天才来的香客。

妻气得失了色，说不出话来，只是瞪着眼睛望着我。不用说，当家的立刻又要来到，第一次的故事又要重演一次了。

"给这故事变一个喜剧让妻消一点闷吧！"我这样想着，从箱子里取出了军队里的制服，穿在身上，把那方绫的符号和银质的徽章特别露挂在外面，往厅里走了去。

当家的正从外面走了进来，看见我的奇异的形状，突然站住了。

他非常惊愕地注视着我，皱一皱眉头，又立刻现出了一个不自然的笑容。

"鲁……"他不晓得应该怎样称呼我了，机械地合了掌，"老爷，你好！"

"有什么事吗，当家的？"我瞪着眼望他。

"没有什么——特地请个安。唔！这是谁的行李？"他转过头去，问跟在后背的小和尚。

"这就是李先生的。"

"哼——阿弥陀佛！你们这些人真不中用！怎么拿到这里来了！我不是说过。安置在西楼上的吗？"

"师父不是说……"

"阿弥陀佛！快些拿去！快些拿去！——这样不中用！"

我看见了他对小和尚眨着眼睛。

"到我房子里坐坐吧，当家的，我正想去找你呢！"

"是，是，"他睁着疑惑的眼光注意着我的脸色。"请不要生气，吵闹了你，这完全是他们弄错了。咳！真不中用！请老爷多多原谅。"他又对站在我后背发笑的妻合着掌说："请太太多多原谅！"

"哪里，哪里！"我微笑地回答着。

我待他跟进了房里，从衣袋里摸出几张钞票，放在他面前说：

"我们今天要走了，当家的，这一点点香钱，请收了吧。"

他惊愕地站着，又机械地合了掌，似乎还怀疑着我发了气。

"原谅，老爷！我们太怠慢了！天气热得很，还请住过夏再走！钱是决不敢领的！"

为要使他安静，我反复地说明了要走的原因，是军队里的假期已满，

而且还有别的重要的公事。钱呢,是给他买香烛的,必须给我们收下。他安了心,恭敬地合着掌走了,不肯拿钱。我叫茶房送去了两次,他又亲自送了回来。最后我自己送了去,说了许多话,他才收下了。

他办了一桌酒席,给我们送行,又送了一些佛国的特产和蔬菜。

"这一个玩笑开得太凶了!和尚也可怜哩!"现在妻的气愤不但完全消失,反而觉得不忍了。

"这只是平常的故事,一来一去,完全和潮一样的!"我说,"无爱无憎,才能见到真正的美,所以释迦成了佛呢!"

"无论你怎样玄之又玄,总之这海,这潮,这佛国,使我厌憎!"妻临行前喃喃的不快活的说。

她没有注意到当家的站在门口,还在大声的说着,要我们明年再来。

(选自散文集《驴子和骡子》,1934年12月,上海生活书店)

关中琐记

一、古旧的潼关

一九三四年二月二十八日夜深,车子进了潼关。几分钟后,我踏着了关中的土地。在以前,这里才算是真正的中国,我的故乡是南蛮,是外国。所以历来由东方来的,一进河南灵宝县的函谷关,就叫做"进关"。所谓"出关",乃是指东出函谷关,或西南出散关,东南出武关,西北出今甘肃之萧关而言的。这说法,现在似乎必须变换了,尤其是在我这个南方人看起来,西过函谷关,仿佛是到了关外一般。

潼关的夜,冷静而且黑暗。除了从火车下来的很少的旅客和几辆人力车外,便没有别的人迹。街上没有路灯。城门已经关了,等到了一辆要人的汽车,才给开了,一齐进城。气候并不觉得冷,似乎和上海的差不多。

第二天正是阴历正月十六日,街上一队一队的走过高抬和高跷,人非常拥挤。店铺很少,有几家柜台里装着炉灶,煎熬着鸦片,有几家正在县政府的邻近。原来鸦片的买卖,在这里是公开的。

下午到东街看了一株大槐树,据说就是马超刺曹操的古迹。树干一半在药店里,一半在布店里,墙壁拦着,辨别不出多少大。据说五六个人还

抱不住。离地一丈多，树干上有一个洞，说是枪刺的痕迹，三角形，直径有一尺多，里面分成两个小洞，不晓得多少深。我爬上特设的梯子，抚摸了一下，哄骗着自己遇到了古迹。

出了东北门，循着冯玉祥所辟的汽车路，不久就到了金陡关。金陡关一名第一关，在豫陕分界的地方。关在两岗间，不很高。据说游人都到这里来观赏，想是历来战事所必争的缘故了。火车隧道就在关外的右侧，上面设有天井通烟灰。走上关，北行一二十步，底下就是黄河。对岸山西境内的高山即伯夷叔齐饿死的那个首阳山了。那面的河边有一个市镇，叫做风陵渡，说是从前有女娲墓，女娲姓风，所以叫做风陵。山西有汽车直通那里，为陕晋交通的要道。黄河沿着南北行的首阳山从北来，到这里和西来的渭水相合，突然由首阳山东折，潼关正对着两水交合的口子，水势的确是很大的。潼关的城厢地位很低，岸边的泥土且极容易崩溃。《水经注》云："河在关内，南流潼激关山，因谓之潼关。"然而现在却没有危险。车夫说，那是因为城下压着宝物的缘故；要不然，城里一定给水冲走了。

潼关城厢的后背是华山脉，往东去叫做崤山，起伏重叠，形势很险。但和郑州以西的山一样，没有草木，没有石头，都是灰白色的粘土，山上一层层的平地，是种麦子的，一个一个的洞，是住人的窑子。

潼关没有特别的出产，除了有名的酱菜。它只是交通的要道。

古旧，冷落，衰败，这便是现在的潼关。

二、荒凉的旅程

三月二日，坐着人力车，由潼关西行约十五里，即折向北行。村落渐行渐稀渐小。每个村落都筑着土堡，这也是我没有看见过的情形。由潼关到朝邑县都是平原，计程六十里，过了两条狭窄的河，在南的是渭河，近朝邑县的是洛河。这两条河都没有桥，洛河上连系着几只船，和浮桥一样，水大的时候，这浮桥就变做了渡船。过渭河有一只很大的渡船。几辆牛车、骡车、人力车都用这渡船载着过了河。

朝邑县城在黄河滩上，地势特别低，背后有三个土堡在高原上。远远望去，以为那就是县城。

第二天早晨,坐着一辆骡车往骡阳。朝邑到骡阳有一百十里,渐走渐高,是上坡的路,还要翻沟,因此人家叫我天才黎明就起行,给我雇了一辆快车。所谓快车,就是两个骡子拉着走的。但是我虽然起得早,车夫却来得很迟,出发的时候,已经七点半了。而快车也很慢,我的两个骡子和人家的一个骡子一样,一小时只能走十里路。这骡车,虽然从前在别的地方常常见到过,却还是初次坐,因此坐着也不舒服,睡着也不舒服,老是在车里碰着头,心像快被摇了出来,肠子震动得要断了一样。

一路往北,村落禽稀,差不多五里一个,十里一个,小的村落只有二三十家,没有街市,没有店铺,只有到了市镇,才有卖吃的。这一百十里中,车子只经过朝邑县的一个市镇,叫做两女镇。十时半到那里,车夫问我要不要吃点东西,我不晓得这种情形,觉得肚子并不饿,没有吃,因此一直饿到下午二时半,车子特地多走了十里路,弯到骡阳境内的露井镇去休息。

四时从露井镇出发,离县城尚有三十里。翻了一个很长的沟,天将黑的时候,到了金水沟。过了沟,到县城只有五里了。但这个沟是最不容易翻的。

所谓翻沟,原来就是过一条河道。但因为现在这河道没有水,所以就成了车路。

金水沟一上一下,约有一里路。坡很陡峻,没有转弯休息的平地,没有攀手的东西,两边高耸着峭壁。头上的天是长的,只有一丈光景宽。我下了车步行着,车夫扎紧了车内的行李,用一根木棍,绑住了一个轮子,只让一个轮子转动。他一路用另一根木棍随时阻挡着那一个转动的轮子,不让它走得太快,一面又紧紧地拉着骡子的缰绳,随时勒住它们的脚步。上坡的时候,去了轮上的木棍,加了一匹牛拉着走,车夫又在后面随时用木棍阻挡着轮子的倒退,一面叱咤地鞭打着牲口。骡子悲惨地喘着气,仿佛要倒毙的模样。

没有山水草木,地上全是灰白的粘土,找不到一块石子,荒凉冷落,如在沙漠里一般,这旅途。

三、骡阳——古有莘氏之国

《骡阳县志》云:"尝稽唐尧时,鲧取有莘氏女,而夏启以莘封支子。

殷初，伊尹耕于其野，后为周太姒所生国。《诗》《大雅》云：文王初载，天作之合，在洽（原注引《朱传》云：洽，水名，在同州郃阳夏阳县，流绝，故去水加邑。）之阳，在渭之涘，文王嘉止，大邦有子。据此，则唐虞夏商之世，郃阳为莘国明矣。"所以现在郃阳的东北区有伊尹墓，东区有太姒墓、帝喾墓。

据《县志》，郃阳城东西二里，南北二里，但实际走起来，南北不到一里，东西最多也只有一里半。从城墙上遥望，城外一望无际，看不见什么村落。县城西北约四十里有梁山，但为高原所遮住。天气晴朗时，可以在城墙上隐约地望见百七十里外的华山。

城内文庙中存着一个曹全碑，明万历年间出土，为汉碑中最完全的一个，当时只一"因"字半缺，现则历经拓摹，损缺的颇多，且搬动时受伤，断裂为二，拼合之后，有十余字损缺。但在所有的汉碑中，它仍算最完全，最清楚的一个。字为八分体，清逸而遒劲，琢字亦无刀痕，没有书撰人姓名。

教育局中又存着观音佛塑像一个，为隋开皇四年所造。石纯如玉，琤琮作声。面貌和装饰颇似印度人。此像前在城外某村中，没有人注意，前几年一个古董商人偷卖了出去，已经运到黄河边，大家才知道它是件古董，把它夺了回来。

和潼关、朝邑一样，郃阳的街上开着许多卖大烟的店，一元钱可买二两多。据说每一家人家都有一二副烟具，自吸或招待客人。有些人吸的是四川的卷烟，或者兰州的水烟。未到陕西以前，听说陕西人有熬烟油点灯，有三五岁小孩子吸烟的，但在郃阳，并没有听到这种情形，据说这样的事情是有的，但不是郃阳，吸大烟最厉害的说是要算山西的有些地方，那里的人多吃白丸，那是烟土中最强烈的一种。今年的政府禁种鸦片似颇认真，三申五令，逼着县知事亲自到乡下去铲烟苗，所以我一路来去，官堂大路旁都没有看见罂粟。

郃阳没有酱油店，只有醋店；挂着醋店的招牌的，并不带卖酱油。大家都不很爱吃酱油，买来的酱油味道是苦的，墨汁一般浓黑。有一次，我们的厨子在檐口滴下了几滴酱油，它便像漆似的凝固在那里，太阳晒了几天，愈加胶固了。只有醋，是大家不能少的作料。一碟醋，一碟盐，有时一碟辣椒油或大蒜，便是很好的下饭的菜。郃阳县境内没有水，许多井掘

挖到七八十丈深，有的地方甚至吃沼中的污水。大家都爱惜水，有一家七八口共用一盆水洗脸的。只有离县城三十里的夏阳镇是在黄河滩上，且有潢水，种了一些菜蔬。骡阳人几乎没有东西下饭。一年到头很少下雨，井水很混浊，茶水里全是灰土，白的衣服愈洗愈黑，做出来的豆腐是黄色的。猪肉很便宜，一元钱可买六斤，鸭每只值大洋二毛，然而骡阳人也不常吃。夏阳的潢水出鱼，大家不爱吃，也不敢吃，说是有毒。鸽子成对成群地栖宿在每家的屋梁上，没有人捉来吃，连它们的卵也不收。大家已经习惯了不吃菜的生活，只要有醋，有盐，有蒜，有辣椒，一个一个的馍，无论冷的硬的，都吃得很有味。

骡阳没有什么工业品，店家贩卖的布、帽子、袜子、鞋子以及一切的消耗品，几乎全是河东来的。所谓河东，就是指的山西。只有羊毛毡子是它的特产品，但不及俄国货的美而柔而轻，所以它的销路也有限，而出产这毡子的地方又很多。

骡阳的土地全是粘土，一粘在衣服上，便不容易把它刷掉。随便哪里的土都可以挖起来烧砖瓦，用不着像江浙一带挖得很深，而且还只限少数的土地。大家用的土砖，做起来非常容易。在一个长方形的木盒底里撒一点灰，从地上铲起土来，放在木盒里，只用棍子轻轻一敲，倒出来便是一块土砖，所有的屋子几乎全用这种土砖做墙，屋上瓦下衬的也是那种泥土。

房子的构造是这样：朝南的有三间祖堂（他们叫祠堂），两边是朝西朝东的厢房，中间一个很狭窄的长方形的天井。人都住在厢房里，每一个房里有一个大土炕（夫妇睡的炕叫做配），横直都可以躺上好几个人。冬天一到，底下就生起火来。女人家做女红的一天到晚盘着腿坐在炕上，据一个医生说，骡阳的女人特别多病，就是这缘故，因为坐在那里血脉不活。生火的时候，下身特别热。光线空气又不佳（纸糊的窗子和天花板）。但大家还是最爱住窑子，造屋的时候，里面特别用泥土造成窑子，有的甚至没有窗子，黑洞洞的，大家说更加舒服，冬温夏凉。

地广人稀，是陕西一般的情形，骡阳已经接近陕北，所以在旧关中道中最甚。天时坏，种田的人愁收获不多；天时好，愁工作的人少。牛车、骡车、驴子，拖的负的又非常迟缓。大家想人口兴旺，结婚得很早，男子十六岁，女子十三岁，都结了婚。某一个中学校，初中二三年级学生总数为三十八人，年龄以二十岁以内的占多数，没有结婚的只有三人。结果怎样，是很容易知道的：妇人多病，生育不多，子女羸弱；加上天气过热和太冷，饮食缺乏养料，不讲卫生（妇人生产时坐在灰袋上，故产妇常多危险），没有医院，要生存是很不容易的。

和其余地方一样，骤阳最多的是农人，其次是商人，再次是读书人。因为读书人历来是做官，做绅士，因此地位最高。学生出门，学校里写一张护照，完全照著军队里所发的一样，命令着"沿途驻军不得留难，切切此令"。上面再用朱砂在"为"字上涂下一个大点，在有些字旁边加上几个红圈。于是拿着这护照的学生便可通行无阻，不受检查盘问了。在中学校里毕了业，便有人送捷报到他家里，贴在他的门口，说要由教育厅厅长省主席"转呈国民政府大学院以小学教师及普通文官任用。"但是否有小学教师或普通文官可做，要看命运，要看会不会钻营了。

四、送穷鬼——骤阳风土之一

阴历正月初五，在南方是接财神的日子，但在骤阳，却是送穷鬼的日子。一送一迎，一惧一喜，一个是消极，一个是积极，目的都是一样。南方接财神，年年奉行的多是商家，一般住家大都没有什么表示。而骤阳的送穷鬼，却是家家户户都做的。

这一天天还没有亮。大家就起来，争先恐后的放鞭炮，有的从房内一直燃放到大门外，把穷鬼吓了出去，一面举行大扫除，把房内的尘土全扫到大门外。平常扫地都从外面扫进来，把尘土当做了财宝，这一天把尘土当做了可怕的穷鬼，所以往外扫。虽然过年才五天，窗纸才新糊过，但时常起大风，有一二天便被刮破的，这一天早晨必须补好，地上如有洞，也得塞住，怕穷鬼从这些窟窿里钻出来。这叫做塞穷窟窿。这一天大家要吃馄饨，也叫做塞穷窟窿，因为喉咙也是窟窿之一。

明陈耀文所作《天中记》云："池阳风俗，以正月二十九日为穷九，扫除屋室尘秽，投之水中，谓之送穷。"按池阳在今陕西泾阳县北，和骤阳同属旧关中道，故风俗略同，但日子却差了许多。又因为骤阳没有水，所以只把尘秽扫到大门外，不投水中。

五、招魂——骤阳风土之二

　　阴历正月初七，旧称人日，骤阳俗呼人七日，是招魂的日子。凡出门在近处的人，这一天都须回家过夜。大家吃一顿馄饨，叫做吃寿星馄饨。天将黑的时候，在土地神像前点上一对长烛（每家都有一尊泥塑的土地像，置在大门内墙龛间），房内也燃蜡烛，好让魂魄回来时，容易辨别门径。就寝前，家长在门口喊着家里的人的名字，叫他回来，房内有一个人代替着大家回答着"来啦"。

　　这情形颇像我的故乡的招魂。故乡的招魂并没有一定的日子，而是在谁生了病，以为吓走了魂魄而举行的。招魂的时间也在晚上，但在灶神的前面点着香烛，请灶神帮忙的。灶上取去了镬子，放一米筛（通常把米筛当做避邪的法宝），一碗清水，一只空碗上覆着一张皮纸。一个人喊一次某人回来，用小指钩一滴清水到覆纸的碗上，一个人在灶洞口回答着"来啦"。待纸上的水越滴越多，纸将破未破时，纸上就显出一二颗晶莹的圆滑的水珠，以为那就是魂魄了，便端着这碗，一路喊着应着走到病人身边，把纸捏成团，用它拍拍病人的额，再将碗内的水给他喝一二口，就以为魂魄回到病人的身上了。

　　但在骤阳，不论有病没病，是都须在正月初七日招魂的。

　　《西清诗话》载《方朔古书》云："岁后八日：一日鸭，二日犬，三日豕，四日羊，五日牛，六日马，七日人，八日谷。其日晴，所主之物育，阴则灾。"《荆楚岁时记》云："人日剪彩为花胜，或镂金箔为人胜以相遗，故唐人谓人日为人胜节。"现在这种风俗似已不易见到，今人亦多不知人日为何日的，骤阳人虽保留了人日的名称，但风俗却完全不同了。

六、逐雀儿——骤阳风土之三

　　雀儿在农家有着很大的害处，它成群结队飞来，可以搬走许多稻麦。中国人向来对它没有办法，只好听其自然，骤阳人却年年一度，在正月十一那一天要赶逐一次。

这一天清晨，天才发白，一个人就在房内燃放起鞭炮来，另一个人乱挥着鞭子赶打着，从每间房里赶到天井，从天井赶到门口，又从门口赶到土堡外的晒场上（每一家人家，都有一块空地作为打麦晒麦用），随后又把雀儿从自己的晒场上赶了出去，让它进了别一家的晒场。虽然这一天的雀儿早已飞的飞走，躲的躲开，但大家相信这么做一番，一年里就不害农事了。

七、老鼠嫁女——骡阳风土之四

老鼠和雀儿一样，是一种有害的动物，它最会损耗人家的东西，所以在北方，它的名字又叫做耗子（但在关中仍叫老鼠）。这东西昼伏夜出，灵捷狡猾，很有一点神秘，所以许多地方的人怕它，无法奈何它，便想出了一种方法，客客气气的想把它送了出去。骡阳的老鼠嫁女应该就是这个意思。

正月十二那一天，骡阳人把磨支了起来，让老鼠们去吃磨内剩留的麦粉之类的东西，给它们做喜酒。大家又煮了一锅杏仁，预备正月十五吃，十二那一天先把它煮熟，捻下杏仁衣，撒在地上。杏仁衣是有点红色的，给新娘子戴在头上做凤冠。到了晚上，大家在天将黑时就睡了觉，不点灯，让老鼠们大胆地出来吃喜酒，嫁女儿。到了半夜，姑娘们常蹑着足走到磨边，耳朵凑在磨中的洞口，倾听老鼠嫁女的消息。据说可以听到老鼠们的脚步声、说话声、嘻笑声。

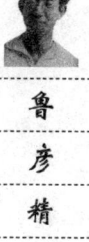

浙江永康也有老鼠嫁女的风俗，时间是在正月初二，和骡阳的差了十天。他们也不点灯就睡了觉，放一点残烛在床上，作为送嫁的礼物，给他们做花烛，那里有两句话云："你把它静一夜，它把你静一年。"

宁波没有这风俗，但正月初一也不扫地，也不点灯，意思是尘秽和油都是财，一年第一天不扫出去，不消耗，全年便积得很多。而实际，这种风俗也暗中给与了老鼠们放肆的机会。

八、从冬天里逃出来的春天

春天在骡阳，甚至可以说，除了陕南一部分，陕西的春天是被冬天关住了的。风占据着整个的冬天，又压住了春天的逃遁。它整天整夜巡行着，

把地上灰白的尘土卷到了空中，于是天上的颜色也全和地上的颜色一模一样了。几个月来看不见青天，只有那白日，真正的白日，在尘灰中模糊地露着哭丧的脸，失了魂魄似的忽隐忽现的荡漾着。

没有树，但像有森林在啸，火车在叫，汽车在狂驰。扯着纸窗，飞着瓦片，袭击着人的眼目，推动着人的脚步。看不见花草，看不见春天。冬天一过，夏天就接着来了。

但在夏阳，春天却从冬天里逃出来了。

清明节后两天，我骑着驴子出了城，往东南三十里外的夏阳去探望我所渴望的春天。

一路仍像来的时候的冬天的气象，只麦子出了几寸长的土。野草是没有的，偶然看见树木，也还未萌芽。经过几个村庄，都用几个大木支起了一个很高很大的秋千。妇女们成群的在那里围绕着游戏，一个六七十岁小脚的老妇人抱了孙子，也在打秋千。她们都是从小耍惯了的。年年寒食前后一星期，妇女们都做这游戏。这原是山戎的游戏，唐朝的寒食节即有女子玩秋千，男女踢球的风俗，现在男子在寒食节踢球的游戏已经没有，惟有女子的游戏还保存着。

夏阳镇在黄河滩上，是通山西的要道，即汉韩信袭魏，以木罂渡河处，预备木罂的地方，据说在今夏阳西十里的灵村。灵村已在黄河边，但因在高原上，所以和别处一样的乏水。我见到的一个井约有百丈左右深，汲一桶水，须四五个人吃力地扳动着辘轳。灵村的堡外有一座人工似的小山，叫做蝎子山（陕西最多蝎子，俗于谷雨日画符贴门上驱蝎子），上面倒有一些树木，但这时也还全未萌芽，这里的春天是要到夏天才来的。

然而下了一个坡，春天却已经在夏阳了。

从高坡上望去，绿色的夏阳一直延长到视线尽处。沿着黄河滩上南行，春天占据了半里宽十几里长的土地。

三步一株五步一株的高大的柳树榆树，全发了芽，间夹着的杏花桃花已经落红满地。车路的西边还是干燥的灰白的粘土，车路的东边便是滋润的肥腴的黄土了。一切都是艺术的：那树木，那田地，那水沟，都非常的整齐而清洁。到处都非常幽静、新鲜。我仿佛回到了南方似的。一样一样的菜蔬都长得高大而肥美，像在福建所见的一样。

夏阳的春天为什么能从冬天的禁闭中逃遁出来呢？开这禁闭的锁的钥匙是瀵。这是一个特别的水名，别的地方没有的。《尔雅》云，"瀵，大出尾下"，郝懿行作《义疏》，说，"瀵水喷流甚大，底源潜通，故目出尾下"。《水经注》云："（瀵）水出汾阴县（山西）南四十里，西去河（指黄河）三里，平地开源，瀵泉上涌，大几如轮，深则不测，俗呼之为瀵魁。古人壅其流以为陂水，种稻东西二百步，南北百余步，与骡阳瀵水夹河，河中渚上，又有一瀵水，皆相潜通。"又云："（骡阳）城北有瀵水，南去二水各数里。其水东经其城内，东入于河。又于城内侧中有瀵水，东南出城，注于河。城南又有瀵水，东流注于河。"这里所谓阳城，即指现在的夏阳镇，因从前的县城是在那里的。

现在夏阳的瀵，只有三个，据说尚有两个已经干了。黄水渚中的一个也还在。河水是黄的，但瀵水却非常清，并不深，可以看到底。在岸上的三个瀵都很小，附近的灌溉全靠的这瀵水，农夫开了许多沟，引流着水出去，但水永不会干涸，甚至减浅，也不会高滥出来。

夏阳的古迹除了不可靠的帝喾坟外，尚有一不可靠的子夏石室。据说子夏曾在这里讲过学，因此后人给他造了一个亭楼，塑了像，立了许多碑。

九、远眺中的华山

当我由潼关向北行，往骡阳去的时候，虽然曾经首先沿着华山西行了一二十里的路，但那时，正在阴暗的冬天的灰雾里，看不见华山的全景，随后折向北行，华山更被骡车的篷所掩住了。春去夏来，天气渐渐清朗，慢慢的看见了青色的天，当我快要离开骡阳不久以前，有一次忽然看见了远处一带隐约的山脉。我惊愕地听人家说那就是华山，正懊恼着平日不曾注意到，不久就循着原路南行了。

现在是下坡的路，天气又非常清朗，我的面正对着华山。它占据着正南的一带，又若断若续的蜿蜒到东南的一角。我越走越近，它越高越大越清楚，我才明白了那蜿蜒在东南角的是黄河东边的首阳山。

两天里，从早到晚，华山的顶上始终浮着银白的光辉的云。那云仿佛凝结在一团，没有动弹过。

第二天下午，华山离我愈近愈清楚了。最高的一个峰像一朵半开的花，顶是平的，没有峰尖，而是方的。我相信华山的名字就是因这个峰的形状而来的了。两边有几个较低的尖的山峰，像和中峰不相连接的样子。

过了不久。我忽然看见了一个可怕的面孔。那是一个鬼怪，他秃着尖头，尖着下巴，墨一样黑的脸上露着一副歪曲的嘴脸。眼睛、鼻子、嘴巴，是几点白的小孔，仿佛已经破烂了似的。他站在中峰的西边。

随后中峰的东边也露出了一个面貌来了，那像是一个未脱童子气的人的面庞。方头粗额，浓眉，高鼻，阔嘴，两只眼睛大而且深，像一个外国人。他仰着头朝北侧着面。躺着，像睡熟了一样。

同时在他的东南，较高的地方，又转出了一个面庞。那是一个女人，鞑靼人的模样。她侧着面微微俯视着，高鼻深眼，阴沉严肃地在沉思着，她的黑色的头巾一直披到了肩上，显出她已经是一个上了年纪的美人。

我的车轮滚着转着，中峰的东边忽然又现出了两个细小的奶头，随后这奶头渐渐变成了两个打坐的和尚。又由坐着的姿态变成了跪的姿态。

离开华山约五六里，我觉得它反而比先前矮了。在南方，比它高的山似乎多得很。它虽然黑了一点，可是一样的没有什么树木，仿佛石头也没有的样子。只有在山脚下，车路旁，随时看见了不少的树木。

华山的胜迹在哪里呢？我没有时间上去，不能知道。人人说上华山的艰难，它的胜迹怕就在山路的险峻了。那一条上中峰的路，我在车上远远地望见的，沿着峭壁，一直上去，没有转弯休息的平地，确实是一条最奇突最险峻的路。

十、华州的金钱龟

由潼关往西一直到长安，沿途汽车路上的风景和陇海路上所见的差不多，随时可以看见或远或近的一些树木。山的颜色虽然比较的深了，但一路上仍没有看见石头，只有将近华州的地方，忽然在车路的两旁发现了一些岩石、石子。但这样的过了三五里路，又恢复了原样，一直到长安，看不见石头。

这事使我惊异，一个同伴便在我询问之后，在颠簸的车中，告诉我一

个关于这些石头的传说。

"大约是明末清初的时候,"我的同伴开始叙述说,"华州地方有一个最有钱的人,他的名字叫做李凤山,是一个最吝啬最刻薄的守财奴。他有了许多钱,却是一毛不拔,还做了许多恶事。他相信他的财产几世吃不了用不了,有一天竟夸口说:'干了黄河塌了天,穷不了华州李凤山。'于是他的罪恶和这自夸的话到了天上,天神发怒了,派了一个神到华州山脚下的一个寺院里来做和尚。有一天,这个和尚穿着一件破烂的衣服,便到李凤山家里来化缘。李凤山不但不给钱,反把他一顿打,赶出去了。他的家里一个善心的丫头,看着这和尚可怜,便暗地里偷了两个馍,送到大门口给了他吃。

"——姑娘——和尚感激地对那丫头说——这里快有极大的灾难来到了,你是一个好心的人,我愿意预先通知你:倘若有一天,你看见这大门口石狮子上的眼睛红了,你就一声不响的赶快离开这里吧,越跑得快越跑得远越好。不然,你的性命也难保的呢。请牢牢记住我的话吧,并且不要泄漏天机!

"于是这和尚就忽然不见了。丫头听着他的吩咐,天天早晚到大门口去看石狮子的眼睛。

"过了多少日子,一天清晨,那丫头果然发现石狮子眼睛红了。那像是谁开的玩笑,在石狮子的眼睛上贴了红纸。丫头觉得和尚的话有了应验,便立刻拚命的跑走了。

"就在这一天,华州的少华山崩了。岩石轰轰滚了下来,把李凤山一家人全压在石头下,但没压着山脚下的那个寺院。

"此后华州就出了一种特别的动物,叫做金钱龟,和钱一样大,饿上十来天不会死。大家相信那是李凤山一家人变的,因为他们生前有钱,人参吃得多的缘故。"

我的同伴的叙述就此完了。他不是华州人,所讲的似乎还不十分详细。虽然是一个骂人太狠的民间传说,但李凤山那样吝啬刻薄的守财奴,世上是多得很的。

十一、临潼的华清池

过了华州到赤水,到渭南。为汽车路的中心点,陇海路已通车到这里。

由这里往西偏南，地势渐高，车路与渭河愈接近，远望沙尘如烟，疾驰而行，即是渭河滩上的飞沙。

从渭南到临潼，计程八十里，先经新丰县城，即杜甫《新丰折臂翁》所指处。县城南北不到半里，东西约半里，但见颓垣瓦砾，荒虚得很，没有居民。出了县城西门，才见到乡村似的街道和住屋。据说城中房屋都是冯玉祥时代兵火所毁的。

又西南行，经过项羽会汉高祖的鸿门，骊山愈走愈近，过一人工似的小山，即秦始皇冢。

骊山为一黄土的山，和一路所见到的山迥然不同，眼目为之一新。上有周幽王烽火台遗址。白居易诗云："骊山高处入青云，"实际上骊山是很矮的。

骊山最北峰下面即为临潼。山脚下出温泉。俗传神女为秦始皇疗疮而辟。还有唐朝华清宫旧址，杨贵妃洗浴的地方。

现在那里有两家澡堂，归政府经营，几间中国式的房子，里面开了几个池汤，每一个池汤约一丈宽，一丈半长，水门汀式的底，水从一个圆洞里涌了出来，从另一个洞里流了出去，热得很，非常的清。白居易诗云："温泉水滑洗凝脂"，这水洗在身上，的确连皮肤都滑了。这样的水，杨贵妃天天洗了，难怪不成凝脂。别地方的温泉有硫磺的气息，这里却一点也没有。

东边一家的澡堂后面，有一个井似的圆池。据说是温泉的源，现在这里的水是专门吃的。女人洗澡的池汤为泉源首先经过的一个，据说即为贵妃所洗浴的地方，所以特名这一个做贵妃池。男子不能进去，带了女人，便可同浴。

澡堂的票价最高的一元，此外几角不等，看在哪一个池里洗。进去了，只要自己有工夫，可以洗了休息，休息了又洗。只是最不便利的地方，在于附近地方没有清洁的旅店（澡堂里虽有几间卧室，是给要人们住的）。潼关来的汽车每天有十来辆，但都在早晨同时开，在临潼下了车，便再也没有公共汽车走过。而长安东开的车，也在早晨同时开，在临潼下了车，也不能再遇到东行的车。所以到临潼洗澡，只有早晨坐着东行的车，下午坐了西行的车返长安。

从临潼西行，经过灞桥，浐桥，计程五十里，就到长安了。

十二、长 安

长安的城是伟大而雄壮的，它象北平的城，高大坚固。街道店铺、住屋、饮食，以及许多生活方式，都象北平。骡车、人力车、水车，也象北平的。街上的土的颜色，土的气息，也是北平的。

北平有民众所酷嗜的雄壮的京调，长安有民众所酷嗜的凄厉激昂的秦腔。北平有很多的古物，长安也相当地丰富。南城的碑林，集合了几千个历代的碑，有伟大的《十三经》全碑，有最高大，碑石最好，雕刻最精的玄宗的《孝经》碑，有和书坊中摹印出来不同的名家的真迹。中国字的艺术，完全给保存在这里了。这不但北平没有，走遍天下也没有的。

充满着历史的回忆的古迹，虽然已被时代洗涤得荡然无存，但那永久不变的天下第一终南山依然横在长安的南门外。我们可以一级一级的走到大雁塔的顶上，把终南山全景吸收在眼帘的。

商业的势力是在山西人的手里。陕西人经商的没有上海所见的那般狡猾，也没有北平人那样的以客气和恭敬留住了顾客的脚的力量。

提高文化的呼声是高的，长安城里有着大小七八个报馆，但没有什么杂志，好的印刷机也还没有。整个的陕西只有一个高级中学，就在长安城里。大学是没有的。

一切的建设，因了天灾人祸，交通阻塞，人材经济缺乏，显得迟慢落后。今日的陪都没有电灯（只有机关和大商铺自用的），没有自来水。陪都的夜仍保持着古城的夜的黑暗与冷落。西北角上的居民仍在那里喝着苦井里的水。

开发西北不是容易的事，呼声虽然高，还不能说已经开始。西北人是和自然奋斗惯了的，他们有着坚强的意志和体格。倘使开发西北是有希望的事，则这希望就在这里了。

（选自散文集《驴子和骡子》，1934年12月，上海生活书店）

中国现代文学大师精品集丛书

清 明

晨光还没有从窗眼里爬进来,我已经钻出被窝坐着,推着熟睡的母亲。

"迟啦,妈,锣声响啦!"

母亲便突然从梦中坐起,揉着睡眼,静默地倾听着。

"没有的!天还没亮呢!"

"好象敲过去啦。"

于是母亲也就不再睡觉,急忙推开窗子,点着灯,煮早饭了。

"嘉溪上坟去罗!……喤喤……五公祀上坟去罗!……"待母亲将饭煮熟,第一次的锣声才真的响了,一路有人叫喊着,从桥头绕向东芭弄。

我打开门,在清白的晨光中,奔跑到埠头边:河边静悄悄的,不见一个人,船还没有来。

正吃早饭,第二次的锣声又响了,敲锣的人依然大声的喊着:

"嘉溪上坟去罗!……喤喤……五公祀上坟去罗!……"

我匆忙地吃了半碗饭,便推开碗筷,又跑了出去。这时河边显得忙碌了。三只大船已经靠在埠头,几个大人正在船中戽水,铺竹垫,摆椅凳。岸上围观着许多大人和小孩,含着紧张的神情。我呆木地站着,心在辘辘地跳动。

"慌什么呀!饭没有吃饱,怎么上山呀?快些回去,再吃一碗!"母亲从后面追上来了。

"老早吃饱啦!"

"半碗,怎么就饱啦! 起码也得吃两碗! 回去,回去!"

"吃饱啦就吃饱啦! 谁骗你!"我不耐烦的说。

于是母亲喃喃地说着走回家里去了。

埠头边的人愈聚愈多,一部分人看热闹,一部分人是去参加上祖先的坟的。有些人挑羹饭,有些人提纸钱,有些人探问何时出发。喧闹忙乱,仿佛平静的河水搅起了波浪。我静默地等着,心中却像河水似的荡漾着。

"加一件背心吧,冷了会生病的呀!"

我转过头去,母亲又来了,她已经给我拿了一件背心来。

"走起来热煞啦,还要加背心做什么? 拿回去吧!"我摇着头,回答说。

"老是不听话!"母亲喃喃地埋怨着,用力把我扯了过去,亲自给我穿上,扣好了扣子。

这时第三次的锣声响了。

"嘉溪上坟去罗!……喤喤……五公祀上坟去罗……船要开啦……船要开啦……"

岸上的人纷纷走到船上,我也就跳上了船头。

"什么要紧呀!"母亲又叫着说了,"船头坐不得的!……船舱里去!……听见吗?"

我只得跳到船头与船舱的中间,坐在插纤竿的旁边。

但是母亲仍不放心,她又在叫喊了:

"坐到船底上去,再进去一点! 那里会给纤竿打下河去的呀!"

"不会的! 愁什么!"我不快活地瞪着眼睛说。

"真不听话!……阿成叔,烦你照顾照顾这孩子吧!"她对着坐在我身边的阿成叔说。

"那自然,你放心好啦! 你回去吧!"

但是母亲仍不放心,站在河边要等着船开走。

这时三只大船里都已坐满了人,放满了东西。还不时有人上下,船在微微的左右倾侧着。

"天会落雨呢!"

"不会的!"

"我已带了雨伞。"

"我连木屐也带上了。"

船上忽然有些人这样说了起来。我抬头望着天上,天色略带一点阴沉,云在空中缓慢地移动着,远远的东边映照着山后的阳光。

"开船啦!开船啦!……喤喤……"这是最后一次的锣声了,敲锣的接着走上我们这只最后开的船,摇船的开始解缆了。

我往岸上望去,母亲已经不在岸上,不知什么时候走的。我喜欢坐在船头上,这时便又扶着船边,从人丛中向前挤了两三步。

"不要动!不要动!会掉下水里去的!"阿成叔叫着,但他已经迟了。

"好吧,好吧!以后可再不要动啦!"摇船的把船撑开岸,叫着说。

"你这孩子好大胆!……再不要动啦!"我身边一个祖公辈的责备似的说了,"你看,你妈又来了哪!"

我把眼光转到岸上,母亲果然又来了。她左手挟着一柄纸伞,摇着右手,叫着摇船的人,慌急地移动着脚步。一颠一簸,好象立刻要栽倒似的追扑了过来。

"船慢点开!……阿连叔!……还有一把伞给小孩!……"

但这时船已驶到河的中心,在岸上拉纤的已经弯着背跑着,船已咽咽咽的破浪前进了。

"算啦!算啦!不会下雨的!"摇船的阿连叔一面用力扳着橹,一面大声的回答着。

母亲着慌了,她愈加急促地沿着船行的方向奔跑起来,一路摇着手,叫着:"要落雨的呀!……拉纤的是谁!……慢点走哪!"

我在船上望见她踉跄得快跌倒了。着了急,忽然站了起来,用力踢着船沿。船突然倾侧几下,满船的人慌了,这才大家齐声的大喊,阻住了拉纤的人。

"交给我吧,到了桥边会递给他的。"一个拉纤的跑回来,向母亲接了伞,显出不快活的神情。

这时母亲已跑到和船相并的地方站住了。我看见她一脸通红,额上像滴着汗珠,喘着气。

"真是多事,那里会落雨!落了雨又有什么要紧!"我暗暗的埋怨着,又大声叫着说:"回去吧,妈!"

"好回去啦！好回去啦！"船上的人也叫着，都显出不很高兴的神情。

船又开着走了。母亲还站在那里望着，一直到船转了弯。

两岸的绿草渐渐多了起来，岸上的屋子渐渐少了。河水平静而且碧绿，只在船头下咽咽地响着，在船的两边翻起了轻快的分水波浪。船朝着拉纤的方向倾侧着。一根直的竹做的纤竿这时已成了弓形，不时发出格格的声音，顶上拴着的纤绳时时颤动着。一松一紧地拖住了岸上三个将要前仆的人的背，摇橹的人侧着橹推着扳着，船尾发出劈啪的声音，有些地方大树挡住了纤路，或者船在十字河口须转方向。拉纤的人便收了纤绳，跳到船上，摇橹的人开始用船尾的大橹拨动着水，船像摇篮似的左右荡漾着慢慢前进。

一湾又一湾，一村又一村，嘉溪山渐渐近了，最先走过狮子似的山外的小山，随后从山峡中驶了进去。这里的河面反而特别宽了，水流急了起来，浅滩中露着一堆堆的沙石。我们的船一直驶到河道的尽头，船头冲上了沙滩，现在船上的人全上岸了。我和几个十几岁的同伴早已在船上脱了鞋袜，卷起了裤脚，不走山路，却从沁人的清凉的溪水里走向山上去，一面叫着跳着，像是笼里逃出来的小鸟。

祖先的坟墓是在山麓的上部，那里生满了松树和柏树。我们几个孩子先在树林中跑了几个圈子，听见爆竹和锣声，才到坟前拜了一拜，拿了一只竹签，好带回家里去换点心。随后跑向松树林中，爬了上去采松花，装满了衣袋，兜满了前襟，听见爆竹和锣声又一直奔下山坡，到庄家那里去吃午饭。这时肚子特别饿了，跑到庄前就远远地闻到了午饭的香气。我平常最爱吃的是毛笋烤咸菜，这时桌上最多的正是这一样菜，便站在长桌旁，挤在大人们的身边，开始吃了起来，饭虽然粗硬，菜虽然冷，却觉得特别的有味，一连吃了三粗大碗饭。筷子一丢，又往附近跑去了。隆重的热闹的扫墓典礼，我只到坟边学样地拜了一拜，我的目的却在游玩。但也并不知道游玩，只觉得自由快乐，到处乱跑着。

回家的锣声又响时，果然落雨了。它象雾一样，细细的袭了过来。我挟着雨伞，并不使用，披着一身细雨，踏着溪流，欢乐的回到了泊船的河滩上。

清明节就是这样的完了。它在我是一个最欢乐的季节。

(选自散文集《旅人的心》，1937年4月，文化生活出版社)

旅人的心

或是因为年幼善忘,或是因为不常见面,我最初几年中对父亲的感情怎样,一点也记不起来了。至于父亲那时对我的爱,却从母亲的话里就可知道。母亲近来显然在深深地记念父亲,又加上年纪老了,所以一见到她的小孙儿吃牛奶,就对我说了又说:

"正是这牌子,有一只老鹰!……你从前奶子不够吃,也吃的这牛奶。你父亲真舍得,不晓得给你吃了多少,有一次竟带了一打来,用木箱子装着。那比现在贵得多了。他的收入又比你现在的少……"

不用说,父亲是从我出世后就深爱着我的。

但是我自己所能记忆的我对于父亲的感情,却是从六七岁起。

父亲向来是出远门的。他每年只回家一次,每次约在家里住一个月,时期多在年底年初。每次回来总带了许多东西:肥皂、蜡烛、洋火、布匹、花生、豆油、粉干……都够一年的吃用。此外还有专门给我的帽子、衣料、玩具、纸笔、书籍……

我平日最欢喜和姊姊吵架,什么事情都不能安静,常常挨了母亲的打,也还不肯屈服。但是父亲一进门,我就完全改变了,安静得仿佛天上的神到了我们家里,我的心里充满了畏惧,但又不像对神似的慑于他的权威,却是在畏惧中间藏着无限的喜悦,而这喜悦中间却又藏着说不出的亲切。

我现在不再叫喊,甚至不大说话了;我不再跳跑,甚至连走路的脚步也十分轻了;什么事情我该做的,用不着母亲说,就自己去做好;什么事情我该对姊姊退让的,也全退让了。我简直换了一个人,连自己也觉得:聪明,诚实,和气,勤力。

父亲从来不对我说半句埋怨话,他有着洪亮而温和的音调。他的态度是庄重的。但脸上没有威严却是和气。他每餐都喝一定分量的酒,他的皮肤的血色本来很好,喝了一点酒,脸上就显出一种可亲的红光。他爱讲故事给我听,尤其是喝酒的时候,常常因此把一顿饭延长一二个钟头。他所讲的多是他亲身的阅历,没有一个故事里不含着诚实,忠厚,勇敢,耐劳。他学过拳术,偶然也打拳给我看,但他接着就讲打拳的故事给我听:学会了这一套不可露锋芒,只能在万不得已时用来保护自己。父亲虽然不是医生,但因为祖父是业医的,遗有许多医书,他一生就专门研究医学。他抄了许多方子,配了许多药,赠送人家,常常叫我帮他的忙。因此我们的墙上贴满了方子,衣柜里和抽屉里满是大大小小的药瓶。

一年一度,父亲一回来,我仿佛新生了一样,得到了学好的机会:有事可做,也有学问可求。

然而这时间是短促的。将近一个月,他慢慢开始整理他的行装。一样一样的和母亲商议着别后一年内的计划了。

到了远行的那夜一时前,他先起了床,一面打扎着被包箱箧,一面要母亲去预备早饭,二时后,吃过早饭,就有划船老大在墙外叫喊起来,是父亲离家的时候了。

父亲和平日一样满脸笑容,他确信他这一年的事业将比往年更好。母亲和姊姊虽然眼眶里贮着惜别的眼泪,但为了这是一个吉日,终于勉强地把眼泪忍住了。只有我大声啼哭着,牵着父亲的衣襟,跟到了大门外的埠头上。

父亲把我交给母亲,在灯笼的光中仔细地走下石级,上了船,船就静静地离开了岸。

"进去吧,很快就回来的,好孩子。"父亲从船里伸出头来,说。

船上的灯笼熄了,白茫茫的水面上只显出一个移动着的黑影。几分钟

后,它迅速地消失在几步外的桥的后面。一阵关闭船篷声,接着便是渐远渐低的咕呀咕呀的桨声。

"进去吧,还在夜里呀。"过了一会,母亲说着,带了我和姊姊转了身,"很快就回来了,不听见吗?留在家里,谁去赚钱呢?"

其实我并没想到把父亲留在家里,我每次是只想跟父亲一道出门的。

父亲离家老是在夜黑,又冷又黑。想起来这旅途很觉可怕。那样的夜里,岸上是没有行人也没有声音的,倘使有什么发现,那就十分之九是可怕的鬼怪或野兽。尤其是在河里,常常起着风,到处都潜着吃人的水鬼,一路所经过的两岸大部分极其荒凉,这里一个坟墓,那里一个棺材,连白天也少有行人。

但父亲却平静地走了,露着微笑。他不畏惧也不感伤,他常说男子汉要胆大量宽。而男子汉的眼泪和珍珠一样宝贵。

一年一年过去着,我渐渐大了,想和父亲一道出门的念头也跟着深起来,甚至对于夜间的旅行起了好奇和羡慕。到了十四五岁,乡间的生活完全过厌了,倘不是父亲时常寄小说书给我,我说不定会背着母亲私自出门远行的。

十七岁那年的春天,我终于达到了我的志愿。父亲是往江北去,他进我到上海。那时姊姊已出了嫁生了孩子,母亲身边只留着一个五岁的妹妹。她这次终于遏抑不住情感,离别前几天就不时滴下眼泪来,到得那天夜里她伤心的哭了。

鲁彦精品集

但我没有被她的眼泪所感动。我很久以前听到我可以出远门,就在焦急地等待着那日子,那一夜我几乎没有合眼,心里充满了说不出的快乐。我满脸笑容,跟着父亲在暗淡的灯笼光中走出了大门。我没注意母亲站在岸上对我的叮嘱。一进船舱,就像脱离了火坑一样。

"竟有这样硬心肠,我哭着,他笑着!"

这是母亲后来常提起的话,我当时欢喜什么,我不知道。我只觉得心里十分的轻松,对着未来有着模糊的憧憬,仿佛一切都将是快乐的,光明的。

"牛上轭了!"

别人常在我出门前就这样的说,像是讥笑我,像是怜悯我,但我不以为意,我觉得那所谓轭是人所应当负担的,我勇敢地挺了一挺胸部,仿佛乐意地用两肩承受了那负担,而且觉得从此才成为一个"人"了。

夜是美的,黑暗与沉寂的美。从篷隙里望出去,看见一幅黑布蒙在天空上,这里那里镶着亮晶晶的珍珠。两岸上缓慢地往后移动的高大的坟墓仿佛是保护我们的堡垒,平躺着的草扎的和砖盖的棺木就成了我们的埋伏的卫兵。树枝上的鸟巢里不时发出喊喊的拍翅声和细碎的鸟语,像在庆祝着我们的远行。河面一片白茫茫的光微微波动着,船像在柔软轻漾的绸子上滑了过去,船头下低低地响着淙淙的波声,接着是咕呀咕呀的前桨声和有节奏喊咄喊咄的后桨拨水声,清冽的水的气息,重浊的泥土的气息,和复杂的草木的气息在河面上混合成了一种特殊的亲切的香气。

我们的船弯弯曲曲地前进着,过了一桥又一桥。父亲不时告诉着我,这是什么桥,现在到了什么地方。我静默地坐着,听见前桨暂时停下来,一股寒气和黑影袭进舱里,知道又过了一个桥。

一小时以后,天色渐渐转白了,岸上的景物开始露出明显的轮廓来,船舱里映进了一点亮光,稍稍推开篷,可以望见天边的黑云慢慢地变成了灰白色,浮在薄亮的空中。前面的山峰隐约地走了出来,然后像一层一层地脱下衣衫似的,按次地露出了山腰和山麓。

"东方发白了。"父亲喃喃地念着。

白光像凝定了一会,接着就迅速地揭开了夜幕,到处都明亮起来。现在连岸上的细小的枝叶也清晰了。星光暗淡着,稀疏着,消失着。白云增多了,东边天上的渐渐变成了紫色,红色。天空变成了蓝色。山是青的,这里那里迷漫着乳白色的烟云。

我们的船驶进了山峡里,两边全是繁密的松柏、竹林和一些不知名的常青树。河水渐渐清浅,两边露出石子滩来。前后左右都驶着从各处来的船只。不久船靠了岸。我们完成了第一段的旅程。

当我踏上埠头的时候,我发现太阳已在我的背后。这约莫两小时的行进,仿佛我已经赶过了太阳,心里暗暗地充满了快乐。

完全是个美丽的早晨。东边山头上的天空全红了。紫红的云像是被小孩用毛笔乱涂出的一样,无意地成了巨大的天使的翅膀。山顶上一团浓云的中间露出了一个血红的可爱的紧合着的嘴唇,像在等待着谁去接吻。两边的最高峰上已经涂上了明亮的光辉。平原上这里那里升腾着白色的炊烟,像雾一样。埠头上忙碌着男女旅客,成群地往山坡上走了去。挑夫,轿夫,

喝着道，追赶着，跟随着，显得格外的紧张。

就在这热闹中，我跟在父亲的后面走上了山坡，第一次远离故乡，跋涉山水，去探问另一个憧憬着的世界，勇往地肩起了"人"所应负的担子。我的血在飞腾着，我的心是平静的，平静中满含着欢乐。我坚定地相信我将有一个光明的伟大的未来。

但是暴风雨卷着我的旅程，我愈走愈远离了家乡。没有好的消息给母亲，也没有如母亲所期待的三年后回到家乡。一直过了七八年，我才负着沉重的心，第一次重踏到生长我的土地。那时虽走着出门时的原来路线，但山的两边的两条长的水路已经改驶了汽船，过岭时换了洋车。叮叮叮叮的铃子和呜呜的汽笛声激动着旅人的心。

到了最近，路线完全改变了。山岭已给铲平，离开我们村庄不远的地方，开了一条极长的汽车路。它把我们旅行的时间从夜里二时出发改做了午后二时。然而旅人的心愈加乱了，没有一刻不是强烈地被震动着。父亲出门时是多么的安静，舒缓，快乐，有希望。他有十年二十年的计划，有安定的终身的职业。而我呢？紊乱，匆忙，忧郁，失望，今天管不着明天，没有一种安定的生活。

实际上，父亲一生是劳碌的，他独自荷着家庭的重任，远离家乡，一直到七十岁为止。到了将近去世的几年中，他虽然得到了休息，但还依然刻苦地帮着母亲治理杂务。然而他一生是快乐的。尽管天灾烧去了他亲手支起的小屋，尽管我这个做儿子的时时在毁损着他的产业，因而他也难免起了一点忧郁，但他的心一直到临死的时候为止仍是十分平静的。他相信着自己，也相信着他的儿子。

我呢？我连自己也不能相信。我的心没有一刻能够平静。

当父亲死后二年，深秋的一个夜里二时，我出发到同一方向的山边去，船同样地在柔软轻漾的绸子似的水面滑着，黑色的天空同样地镶着珍珠似的明星，但我的心里却充满了烦恼、忧郁、凄凉、悲哀，和第一次跟着父亲出远门时的我仿佛是两个人了。

原来我这一次是去掘开父亲给自己造成的坟墓，把他永久地安葬的。

（选自散文集《旅人的心》，1937年4月，文化生活出版社）

中国现代文学大师精品集丛书

活在人类的心里

在千万个悲肃的面孔和哀痛的心灵的围绕中,鲁迅先生安静地躺下了,——正当黄昏朦胧地掩上大地,新月投着凄清的光的时候。

我们听见了人类的有声和无声的歔欷,看见了有形和无形的眼泪。

没有谁的死曾经激动过这样广大的群众的哀伤;而同时,也没有谁活的时候曾经激动过这样广大的群众的欢笑。

只有鲁迅先生。

每次每次,当鲁迅先生仰着冷静苍白的面孔,走进北大的教室时,教室里两人一排的座位上总是挤坐着四五个人,连门边连走道都站满了校内的和校外的正式的和非正式的学生。教室里主宰着极大的喧闹。但当鲁迅先生一进门,立刻安静得只剩了呼吸的声音。他站住在讲桌边,用着锐利的目光望了一下听众,就开始了《中国小说史》那一课题。

他的身材并不高大,常穿着一件黑色的短短的旧长袍,不常修理的粗长的头发下露出方正的前额和长厚的耳朵,两条粗浓方长的眉毛平躺在高出的眉棱骨上,眼窝是下陷着的,眼角微朝下垂着,并不十分高大的鼻子给两边深刻的皱纹映衬着这才显出了一点高大的模样,浓密的上唇上的短须掩着他的阔的上唇——这种种看不出来有什么奇特,既不威严也似乎不慈和。说起话来,声音是平缓的,既不抑扬顿挫,也无慷慨激昂的音调,

他那拿着粉笔和讲义的两手从来没有作过帮助他的语言的姿势,他的脸上也老是那样的冷静,薄薄的肌肉完全是凝着的。

他叙述着极平常的中国小说史实,用着极平常的语言,既不赞誉,也不贬毁。

然而,教室里却突然爆发笑声了。他的每句极平常的话几乎都须被迫地停顿下来,中断下来。每个听众的眼前赤裸裸地显示出了美与丑、善与恶、真实与虚伪、光明与黑暗、过去现在和未来。大家在听他的《中国小说史》的讲述,却仿佛听到了全人类的灵魂的历史,每一件事态的甚至是人心的重重叠叠的外套都给他连根撕掉了。于是教室里的人全笑了起来。笑声里混杂着欢乐与悲哀、爱恋与憎恨、羞惭与愤怒……于是大家的眼前浮露出来了一盏光耀的明灯,灯光下映出了一条宽阔无边的大道……大家抬起头来,见到了鲁迅先生的苍白冷静的面孔上浮动着慈祥亲切的光辉,像是严冬的太阳。

但是教室里又忽然异常静默了,可以听见脉搏的击动声。鲁迅先生的冷静苍白的脸上始终不曾露出过一丝的微笑。

他沉着地继续着他的工作,直至他不得不安静地休息的时候。

还没见过谁将自己的一生献给全人类,做着刺穿现实的黑暗和显示未来的光明的伟大的工作,使那广大的群众欢笑又使那广大的群众哀伤。

只有鲁迅先生。

他将永久活在现在的和未来的人类的心灵里。

(原载1936年11月5日《中流》第1卷第5期)

中国现代文学大师精品集丛书

母亲的时钟

二十几年前,父亲从外面带了一架时钟给母亲:一尺多高,上圆下方,黑紫色的木框,厚玻璃面,白底黑字的计时盘,盘的中央和边缘镶着金漆的圆圈,底下垂着金漆的钟摆,钉着金漆的铃子,铃子后面的木框上贴着彩色的图画——是一架堂皇而且美丽的时钟。那时这样的时钟在乡里很不容易见到;不但我和姊姊非常觉得希奇,就连母亲也特别喜欢它。

她最先把那时钟摆在床头的小橱上,只允许我们远望,不许我们走近去玩弄。我们爱看那钟摆的晃摇和长针的移动,常常望着望着忘记了读书和绣花。于是母亲搬了一个座位,用她的身子挡住了我们的视线,说:

"这是听的,不是看的呀!等一会又要敲了,你们知道呆看了多少时候吗?"

我们喜欢听时钟的敲声,常常问母亲:

"还不敲吗,妈?你叫它早点敲吧!"

但是母亲望了一望我们的书本和花绷,冷淡地回答说:

"到了时候,它自己会敲的。"

钟摆不但自己会动,还会得得地响下去,我们常常低低地念着它的次数;但母亲一看见我们嘴唇的嚅动,就生起气来。

"你们发疯了!它一天到晚响着,你们一天到晚不做事情吗?我把它停

了,或是把它送给人家去,免得害你们吧!……"

但她虽然这样说,却并没把它停下,也没把它送给人家。她自己也常常去看那钟点,天天把它揩得干干净净。

"走路轻一点!不准跳!"她几次对我们说,"震动得厉害,它会停止的!"

真的,母亲自从有了这架时钟以后,她自己的举动更加轻声了。她到小橱上去拿别的东西的时候,几乎忍住了呼吸。

这架时钟开足后可以走上一个星期。不知母亲是怎样记得的。每次总在第七天的早晨不待它停止,就去开足了发条。和时钟一道,父亲带回家来的,还有一个小小的日晷。一遇到天气好太阳大,母亲就在将到正午的时候,把它放在后院子的水缸盖上。她不会看别的时刻,只知道等待那红线的影子直了,就把时钟纠正为十二点。随后她收了那日晷,把它放在时钟的玻璃门内。我们也喜欢那日晷,因为它里面有一颗指南针,跳动得怪好看。但母亲连这个也不许我们玩弄。

"不是玩的!"她说。"太阳立刻就下山了,还不赶快做你们的事吗?……"

这在我们简直是件苦恼的事情。自从有了时钟以后,母亲对我们的监督愈加严了。她什么事情都要按着时候,甚至是早起,晚睡和三餐的时间。

冬天的日子特别短,天亮得迟黑得早。母亲虽然把我们睡眠的时间略略改动了些,但她自己总是照着平时的时间。大冷天,天还未亮,她就起来了。她把早饭煮好,房子收拾干净,拿着火炉来给我们烘衣服,催我们起床的时候,天才发亮。而我们也正睡得舒服,怕从被窝里钻出来。

"立刻要开饭了,不起来没有饭吃!"

她说完话就去预备碗筷。等我们穿好衣服,脸未洗完,她已经把饭菜摆在桌上。倘若我们不起来,她是决不等待我们的,从此要一直饿到中午,而且她半天也不理睬我们。

每次每次当她对我们说几点钟的时候,我们几乎都起了恐惧,因为她把我们的一切都用时间来限制,不准我们拖延。我们本来喜欢那架时钟的,以后却渐渐对它憎恶起来了。

"停了也好,坏了也好!"我们常常私自说。

但是它从来不停。也从来不坏。而且过了两三年，我们家里又加了一架时钟了。

那是我们阴配的嫂嫂的嫁妆。它比母亲的一架更时新，更美观，声音也更好听。它不用铃子，用的钢条圈，敲起来声音洪亮而且余音不绝。

我们喜欢这一架，因为它还有两个特点：比母亲的一架走得慢，常常走不到一星期就停了下来。

但母亲却喜欢旧的一架。她把新的放在门边的琴桌上，把揩抹和开发条的事情派给了姊姊。她屡次看时刻都走到自己的床边望那架旧的。

"你喜欢这一架，"母亲对姊姊说，"将来就给你做嫁妆吧。当然，这一架样子新，也值钱些。"

我想姊姊当时听了这话应该是高兴的。但我心里却很不快活。我不希望母亲永久有一架那样准确而耐用的时钟。

那时钟，到得后来几乎代替了母亲的命令了。母亲不说话，它也就下起命令来。我们正睡得熟，它叮叮地叫着逼迫我们起床了；我们正玩得高兴，它叮叮地叫着，逼迫我们睡觉了；我们肚子不饿，它却叫我们吃饭；肚子饿了，它又不叫我们吃饭……

我们喜欢的是要快就快，要慢就慢，要走就走，要停就停的时钟。

姊姊虽然有幸，将得到一架那样的时钟，但在出嫁前两三个月，母亲忽然要把它修理了。

"好看只管好看，乱时辰是不行的，"她对姊姊说。"你去做媳妇，比不得在家里做女儿，可以糊里糊涂，自由自在呀。"

不知怎样，她竟打听出来了一个会修时钟的人，把他从远处请到家里，将那架新的拆开来，加了油，旋紧了某一个螺丝钉，弄了大半天。母亲请他吃了一顿饭，还用船送他回去。

于是姊姊的那架时钟果然非常准确了，几乎和母亲的一模一样。这在她是祸是福，我不知道。只记得她以后不再埋怨时钟，而且每次回到家里来，常常替代母亲把那架旧的用日晷来对准；同时她也已变得和母亲一样，一切都按照着一定的时间了。

我呢，自从第一次离开故乡后，也就认识了时钟的价值，知道了它对于人生的重大的意义，早已把憎恶它的心思一变而为喜爱的了。因为大的时钟

鲁彦精品集

不合用,我曾经买过许多挂表,既便于携带,式样又美观,价钱又便宜。

我记得第一次回家随身带着的是一只新出的夜明表,喜欢得连半夜醒来也要把它从枕头下拿来观看一番的。

"你看吧,妈,我这只表比你那架旧钟有用得多了,"我说着把它放在母亲的衣下。"黑角里也看得见。半夜里也看得见呢!"

但是母亲却并不喜欢。她冷淡地回答说:

"好玩罢了,并且是哑的。要看谁走得准、走得久呀。"

我本来是不喜欢那架旧钟的,现在给她这么一说,我愈加发现它的缺点了:式样既古旧、携带又不便利,而且摆置得不平稳或者稍受震动就会停止;到了夜里,睡得正甜蜜的时候,有时它叮叮敲着把人惊醒了过来,反之,醒着想知道是什么时候,却须静候到一个钟头才能听到它的报告。然而母亲却看不起我的新置的完美的挂表,重视着那架不合用的旧钟。这真使我对它发生更不快的感觉。

幸而母亲对我的态度却改变了。她现在像把我当做了客人似的,每天早晨并不催我起床,也并不自己先吃饭,总是等待着我,一直到饭菜冷了再热过一遍。她自己是仍按着时间早起,按着时间煮饭的,但她不再命令我依从她了。

"总要早起早睡,"她偶然也在无意中提醒我,而态度却是和婉的。

然而我始终不能依从她的愿望。我的习惯一年比一年坏了:起来得愈迟,睡得也愈迟,一切事情都漫无定时。我先后买过许多表,的确都是不准确的,也不耐久的;到得后来,索性连这一类表也没用处了。

但母亲却依然保留着她那架旧钟:屋子被火烧掉了,她抢出了那架旧钟,几次移居到上海,她都带着那架旧钟。

"给你买一架新的吧,不必带到上海去"我说。母亲摇一摇头:

"你们用新的吧:我还是要这架用惯了的。"

到了上海,她首先拿出那架旧钟来,摆在自己的房里,仍是自己管理它。它和海关的钟差不多准确,也不需要修理添油。只是外面的样子渐渐老了:白底黑字的计时盘这里那里起了斑疤,金漆也一块块地剥落了。

至于母亲,自从父亲去世后也就得了病,愈加老得快,消瘦下来,没有精力做事情。

"吃现成饭了，"她说，"一切由你们吧。"

她把家里的事情全交给了我和妻，常常躺在床上睡觉。

但是她早起的习惯没有改。天才一亮，她就起床了。她很容易饿，我们吃饭的时间就不得不和她分了开来。常常我们才吃过早饭，她就要吃中饭。她起初也等待我们，劝我们，日子久了，她知道没办法，便径自先吃了。

"一天到晚，只看见开饭，"她不高兴的时候，说。"我还是住在乡下好，这里看不惯！"

真的，她现在不常埋怨我们，可是一切都使她看不惯，她说要住到乡下去，立刻就要走的，怎样也留她不住。

"乡下冷清清的没有亲人，"我说。

"住惯了的。"

"把你顶喜欢的子孙带去吧。"

但是她不要。她只带着她那架旧钟回去。第二次再来上海时，仍带着那架旧钟。第三次，第四次……都是一样。

去年秋季，母亲最后一次离开了她所深爱的故乡。她自知身体衰弱到了极度，临行前对人家说：

"我怕不能再回来了。上海过老，也好的，全家在眼前……"

这一次她的行李很简单：一箱子的寿衣、一架时钟。到得上海，她又把那时钟放在她自己的房里。

果然从那时起，她起床的时候愈加少了，几乎一天到晚都躺在床上，而且不常醒来。只有天亮和三餐的时间，她还是按时的醒了过来。天气渐渐冷下来，母亲的病也渐渐沉重起来，不能再按时去开那架时钟，于是管理它的责任便到了我们的手里。但我们没有这习惯，常常忘记去开它，等到母亲说了几次钟停了，我们才去开足它的发条，而又因为没有别的时钟，常常无法纠正它，使它准确。

"要在一定时候开它，"母亲告诉我们说，"停久了，就会坏的，你们且搬它到自己的房里去吧，时时看见它就不会忘记了。"

我们依从母亲的话，便把她的时钟搬到了楼上房间里。几个月来，它也很少停止，因为一听到它的敲声的缓慢无力，我们便预先去开足了发条。

但是在母亲去世前的一个月里，我们忽然发现母亲的时钟异样了：明

明是才开足二三天，敲声也急促有力，却在我们不注意中停止了。我们起初怀疑没放得平稳，随后以为是孩子们奔跳所震动，可是都不能证实。

不久，姊姊从故乡来了。她听到时钟的变化，便失了色，绝望地摇一摇头，说：

"妈的病不会好了，这是个不吉利的预兆……"

"迷信！"我立刻截断了她的话。

过了几天，我忽然发现时钟又停止了。是在夜里三点钟。早晨我到楼下去看母亲，听见她说话的声音特别低了，问她话老是无力回答。到了下半天，我们都在她床边侍候着，她昏昏沉沉地睡着，很少醒来。我们喊了许久，问她要不要喝水，她微微摇一摇头，非常低声的说：

"不要喊我……"

我们知道她醒来后是感到身体的痛苦的，也就依从着她的话，让她安睡着。这样一直到深夜，我们看见她低声哼着，想转身却转不过来，便喂了她一点点汤水，问她怎样。

"比上半夜难过……"她低声回答我们。

我觉得奇怪，怀疑她昏迷了。我想，现在不就是上半夜吗，她怎么当做了下半夜呢？我连忙走到楼上，却又不禁惊讶起来：

原来母亲的时钟已经过了一点钟了。

我不明白，母亲是怎样听见楼上的钟声的。楼下的房子既高，楼板又有二层。自从她的时钟搬到楼上后，她曾好几次问过我们钟点。前后左右的房子空的很多，贴邻的一家，平常又没听见有钟声。附近又没有报时的鸡啼。这一夜母亲的房子里又相当不静寂，姊姊在念经、女工在吹折锡箔，间而夹杂着我们的低语声、走动声。母亲怎样知道现在到了下半夜呢？

是母亲没有忘记时钟吗？是时钟永久跟随着母亲呢？我想问母亲，但是母亲不再说话了。一点多钟以后她闭上了眼睛，正是头一天时钟自动地静默下来的那个时刻。

失却了一位这样的主人，那架古旧的时钟怕是早已感觉到存在的悲苦了吧？唉……

（原载1937年4月15日《文丛》第1卷第1期）

小说

秋 夜

"醒醒罢,醒醒罢,"有谁敲着我的纸窗似的说。

"呵,呵——谁呀?"我朦胧的问,揉一揉睡眼。

黑沉沉的看不见一点什么,从帐中望出去。也没有人回答我,也没有别的声音。

"梦罢?"我猜想,转过身来,昏昏的睡去了。

不断的犬吠声,把我惊醒了。我闭着眼仔细的听,知道是邻家赵冰雪先生的小犬,阿乌和来法。声音很可怕,仿佛凄凉的哭着,中间还隔着些呜咽声。我睁开眼,帐顶映得亮晶晶。隔着帐子一望,满室都是白光。我轻轻的坐起来,掀开帐子,看见月光透过了玻璃,照在桌上,椅上,书架上,壁上。

那声音渐渐的近了,仿佛从远处树林中向赵家而来,其中似还夹杂些叫喊声。我惊异起来,下了床,开开窗子一望,天上满布了闪闪的星,一轮明月浮在偏南的星间,月光射在我的脸上,我感着一种清爽,便张开口,吞了几口,犬吠声渐渐的急了。凄惨的叫声,时时间断了呻吟声,听那声音似乎不止一人。

"请救我们被害的人……我们是从战地来的……我们的家屋都被凶恶者

占去了,我们的财产也被他们抢夺尽了……我们的父母兄弟姊妹多被他们杀害尽了……"惨叫声突然高了起来。

仿佛有谁泼了一盆冷水向我的颈上似的,我全身起了一阵寒战。

"吞下去的月光作怪罢?"我想。转过身来,向衣架上取下一件夹袍,披在身上。复搬过一把椅子,背着月光坐下。

"请救我们没有父母的人,请救我们无家可归的人!……"叫声更高了。有老人,青年,妇女,小孩的声音。似乎将到村头赵家了。犬吠得更利害,已不是起始的悲哭声,是一种凶暴的怒恨声了。

我忍不住了,心突突的跳着。站起来,扣了衣服,开了门,往外走去。忽然,又是一阵寒战。我看看月下的梧桐,起了恐怖。走回来,从枕头底下拿出一支手枪,复披上一件大衣,倒锁了门,小心的往村头走去。

梧桐岸然的站着。一路走去,只见地上这边一个长的影,那边一个大的影。草上的露珠,闪闪的如眼珠一般,到处都是。四面一望,看不见一个人,只有一个影子伴着我孤独者。"今夜有许多人伴我过夜了,"我走着想,叹了一口气。

奇怪,我愈往前走,那声音愈低了,起初还听得出叫声,这时反而模糊了。"难道失望的回去了吗?"我连忙往前跑去。

突突的脚步声,在静寂中忽然在我的后面跟来,我骇了一跳,回头一看,什么也没有。

"谁呀?"我大声的问。预备好了手枪,收住脚步,四面细看。

突突的声音忽然停止了,只有对面楼屋中回答我一声"谁呀?"

"呵,弱者!"我自己嘲笑自己说,不觉微笑了。"这样的胆怯,还能救人吗?"我放开脚步,复往前跑去。

静寂中听不见什么,只有自己突突的脚步声。这时我要追的声音,几乎听不见了。

"不要失望,不要失望,困苦者!我便是你们的兄弟,我的家便是你们的家!请回转来,请回转来!"我急得大声的喊了。

"不要失望,不要失望,困苦者!我便是你们的兄弟,我的家便是你们的家!请回转来,请回转来!"四面八方都跟着我喊了一遍。

静寂,静寂,四面八方都是静寂,失望者没有回答我,失望者听不见我的喊声。

失望和痛苦攻上我的心来,我眼泪簌簌的落下来了。

我失望的往前跑,我失望的希望着。

"呵,呵,失望者的呼声已这样的远了,已这样的低微了!……"我失望的想,恨不得多生两只脚拚命跑去。

呼的一声,从草堆中出来一只狗,扑过来咬住我的大衣。我吃了一惊,站住左脚,飞起右脚,往后踢去。它却抛了大衣,向我右脚扑来。幸而缩得快。往前一跃,飞也似的跑走了。

喽喽的叫着,狗从后面追来。我拿出手枪。回过身来。砰的一枪,没有中着,它的来势更凶了。砰的第二枪,似乎中在它的尾上。它跳了一跳,倒地了。然而叫得更凶了。

我忽然抬起头来,往前面一望,呼呼的来了三四只狗。往后一望,又来了无数的狗,都凶恶的叫着。我知道不妙,欲向原路跑回去,原路上正有许多狗冲过来,不得已向左边荒田中乱跑。

我是什么也不顾了,只是拚命的往前跑。虽然这无聊的生活不愿意再继续下去,但是死,总有点害怕呀。

呼呼呼的声音,似乎紧急的追着。我头也不敢回,只是匆匆迫迫越过了狭沟,跳过了土堆,不知东西南北,慌慌忙忙的跑。

这样的跑了许久,许久,跑得精疲力竭,我才偷眼的往后望了一望。

看不见一只狗,也听不见什么声音,我于是放心的停了脚,往四面细望。

一堆一堆小山似的坟墓,团团围住了我,我已镇定的心,不禁又跳了起来。脚旁的草又短又疏,脚轻轻一动,便刷刷的断落了许多。东一株柏树,西一株松树,都离得很远,孤独的站着。在这寂寞的夜里,凄凉的坟墓中,我想起我生活的孤单与漂荡,禁不住悲伤起来,泪儿如雨的落下了。

一阵心痛,我扭缩的倒了……

"呵——"我睁开眼一看,不觉惊奇的叫了出来。

一间清洁幽雅的房子,绿的壁,白的天花板,绒的地毯,从纱帐中望出去。我睡在一张柔软的钢丝床上。洁白的绸被,盖在我的身上。一股沁人的香气充满了帐中。

正在这惊奇间,呀的一声,床后的门开了。进来的似乎有两个人,一个向床前走来,一个站在我的头旁窥我。

"要茶吗,鲁先生?"一个十六七岁的女郎轻轻的掀开纱帐,问我。

"如方便,就请给我一杯,劳驾,"我回答说,看着她的乌黑的眼珠。

"很便,很便,"她说着红了面,好像怕我看她似的走了出去。

不一刻,茶来了。她先扶我坐起,复将茶杯凑到我口边。

"这真对不起,"我喝了半杯茶,感谢的说。

"没有什么,"她说。

"但是,请你告诉我,这是什么地方,你姓什么?"

"我姓林,这里是鲁先生的府上,"她笑着说,雪白的脸上微微起了两朵红云。

"哪一位鲁先生?"

"就是这位,"她笑着指着我说。

"不要取笑,"我说。

"唔,你到处为家的人,怎的这里便不是了。也罢,请一个人来和你谈谈罢。"她说着出去了。

"好伶俐的女子,"我暗自的想。

在我那背后的影子,似乎隐没了。一会儿,从外面走进了一个人。走得十分的慢,仿佛踌躇未决的样子。我回过头去,见是一个相熟的女子的模样。正待深深思索的时候,她却掀开帐子,扑的倒在我的身上了。

"呀!"我仔细一看,骇了一跳。

过去的事,不堪回忆,回忆时,心口便如旧创复发般的痛,它如一朵乌云,一到头上时,一切都黑暗了。

我们少年人只堪往着渺茫的未来前进,痴子似的希望着空虚的快乐。纵使悲伤的前进,失望的希望着,也总要比回头追那过去的影快乐些罢。

在无数的悲伤着前进,失望的希望着者之中,我也是一个。我不仅是

不肯回忆,而且还竭力的使自己忘却。然而那影子真利害,它有时会在我无意中,射一支箭在我的心上。

今天这事情,又是它来找我的。

竭力想忘去的二年前的事情,今天又浮在我眼前了。竭力想忘去的二年前的一个人。今天又突然的显在我眼前了。最苦的是,箭射在中过的地方,心痛在伤过的地方。

扑倒在我身上呜咽着的是,二年前的爱人兰英。我和她过去的历史已不堪回想了。

"呵,呵,是梦罢,兰英?"我抱住了她,哽咽的说。

"是呵,人生原如梦呵……"她紧紧的将头靠在我的胸上。

"罢了,亲爱的。不要悲伤,起来痛饮一下,再醉到梦里去罢。"

"好!"她慨然的回答着,仰起头,凑过嘴来。我们紧紧的亲了一会。俄顷,她便放了我,叫着说,"拿一瓶最好的烧酒来,松妹。"

"晓得,"外间有人答应说。

我披着衣起来了。

"现在是在夜里吗?"我看见明晃晃的电灯问。

"正是,"她回答说。

"今夜可有月亮?可有星光?"

"没有。夜里本是黑暗,哪有什么光,"她凄凉的说。

我的心突然跳动了一下,问道:

"呵,兰英,这是什么地方?我怎样来到这里的?"

"这是漂流者的家,你是漂流而来的,"她笑着回答说。

"唔,不要取笑,请老实的告诉我,亲爱的,"我恳切的问。

"是呵,说要醉到梦里去,却还要问这是什么地方。这地方就是梦村,你现在做着梦,所以来到这里了。不信吗?你且告诉我,没有到这里以前,你在什么地方?"

我低头想了一会,从头讲给她听。讲到我恐慌的逃走时,她笑得仰不起头了。

"这样的无用,连狗也害怕,"她最后忍不住笑,说。

"唔,你不知道那些狗多么凶,多么多……"我分辩说。

"人怕狗,已经很可耻了,何况又带着手枪……"

"一个人怎样对付?……而且死在狗的嘴里谁甘心?……"

"是呵,谁肯牺牲自己去救人呵!……咳,然而我爱,不肯牺牲自己是救不了人的呀……"她起初似很讥刺,最后却诚恳的劝告我,额上起了无数的皱纹。

我红了脸,低了头的站着。

"酒来了,"说着,走进来了那一位年轻的姑娘,手托着盘。

"请不要回想那过去,且来畅饮一杯热烈的酒罢,亲爱的。"她牵着我的手,走近桌椅旁,从松妹刚放下的盘上取过酒杯,满满的斟了一杯,凑到我的口边。

"呵——"我长长的叹了一口气,一饮而尽。走过去,满斟了一杯,送到她口边,她也一饮而尽。

"鲁先生量大,请拿大杯来,松妹,"她说。

"是,"松妹答应着出去了,不一刻,便拿了两只很大的玻璃杯来。

桌上似乎还摆着许多菜,我不曾注意,两眼只是闪闪的在酒壶和酒杯间。兰英也喝得很快,不曾动一动菜,一面还连呼着"松妹,酒,酒",松妹"是,是"的从外间拿进来好几瓶。

我们两人。只是低着头喝,不愿讲什么话,松妹惊异的在旁看着。

无意中,我忽然抬起头来。兰英惊讶似的也突然仰起头来,我的眼光正射到她的乌黑的眼珠上,我眉头一皱,过去的影刷的从我面前飞过,心口上中了一支箭了。

我呵的一声,拿起玻璃杯,狠狠的往地上摔去,砰的一声,杯子粉碎了。

我回过头去看兰英,兰英两手掩着面,发着抖,凄凉的站着,只叫着"酒,酒"。我忽然被她提醒,捧起酒壶,张开嘴,倒了下去。

我一壶一壶的倒了下去,我一壶一壶的往嘴里倒了下去……

一阵冷战,我醒了。睁开眼一看,满天都是闪闪的星。月亮悬在远远的一株松树上。我的四面都是坟墓;我睡在濡湿的草上。

"呵,呵,又是梦吗?"我惊骇的说,忽的站了起来,摸一摸手枪,还在身边,拿出来看一看,又看一看自己的胸口,叹了一口气,复放入衣袋中。

"砰，砰，砰……"忽然远远的响了起来。随后便是一阵凄惨的哭声，叫喊声。

"唔，又是那声音？"我暗暗的自问。

"这是很好的机会，不要再被梦中的人讥笑了！"我鼓励着自己，连忙循着声音走去。

"砰，砰，砰……"又是一排枪声，接连着便是隆隆隆的大炮声。

我急急的走去，急急的走去，不一会便在一条生疏的街上了。那街上站着许多人，静静的听着，又不时轻轻的谈论。我看他们镇定的态度，不禁奇异起来了。于是走上几步，问一个年轻的男子。

"请问这炮声在什么地方，离这里有多少远？"

"在对河。离这里五六里。"

"那么，为什么大家很镇定似的？"我惊奇的问。

"你害怕吗？那有什么要紧！我们这里常有战事，惯了。你似乎不是本地人，所以这样的胆小。"他反问我，露出讥笑的样子。

"是，我才从外省来。"我答应了这一句，连忙走开。

"惯了，"神经刺激得麻木便是"惯了"。我一面走一面想。"他既觉得胆大，但是为什么不去救人？——也许怕那路上的狗罢？"

叫喊声，哭泣声，渐渐的近了，我急急的，急急的跑去。

"请救我们虎口残生的人……请救我们无家可归的人……请救我们无父母兄弟妻女的人……你以外的人死尽时，你便没有社会了，你便不能生存了……死了一个人，你便少了一个帮手了，你便少了一个兄弟了……"许多人在远处凄凄的叫着，似像向我这面跑来，同时炮声，枪声，隆隆，砰砰的响着。

我急急的，急急的往前跑。

"唅！站住！"一个人从屋旁跳出来，拖住我的手臂。"前面流弹如雨，到处都戒严，你却还要乱跑！不要命吗？"他大声地说。

"很好，很好，"我挣扎着说。"不能救人，又不能自救，没有勇气杀人，又没有勇气自杀，咒诅着社会，又翻不过这世界，厌恨着生活，又跳不出这地球，还是去求流弹的怜悯，给我幸福罢！……"

脱出手,我便飞也似的往前跑去。只听见那人"疯子!"一句话。

扑通一声,不提防,我忽然落在水中了。拚命挣扎,才伸出头来,却又沉了下去。水如箭一般的从四面八方射入我的口,鼻,眼睛,耳朵里……

"醒醒罢,醒醒罢!"有谁敲着我的纸窗,愤怒似的说。

"呵,呵——谁呀?"我朦胧的问,揉一揉睡眼。

黑沉沉的看不见一点什么,从帐中望出去。没有人回答我,只听见呼呼的过了一阵风。随后便是窗外萧萧的落叶声。

"又是梦,又是梦!……"我咒诅说。

(选自小说散文集《柚子》,1926年10月,北新书局)

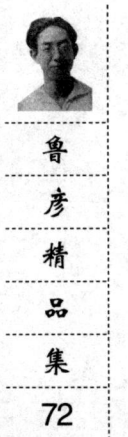

菊英的出嫁

菊英离开她已有整整的十年了。这十年中她不知道滴了多少眼泪，瘦了多少肌肉了，为了菊英，为了她的心肝儿。

人家的女儿都在自己的娘身边长大，时时刻刻倚傍着自己的娘，"阿姆阿姆"的喊。只有她的菊英，她的心肝儿，不在她的身边长大，不在她的身边倚傍着喊"阿姆阿姆"。

人家的女儿离开娘的也有，例如出了嫁，她便不和娘住在一起。但做娘的仍可以看见她的女儿，她可以到女儿那边去，女儿可以到她这里来。即使女儿被丈夫带到远处去了，做娘的可以写信给女儿，女儿也可以写信给娘，娘不能见女儿的面，女儿可以寄一张相片给娘。现在只有她，菊英的娘，十年中不曾见过菊英，不曾收到菊英一封信，甚至一张相片。十年以前，她又不曾给菊英照过相。

她能知道她的菊英现在的情形吗？菊英的口角露着微笑？菊英的眼边留着泪痕？菊英的世界是一个光明的？是一个黑暗的？有神在保佑菊英？有恶鬼在捉弄菊英？菊英肥了？菊英瘦了？或者病了？——这种种，只有天知道！

但是菊英长得高了，发育成熟了，她相信是一定的。无论男子或女子，到了十七八岁的时候想要一个老婆或老公，她相信是必然的。她确信——这用不着问菊英——菊英现在非常的需要一个丈夫了。菊英现在一定感觉到非

常的寂寞,非常的孤单。菊英所呼吸的空气一定是沉重的,闷人的。菊英一定非常的苦恼,非常的忧郁。菊英一定感觉到了活着没有趣味。或者——她想——菊英甚至于想自杀了。要把她的心肝儿菊英从悲观的,绝望的,危险的地方拖到乐观的,希望的,平安的地方。她知道不是威吓,不是理论,不是劝告,不是母爱,所能济事;唯一的方法是给菊英一个老公,一个年轻的老公。自然,菊英绝不至于说自己的苦恼是因为没有老公;或者菊英竟当真的不晓得自己的苦恼是因何而起的也未可知。但是给菊英一个老公,必可除却菊英的寂寞,菊英的孤单。他会给菊英许多温和的安慰和许多的快乐。菊英的身体有了托付,灵魂有了依附,便会快活起来,不至于再陷入这样危险的地方去了。问一个十七八岁的女子要不要老公,这是不会得到"要"字的回答的。不论她平日如何注意男子,喜欢男子,想念男子,或甚至已爱上了一个男子,你都无须多礼。菊英的娘明白这个道理,所以也毅然的把对女儿的责任照着向来的风俗放在自己的肩上了。她已经耗费了许多心血。五六年前,一听见媒人来说某人要给儿子讨一个老婆,她便要冒风冒雨,跋山涉水的去东西打听。于今,她心满意足了,她找到了一个非常好的女婿。虽然她现在看不见女婿,但是女婿在七八岁时照的一张相片,她看见过。他生的非常的秀丽,显见得是一个聪明的孩子。因了媒人的说合,她已和他的爹娘订了婚约。他的家里很有钱,聘金的多少是用不着开口的。四百元大洋已做一次送来。她现在正忙着办嫁妆,她的力量能好到什么地步,她便好到什么地步。这样,她才心安,才觉得对得住女儿。

菊英的爹是一个商人。虽然他并不懂得洋文,但是因为他老成忠厚,森森煤油公司的外国人遂把银根托付了他,请他做经理。他的薪水不多,每月只有三十元,但每年年底的花红往往超过他一年的薪水。他在森森公司五年,手头已有数千元的积蓄。菊英的娘对于穿吃,非常的俭省。虽然菊英的爹不时一百元二百元的从远处带来给她,但她总是不肯做一件好的衣服,买一点好的小菜。她身体很不强健,屡因稍微过度的劳动或心中有点不乐,她的大腿腰背便会酸起来,太阳心口会痛起来,牙床会浮肿起来,眼睛会模糊起来。但是她虽然这样的多病,她总是不肯雇一个女工,甚至一个工钱极便宜的小女孩。她往往带着病还要工作。腰和背尽管酸痛,她有衣服要洗时,还是不肯在家用水缸里的水洗——她说水缸里的水是备紧要时用的——定要跑到河

边，走下那高高低低摇动而且狭窄的一级一级的埠头，跪倒在最末的一级，弯着酸痛的腰和背，用力的洗衣服。眼睛尽管起了红丝，模糊而且疼痛，有什么衣或鞋要做时，她还是要带上眼镜，勉强的做衣或鞋。她的几种病所以成为医不好的老病，而且一天比一天利害了下去，未始不是她过度的勉强支持所致。菊英的爹和邻居都屡次劝她雇一个女工，不要这样过度的操劳，但她总是不肯。她知道别人的劝告是对的。她知道自己的身体一天不如一天的缘故。但是她以为自己是不要紧的，不论多病或不寿。她以为要紧的是，赶快给女儿嫁一个老公，给儿子讨一个老婆，而且都要热热闹闹阔阔绰绰的举办。菊英的娘和爹，一个千辛万苦的在家工作，一个飘海过洋的在外面经商，一大半是为的儿女的大事。如果儿女的婚姻草草的了事，他们的心中便要生出非常的不安。因为他们觉得儿女的婚嫁，是做爹娘责任内应尽的事，做儿女的除了拜堂以外，可以袖手旁观。不能使喜事热闹阔绰，他们便觉得对不住儿女。人家女儿多的，也须东挪西扯的弄一点钱来尽力的把她们一个一个，热热闹闹阔阔绰绰的嫁出去，何况他们除了菊英没有第二个女儿，而且菊英又是娘所最爱的心肝儿。

尽她所有的力给菊英预备嫁妆，是她的责任，又是她十分的心愿。

哈。这样好的嫁妆，菊英还会不喜欢吗？人家还会不称赞吗？你看，哪一种不完备？哪一种不漂亮？哪一种不值钱？

大略的说一说：金簪二枚，银簪珠簪各一枚。金银发钗各二枚。挖耳，金的二个，银的一个。金的，银的和钻石的耳环各两副。金戒指四枚，又钻石的二枚。手镯三对。金的倒有二对。自内至外，四季衣服粗穿的俱备三套四套，细穿的各二套。凡丝罗缎如纺绸等衣服皆在粗穿之列。棉被八条，湖绉的占了四条。毯子四条，外国绒的占了两条。十字布乌贼枕六对，两面都挑出山水人物。大床一张，衣橱二个，方桌及琴桌各一个。椅，凳，茶几及各种木器，都用花梨木和其他上等的硬木做成，或雕刻，或嵌镶，都非常细致，全件漆上淡黄，金黄和淡红等各种颜色。玻璃的橱头箱中的银器光彩夺目。大小的蜡烛台六副，最大的每只重十二斤。其余日用的各种小件没有一件不精致，新奇，值钱。在种种不能详说（就是菊英的娘也不能一一记得清楚）的东西之外，还随去了良田十亩，每亩约计价一百二十元。

吉期近了，有许多嫁妆都须在前几天送到男家去，菊英的娘愈加一天

比一天忙碌起来。一切的事情都要经过她的考虑，她的点督，或亲自动手。但是尽管日夜的忙碌，她总是不觉得容易疲倦，她的身体反而比平时强健了数倍。她心中非常的快活。人家都由"阿姆"而至"丈姆"，由"丈姆"而至"外婆"，她以前看着好不难过，现在她可也轮到了！邻居亲戚们知道罢，菊英的娘不是一个没有福气的人！

她进进出出总是看见菊英一脸的笑容。"是的呀，喜期近了呢，我的心肝儿！"她暗暗的对菊英说。菊英的两颊上突然飞出来两朵红云。"是一个好看的郎君，聪明的郎君哩！你到他的家里去，做'他的人'去！让你日日夜夜跟着他，守着他，让他日日夜夜陪着你，抱着你！"菊英羞得抱住了头想逃走了。"好好的服侍他，"她又庄重的训导菊英说："依从他，不要使他不高兴。欢欢喜喜的明年就给他生一个儿子！对于公婆要孝顺，要周到。对于其他的长者要恭敬，幼者要和蔼。不要被人家说半句坏话，给娘争气，给自己争气，牢牢的记着！……"

音乐热闹的奏着，渐渐由远而近了。住在街上的人家都晓得菊英的轿子出了门。菊英的出嫁比别人要热闹，要阔绰，他们都知道。他们都预先扶老携幼的在街上等候着观看。

最先走过的是两个送嫂①。他们的背上各斜披着一幅大红绫子，送嫂约过去有半里远近，队伍就到了。为首的是两盏红字的大灯笼。灯笼后八面旗子，八个吹手。随后便是一长排精制的，逼真的，各色纸童，纸婢，纸马，纸轿，纸桌，纸椅，纸箱，纸屋，以及许多纸做的器具。后面一项鼓阁②两杠纸铺陈，两杠真铺陈。铺陈后一顶香亭，香亭后才是菊英的轿子。这轿子与平常花轿不同，不是红色，却是青色，四围结着彩。轿后十几个人抬着一口十分沉重的棺材，这就是菊英的灵柩。棺材在一套呆大的格子架中，架上盖着红色的绒毯，四面结着彩，后面跟送着两个坐轿的，和许多预备在中途折回的，步行的孩子。

看的人多说菊英的娘办得好，称赞她平日能吃苦耐劳。她们又谈到菊英的聪明和新郎生前的漂亮，都说配合的得当。

---

① 送嫂：专于婚丧时服侍女客，及平日与妇人绞面毛，其丈夫多为吹手兼轿夫，或管庙祠。此处系用为至男家报喜及服侍新娘子之用。
② 鼓阁：一种轿子形式，内置乐器数种，以一人司之，与轿后数人之乐相和。

这时，菊英的娘在家里哭得昏过去了。娘的心中是这样的悲苦，娘从此连心肝儿的棺材也要永久看不见了。菊英幼时是何等的好看，何等的聪明，又是何等听娘的话！她才学会走路，尚不能说话的时候，一举一动已很可爱了。来了一位客，娘喊她去行个礼，她便过去弯了一弯腰。客给她糖或饼吃，她红了脸不肯去接，但看着娘，娘说"接了罢，谢谢！"她便用两手捧了，弯了一弯腰。她随后便走到娘的身边，放了一点在自己的口里，拿了一点给娘吃，娘说，"娘不要吃，"她便"嗯"的响了一声，露出不高兴的样子，高高的举着手，硬要娘吃，娘接了放在口里，她便高兴得伏在娘的膝上嘻嘻的笑了。那时她的爹不走运，跑到千里迢迢的云南去做生意，半年六个月没有家信，四年没有回家，也没有半边烂钱寄回来。娘和她的祖母千辛万苦的给人家做粗做细，赚钱来养她，她六岁时自己学磨纸①，七岁绣花，学做小脚娘子②的衣裤，八岁便能帮娘磨纸，挑花边了。她不同别的孩子去玩耍，也不噪吃闲食，只是整天的坐在房子里做工。她离不开娘，娘也离不开她。她是娘的肉，她是娘的唯一的心肝儿！好几次，娘想到她的爹不走运，娘和祖母日日夜夜低着头给人家做苦工，还不能多赚一点钱，做一件好看的新衣给她穿，买点好吃的糖果给她吃，反而要她日日夜夜的帮着娘做苦工，娘的心酸了起来，忽然抱着她哭了。她看见娘哭，也就放声大哭起来。娘没有告诉她，娘想些什么，但是娘的心酸苦了，她也酸苦了。夜间娘要她早一点睡，她总是说做完了这一点，做完了这一点。娘恐怕她疲倦，但是她反说娘一定疲倦了，她说娘的事情比她多。她好几次的对娘说，"阿姆，我再过几年，人高了，气力大了，我来代你煮饭。你太苦了，又要做这个，又要做那个。"娘笑了，娘抱着她说，"好的，我的肉！"这时，眼泪几乎从娘的眼中滚出来了。娘有时心中悲伤不过，脸上露着愁容，一言不发的独自坐着，她便走了过来，靠着娘站着说"阿姆，我猜阿爹明天要回来了。"她看见娘病了，躺在床上，她的脸上的笑容就没有了。她没有心思再做工，但她整天的坐在娘的床边，牵着娘的手，或给娘敲背，或给娘敲腿。八年来。娘没有打过她一下，骂过她半句，她实在也无须娘

---

① 磨纸：即磨锡箔。
② 小脚娘子：女孩以各色布自做的女玩偶，以其小脚，故名。

用指尖去轻轻的触一触！菩萨，娘是敬重的，娘没有做过一件亵渎菩萨的事情。但是，天呵！为什么不留心肝儿在娘的身边呢？那时虽是娘不小心，但也是为的她苦得太可怜了，所以娘才要她跟着祖母到表兄弟那里去吃喜酒，好趁此热闹热闹，开开心。谁能够晓得反而害了她呢？早知这样，咳，何必要她去呢！她原是不肯去的。"阿姆不去，我也不去。"她对娘这样说。但是又有吃，又好看，又好耍，做娘的怎么不该劝她偶尔的去一次呢？"那么只有阿姆一个人在家了，"她固执不过娘，便答应了，但她又加上这一句。娘愿意离开她吗？娘能离开她吗？天呵，她去了八天，娘已经尽够苦恼了！她的爹在千里迢迢的地方，钱也没有，信也没有，人又不回来，娘日日夜夜在愁城中做苦工，还有什么生趣？娘的唯一的安慰只有这一个心肝儿，没有她，娘早就不想再活下去了。第九天，她跟着祖母回来了。娘是这样的喜欢：好像娘的灵魂失去了又回来一般！她一看见娘便喊着"阿姆"，跑到娘的身边来。娘把她抱了起来，她便用手臂挽住了娘的颈，将面颊贴到娘的脸上来。娘问她去了八天喜欢不喜欢，她说，"喜欢，只是阿姆不在那里没有十分趣味。"娘摸她的手，看她的脸，觉得反而比先瘦了。娘心中有点不乐。过了一会，她咳嗽了几声，娘没有留意。谁知过了一会，她又咳嗽了。娘连忙问她咳嗽了几天，她说两天。娘问她身体好过不好过，她说好过，只是咳了又咳，有点讨厌。娘听了有点懊悔，忙到街上去买了两个铜子的苏梗来泡茶给她吃。她把新娘子生得什么样子，穿什么好的衣服，闹房时怎样，以及种种事情讲给娘听，她的确很喜欢，她讲起来津津有味。第二天早晨，她的声音有点哑了，娘很担忧。但因为要预备早饭，娘没有仔细的问她，娘烧饭时，她还代娘扫了房中的地。吃饭时，娘见她吃不下去，两颊有点红色，忙去摸她的头，她的头发烧了。娘问她还有什么地方难过，她说喉咙有点痛。这一来，娘懊悔得不得了了，娘觉得以先不该要她去。祖母愈加懊悔，她说不知道哪里疏忽了，竟使她受了寒，咳嗽而至于喉痛。娘放下饭碗，看她的喉咙，她的喉咙已如血一般的红了。收拾过饭碗，娘又喊她到屋外去，给她仔细的看。这时，娘看见她喉咙的右边起了一个小小的雪白的点子。娘不晓得这是什么病，娘只知道喉病是极危险的。娘的心跳了起来，祖母也非常的担忧。娘又问她，哪一天便觉得喉咙不好过了，这时她才告诉说，前天就觉得有点干燥了似的。娘连忙

喊了一只划船,带她到四里远的一个喉科医生那里去。医生的话,骇死了娘,他说这是白喉,已起了两三天了。"白喉!"这是一个可怕的名字!娘听见许多人说,生这病的人都是一礼拜就死的!医生要把一根明晃晃的东西拿到她的喉咙里去搽药,她怕,她闭着嘴不肯。娘劝她说这不痛的,但是她依然不肯。最后,娘急得哭了:"为了阿姆呀,我的肉!"于是她也哭了,她依了娘的话,让医生搽了一次药。回来时,医生又给了一包吃的和漱的药。

第二天,她更加厉害了:声音愈加哑,咳嗽愈加多,喉咙里面起了一层白的薄膜,白点愈加多,人愈发烧了。娘和祖母都非常的害怕。一个邻居来说,昨天的医生不大好,他是中医,这种病应该早点请西医。西医最好的办法是打药水针,只要病人在二十四点钟内不至于窒息,药水针便可保好。娘虽然不大相信西医,但是眼见得中医医不好,也就不得不去试一试。首善医院是在万邱山那边,娘想顺路去求药,便带了香烛和香灰去①。她怕中医,一定更怕西医。娘只好不告诉她到医院里,只说到万邱山求药去。她相信了娘的话,和娘坐着船去了。但是到要上岸的时候,她明白了。因为她到过万邱山两次,医院的样子与万邱山一点也不像。她哭了,她无论如何不肯上岸去。娘劝她,两个划船的也劝她说,不医是不会好的,你不好,娘也不能活了,她总是不肯。划船的想把她抱上岸去,她用手足乱打乱挣,哑着声音号哭得更利害了,娘看着心中非常的不好过,又想到外国医生的利害,怕要开刀做什么,她既一定不肯去,不如依了她,因此只到万邱山去求了药回来了。第三天早晨,她的呼吸是这样的困难:喉咙中发出嘶嘶的声音,好像有什么塞住了喉咙一般,咳嗽愈厉害,她的脸色非常的青白。她瘦了许多,她有两天没有吃饭了。娘的心如烈火一般的烧着,只会抱着流泪。祖母也没有一点主意,也只会流眼泪了。许多人说可以拿荸荠汁,莱菔汁,给她吃,娘也一一的依着办来给她吃过。但是第四天早晨,她的喉咙中声音响得如猪的一般了。说话的声音已经听不清楚。嘴巴大大的开着,鼻子跟着呼吸很快的一开一闭。咳嗽得非常厉害。脸色又是青又是白,两颊陷了进去。下颚变得又长又尖。两眼呆呆的圆睁着,凹了

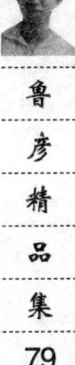

---

① 求药者将香灰供神前,求神于冥冥中赐药于香灰上。持回与病人吞服。

进去,眼白青青的失了光,眼珠暗淡的不活泼了——像山羊的面孔!死相!娘怕看了。娘看起来,心要碎了!但是娘肯甘心吗!娘肯看着她死吗?娘肯舍却心肝儿吗?不的!娘是无论如何也要想法子的!娘没有钱,娘去借了钱来请医生。内科医生请来了两个,都说是肺风,各人开了一个方子。娘又暗自的跪倒在灶前,眼泪如潮一般的流了出来,对灶君菩萨许了高王经三千,吃斋一年的愿,求灶君菩萨的保佑。娘又诚心的在房中暗祝说,如果有客①在房中请求饶恕了她。今晚瘥了,今晚就烧元宝五十锭,直到完全好了,摆一桌十六大碗的羹饭。上半天,那个要娘送她到医院去看的邻居又来了。他说今天再不去请医生来打药水针,一定不会好了。他说他亲眼看见过医好几个人,如果她在二十四点钟内不至于"走"②,打了这药水针一定保好。请医院的医生来,必须喊轿子给他,打针和药钱都贵,他说总须六元钱才能请来,他既然这样说,娘在走投无路的时候也必须试一试看。娘没有钱,也没有地方可以再借了,娘只有把自己的皮袄③托人拿去当了请医生。皮袄还有什么用处呢,她如果没有法子救了,娘还能活下去吗?吃中饭的时候,医生请来了。他说不应该这样迟才去请他,现在须看今夜的十二点钟了,过了这一关便可放心。她听见,哭了,紧紧的挽住了娘的头颈。她心里非常的清白。她怕打针,几个人硬按住了她,医生便在她的屁股上打了一针,灌了一瓶药水进去。——但是,命运注定了,还有什么用处呢!咳,娘是该要这样可怜的!下半天,她的呼吸渐渐透不转来,就在夜间十一点钟……天呀!

(选自小说散文集《柚子》。1926年10月,北新书局)

---

① 客:对鬼尊称之词。
② 走:即死,避讳也。
③ 宁波人好体面。虽极穷也必尽力挪借购置美服,故菊英的娘尚有花缎皮袄及华丝葛(从音)裙子。

黄 金

陈四桥虽然是一个偏僻冷静的乡村,四面围着山,不通轮船,不通火车,村里的人不大往城里去,城里的人也不大到村里来。但每一家人家却是设着无线电话的,关于村中和附近地方的消息,无论大小,他们立刻就会知道,而且,这样的详细,这样的清楚,仿佛是他们自己做的一般。例如,一天清晨,桂生婶提着一篮衣服到河边去洗涤,走到大门口,遇见如史伯伯由一家小店里出来,一眼瞥去,看见他手中拿着一个白色的信封,她就知道如史伯伯的儿子来了信了,眼光转到他的脸上去,看见如史伯伯低着头一声不响的走着,她就知道他的儿子在外面不很如意了,倘若她再叫一声说,"如史伯伯,近来萝蔔很便宜,今天我和你去合买一担来好不好?"如史伯伯摇一摇头,微笑着说,"今天不买,我家里还有菜吃,"于是她就知道如史伯伯的儿子最近没有钱寄来,他家里的钱快要用完,快要……快要……了。

不到半天,这消息便会由他们自设的无线电话传遍陈四桥,由家家户户的门缝里窗隙里钻了进去,仿佛阳光似的,风似的。

的确,如史伯伯手里拿的是他儿子的信;一封不很如意的信,最近,信中说,不能寄钱来。的确,如史伯伯的钱快要用完了,快要……快要……

如史伯伯很忧郁,他一回到家里便倒在藤椅上,躺了许久,随后便在

房子里踱来踱去,苦恼地默想着。

"悔不该把这些重担完全交给了伊明,把自己的职务辞去,现在……"他想,"现在不到二年便难以维持,便要摇动,便要撑持不来原先的门面了……悔不该——但这有什么法子想呢?我自己已是这样的老,这样的衰,讲了话马上就忘记,算算账常常算错,走路又跟跟跄跄,谁喜欢我去做账房,谁喜欢我去做跑街,谁喜欢我……谁喜欢我呢?"

如史伯伯想到这里,忧郁地举起两手往头上去抓,但一触着头发脱了顶的光滑的头皮,他立刻就缩回了手,叹了一口气,这显然是悲哀侵占了他的心,觉得自己老得不堪了。

"你总是这样的不快乐,"如史伯母忽然由厨房里走出来,说。她还没有像如史伯伯那么老,很有精神,一个肥胖的女人,但头发也有几茎白了。"你父母留给我们的只有一间破屋,一口破衣橱,一张旧床,几条板凳,没有田,没有多的屋。现在,我们已把家庭弄得安安稳稳,有了十几亩田,有了几间新屋,一切应用的东西都有,不必再向人家去借,只有人家向我们借,儿子读书知礼,又很勤苦——弄到这步田地,也够满意了,你还是这样忧郁的做什么!"

"我没有什么不满意,"如史伯伯假装出笑容,说,"也没有什么不快乐,只是在外面做事惯了,有吃有笑有看,住在家里冷清清的,没有趣味,所以常常想,最好是再出去做几年事,而且,儿子书虽然读了多年,毕竟年纪还轻,我不妨再帮他几年。"

"你总是这样的想法,儿子够能干了,放心罢。——哦,我昨晚做了一个梦,忘记告诉你了,我看见伊明戴了一顶五光十色的帽子,摇摇摆摆的走进门来,后面七八个人抬着一口沉重的棺材,我吓了一跳,醒来了。但是醒后一想,这是一个好梦:伊明戴着五光十色的帽子,一定是做了官了;沉重的棺材,明明就是做官得来的大财。这几天,伊明一定有银信寄到的了。"如史伯母说着,不知不觉地眉飞色舞的欢喜起来。

听了这个,如史伯伯的脸上也现出了一阵微笑,他相信这帽子确是官帽,棺材确是财。但忽然想到刚才接得的信,不由得又忧郁起来,脸上的笑容又飞散了。

"这几天一定有钱寄到的,这是一个好梦,"她又勉强装出笑容,说。

刚才接到了儿子一封信,他没有告诉她。

第二天午后,如史伯母坐在家里寂寞不过,便走到阿彩婶家里去。阿彩婶平日和她最谈得来,时常来往,她们两家在陈四桥都算是第二等的人家。但今天不知怎的,如史伯母一进门,便觉得有点异样:那时阿彩婶正侧面的立在巷子那一头,忽然转过身去,往里走了。

"阿彩婶,午饭吃过吗?"如史伯母叫着说。

阿彩婶很慢很慢的转过头来,说,"啊,原来是如史伯母,你坐一坐,我到里间去去就来。"说着就进去了。

如史伯母是一个聪明人,她立刻又感到了一种异样:阿彩婶平日看见她来了,总是搬凳拿茶,嘻嘻哈哈的说个不休,做衣的时候,放下针线,吃饭的时候,放下碗筷。今天只隔几步路侧着面立着,竟会不曾看见,喊她时,她只掉过头来,说你坐一坐就走了进去,这显然是对她冷淡了。

她闷闷地独自坐了约莫十五分钟,阿彩婶才从里面慢慢的走了出来。

"真该死!他平信也不来,银信也不来,家里的钱快要用完了也不管!"阿彩婶劈头就是这样说。"他们男子都是这样,一出门,便任你是父亲母亲,老婆子女,都丢开了。"

"不要着急,阿彩叔不是这样一个人,"如史伯母安慰着她说。但同时,她又觉得奇怪了:十天以前,阿彩婶曾亲自对她说过,她还有五百元钱存在裕生木行里,家里还有一百几十元,怎的今天忽然说快要用完了呢?……

过了一天,这消息又因无线电话传遍陈四桥了:如史伯伯接到儿子的信后,愁苦得不得了,要如史伯母跑到阿彩婶那里去借钱,但被阿彩婶拒绝了。

有一天是裕生木行老板陈云廷的第三个儿子结婚的日子,满屋都挂着灯结着彩,到的客非常之多。陈四桥的男男女女都穿得红红绿绿,不是绸的便是缎的。对着外来的客,他们常露着一种骄矜的神气,仿佛说:你看,裕生老板是四近首屈一指的富翁,而我们,就是他的同族!

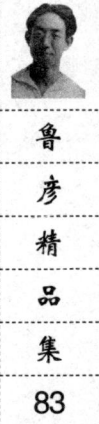

如史伯伯也到了。他穿着一件灰色的湖绉棉袍,玄色大花的花缎马褂。他在陈四桥的名声本是很好,而且,年纪都比别人大,除了一个七十岁的阿瑚先生。因此,平日无论走到哪里,都受族人的尊敬。但这一天不知怎的,他觉得别人对他冷淡了,尤其是当大家笑嘻嘻地议论他灰色湖绉棉袍

的时候。

"呵，如史伯伯，你这件袍子变了色了，黄了！"一个三十来岁的人说。

"真是，这样旧的袍子还穿着，也太俭省了，如史伯伯！"绰号叫做小耳朵的珊贵说，接着便是一阵冷笑。

"年纪老了还要什么好看，随随便便算了，还做什么新的，知道我还能活……"如史伯伯想到今天是人家的喜期，说到"活"字便停了口。

"老年人都是这样想，但儿子总应该做几件新的给爹娘穿。"

"你听，这个人专门说些不懂世事的话，阿凌哥！"如史伯伯听见背后稍远一点的地方有人这样说。"现在的世界，只有老子养儿子，还有儿子养老子的吗？你去打听打听，他儿子出门了一年多，寄了几个钱给他了！年轻的人一有了钱，不是赌就是嫖，还管什么爹娘！"接着就是一阵冷笑。

如史伯伯非常苦恼，也非常生气，这是他第一次听见人家的奚落。的确，他想，儿子出门一年多，不曾寄了多少钱回家，但他是一个勤苦的孩子，没有一刻忘记过爹娘，谁说他是喜欢赌喜欢嫖的呢？

他生着气踱到别一间房子里去了。

喜酒开始，大家嚷着"坐，坐"，便都一一的坐在桌边。没有谁提到如史伯伯，待他走到，为老年人而设，地位最尊敬，也是他常坐的第一二桌已坐满了人，次一点的第三第五桌也已坐满，只有第四桌的下位还空着一位。

"我坐到这一桌来，"如史伯伯说着，没有往凳上坐。他想，坐在上位的品生看见他来了，一定会让给他的。但是品生看见他要坐到这桌来，便假装着不注意，和别个谈话了。

"我坐到这一桌来，"他重又说了一次，看有人让位子给他没有。

"我让给你，"坐在旁边，比上位卑一点地方的阿琴看见品生故意装做不注意，过意不去，站起来，坐到下位去，说。

如史伯伯只得坐下了。但这侮辱是这样的难以忍受，他几乎要举起拳头敲碗盏了。

"品生是什么东西！"他愤怒的想，"三十几岁的木匠！他应该叫我伯伯！平常对我那样的恭敬，而今天，竟敢坐在我的上位！……"

他觉得隔座的人都诧异的望着他，便低下了头。

平常，大家总要谈到他，当面称赞他的儿子如何的能干，如何的孝顺，他的福气如何的好，名誉如何的好，又有田，又有钱；但今天座上的人都仿佛没有看见他似的，只是讲些别的话。

没有终席，如史伯伯便推说已经吃饱，郁郁的起身回家。甚至没有走得几步，他还听见背后一阵冷笑，仿佛正是对他而发的。

"品生这东西！我有一天总得报复他！"回到家里，他气愤愤的对如史伯母说。

如史伯母听见他坐在品生的下面，几乎气得要哭了。

"他们明明是有意欺侮我们！"她嗄着声说，"咳，运气不好，儿子没有钱寄家，人家就看不起我们，欺侮我们了！你看，这班人多么会造谣言：不知哪一天我到阿彩婶那里去了一次，竟说我是向她借钱去的，怪不得她许久不到我这里来了，见面时总是冷淡淡的。"

"伊明再不寄钱来，真是要倒霉了！你知道，家里只有十几元钱了，天天要买菜买东西，如何混得下去！"

如史伯伯说着，又忧郁起来，他知道这十几元钱用完时，是没有地方去借的，虽然陈四桥尽多有钱的人家，但他们都一样的小器，你还没有开口，他们就先说他们怎样的穷了。

三天过去，第四天晚上，如史伯伯最爱的十五岁小女儿放学回来，把书包一丢，忍不住大哭了。如史伯伯和如史伯母好不伤心，看见最钟爱的女儿哭了起来，他们连忙抚慰着她。问她什么。过了许久，几乎如史伯母也要流泪了，她才停止啼哭，呜呜咽咽地说：

"在学校里，天天有人问我，我的哥哥写信来了没有，寄钱回来了没有。许多同学，原先都是和我很要好的，但自从听见哥哥没有钱寄来，都和我冷淡了，而且还不时的讥笑地对我说，你明年不能读书了，你们要倒霉了，你爹娘生了一个这样的儿子！……先生对我也不和气了，他总是天天的骂我愚蠢……我没有做错的功课，他也说我做错了……今天，他出了一个题目，叫做《冬天的乡野》，我做好交给他看，他起初称赞说，做得很好，但忽然发起气来，说我是抄的！我问他从什么地方抄来，有没有证据，他回答不出来，反而愈加气怒，不由分说，拖去打了二十下手心，还叫我面壁一点钟……"她说到这里又哭了，"他这样冤枉我……我不愿意再到那

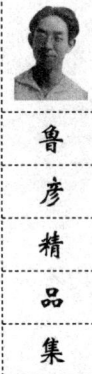

里读书去了！……"

如史伯伯气得呆了，如史伯母也只会跟着哭。他们都知道那位先生的脾气：对于有钱人家的孩子一向和气，对于没有钱人家的孩子只是骂打的，无论他错了没有。

"什么东西！一个连中学也没有进过的光蛋！"如史伯伯拍着桌子说，"只认得钱，不认得人，配做先生！"

"说来说去，又是自己穷了，儿子没有寄钱来！咳，咳！"如史伯母揩着女儿的眼泪说，"明年让你到县里去读，但愿你哥哥在外面弄得好！"

一块极其沉重的石头压在如史伯伯夫妻的心上似的，他们都几乎透不过气来了。真的穷了吗？当然不穷，屋子比人家精致，田比人家多，器用什物比人家齐备，谁说穷呢？但是，但是，这一切不能拿去当卖！四周的人都睁着眼睛看着你，如果你给他们知道，那么你真的穷了，比讨饭的还要穷了！讨饭的，人家是不敢欺侮的；但是你，一家中等人家，如果给了他们一点点，只要一点点，穷的预兆，那么什么人都要欺侮你了，比对于讨饭的，对于狗，还厉害！……

过去了几天忧郁的时日，如史伯伯的不幸又来了。

他们夫妻两个只生了一个儿子，二个女儿：儿子出了门，大女儿出了嫁，现在住在家里的只有三个人。如果说此外还有，那便只有那只年轻的黑狗了。来法，这是黑狗的名字。它生得这样的伶俐，这样的可爱；它日夜只是躺在门口，不常到外面去找情人，或去偷别人家的东西吃。遇见熟人或是面貌和善的生人，它仍躺着让他进来，但如果遇见一个坏人，无论他是生人或熟人，它远远的就嗥了起来，如果没有得到主人的许可，他就想进来，那么它就会跳过去咬那人的衣服或脚跟。的确奇怪，它不晓得是怎样辨别的，好人或坏人。而它的辨别，又竟和主人所知道的无异。夜里，如果有什么声响，它便站起来四处巡行，直到遇见了什么意外，它才嗥，否则是不做声的。如史伯伯一家人是这样的爱它，与爱一个二三岁的小孩一般。

一年以前，如史伯伯做六十岁生辰那一天，来了许多客。有一家人家差了一个曾经偷过东西的人来送礼，一到门口，来法就一声不响的跳过去，在他的脚骨上咬了一口。如史伯伯觉得它这一天太凶了，在它头上打了一

下，用绳子套了它的头，把它牵到花园里拴着，一面又连忙向那个人赔罪，拿药给他敷。来法起初嗥着，挣扎着，但后来就躺下了。酒席散后，有的是残鱼残肉，伊云，如史伯伯的小女儿，拿去放在来法的面前喂它吃，它一点也不吃，只是躺着。伊云知道它生气了，连忙解了它的绳子。但它仍旧躺着，不想吃。拖它起来，推它出去，它也不出去。如史伯伯知道了，非常的感动，觉得这惩罚的确太重了，走过去抚摩着它，叫它出去吃一点东西，它这才摇着尾巴走了。

"它比人还可爱！"如史伯伯常常这样的说。

然而不知怎的，它这次遇了害了。

约莫在上午十点钟光景，有人来告诉如史伯伯，说是来法跑到屠坊去拾肉骨吃，肚子上被屠户阿灰砍了一刀，现在躺在大门口嗥着。如史伯伯和如史伯母听见都吓了一跳，急急忙忙跑出去看，果然它躺在那里嗥，浑身发着抖，流了一地的血。看见主人去了，它掉转头来望着如史伯伯的眼睛。它的目光是这样的凄惨动人，仿佛知道自己就将永久离开主人，再也看不见主人，眼泪要涌了出来似的。如史伯伯看着心酸，如史伯母流泪了。他们检查它的肚子，割破了一尺多长的地方，肠都拖出来了。

"你回去，来法，我马上给你医好，我去买药来。"如史伯伯推着它说，但来法只是望着嗥着，不能起来。

如史伯伯没法，急忙忙地跑到药店里，买了一点药回来，给它敷上，包上。隔了几分钟，他们夫妻俩出去看它一次，临了几分钟，又出去看它一次。吃中饭时，伊云从学校里回来了。她哭着抚摩着它很久很久，如同亲生的兄弟遇了害一般的伤心，看见的人也都心酸。看看它哼得好一些，她又去拿了肉和饭给它吃，但它不想吃，只是望着伊云。

下午二点钟，它哼着进来了，肚上还滴着血。如史伯母忙找了一点旧棉花旧布和草，给它做了一个柔软的躺的窝，推它去躺着，但它不肯躺。它一直踱进屋后，满房走了一遍，又出去了，怎样留它也留不住。如史伯母哭了。她说它明明知道自己不能活了，舍不得主人和主人的家，所以又最后来走了一次，不愿意自己肮脏地死在主人的家里，又到大门口去躺着等死了，虽然已走不动。

果然，来法是这样的，第二天早晨，他们看见它吐着舌头死在大门口

了。地上还流了一地的血。

"我必须为来法报仇！叫阿灰一样的死法！"伊云哭着，咒诅说。

"咳！不要做声，伊云，他是一个恶棍，没有办法的。受他欺侮的人多着呢！说来说去，又是我们穷了，不然他怎敢做这事情！……"说着，如史伯母也哭了起来。

听见"穷"字，如史伯伯脸色渐渐青白了，他的心撞得这样的厉害：犹如雷雨狂至时，一个过路的客人用着全力急急地敲一家不相识者的门，恨不得立时冲进门去的一般。

在他的账簿上，已只有十二元另几角存款。而三天后，是他们远祖的死忌，必须做两桌羹饭；供过后，给亲房的人吃，这里就须花六元钱。离开小年，十二月二十四，只有十几天，在这十几天内，店铺都要来收账，每一个收账的人都将说，"中秋没有付清，年底必须完全付清的，现在……"现在，现在怎么办呢？伊明不是来信说，年底不限定能够张罗一点钱，在二十四以前寄到家吗？……他几乎也急得流泪了。

三天过去，便是做羹饭的日子。如史伯伯一清早便提着篮子到三里外的林家塘去买菜。簿子上写着，这一天羹饭的鱼，必须是支鱼。但寻遍鱼摊，如史伯伯看不见一条支鱼，不得已，他买了一条米鱼代替。米鱼的价钱比支鱼大，味道也比支鱼好，吃的人一定满意的，他想。

晚间，羹饭供在祖堂中的时候，亲房的人都来拜了。大房这一天没有人在家，他们知道二房轮着吃的是阿安，他的叔伯兄弟阿黑今年轮不到吃，便派阿黑来代大房。

阿黑是一个驼背的泥水匠，从前曾经有过不名誉的事，被人家在屋柱上绑了半天。他平常对如史伯伯是很恭敬的。这一天不知怎样，他有点异样：拜过后，他睁着眼睛，绕着桌子看了一遍，像在那里寻找什么似的。如史伯母很注意他。随后，他拖着阿安走到屋角里，低低的说了一些什么。

酒才一巡，阿黑便先动筷箝鱼吃。尝了一尝，便大声的说：

"这是什么鱼？米鱼！簿子上明明写的是支鱼！做不起羹饭，不做还要好些！……"

如史伯伯气得跳了起来，说：

"阿黑，支鱼买不到，用米鱼代还不好吗？哪种贵？哪种便宜？哪种好

吃？哪种不好吃？"

"支鱼贵！支鱼好吃！"

"米鱼便宜！米鱼不好吃！"阿安突然也站了起来说。

如史伯伯气得呆了。别的人都停了筷，愤怒地看着阿黑和阿安，显然觉得他们是无理的。但因为阿黑这个人不好惹，都只得不做声。

"人家儿子也有，却没有看见过连羹饭钱也不寄给爹娘的儿子！米鱼代支鱼！这样不好吃！"阿黑左手拍着桌子，右手却只是箝鱼吃。

"你说什么话！畜生！"如史伯母从房里跳了出来，气得脸色青白了。"没有良心的东西！你靠了谁，才有今天？绑在屋柱上，是谁把你保释的？你今天有没有资格说话？今天轮得到你吃饭吗？……"

"从前管从前，今天管今天！……我是代表大房！……明年轮到我当办，我用鲤鱼来代替！鸭蛋代鸡蛋！小碗代大碗！……"阿黑似乎不曾生气，这话仿佛并不是由他口里出来，由另一个传声机里出来一般。他只是喝一口酒，箝一筷鱼，慢吞吞地吃着。如史伯母还在骂他，如史伯伯在和别人谈论他不是，他仿佛都不曾听见。

几天之后，陈四桥的人都知道如史伯伯的确穷了：别人家忙着买过年的东西，他没有买一点，而且，没有钱给收账的人，总是约他们二十三，而且，连做羹饭也没有钱，反而给阿黑骂了一顿，而且，有一天跑到裕生木行那里去借钱，没有借到，而且，跑到女婿家里去借钱，没有借到，坐着船回来，船钱也不够，而且……而且……

的确，如史伯伯着急得没法，曾到他女婿家里去借过钱。女婿不在家里。和女儿说着说着，他哭了。女儿哭得更厉害。伊光，他的大女儿，最懂得陈四桥人的性格：你有钱了，他们都来了，对神似的恭敬你；你穷了，他们转过背去，冷笑你，诽谤你，尽力的欺侮你，没有一点人心。她小时，不晓得在陈四桥受了多少的气，看见了多少这一类的事情。现在，想不到竟转到老年的父母身上了。她越想越伤心起来。

"最好是不要住在那里，搬到别的地方去。"她哭着说，"那里的人比畜生还不如！……"

"别的地方就不是这样吗？咳！"老年的如史伯伯叹着气，说。他显然知道生在这世间的人都是一样的。

伊光答应由她具名打一个电报给弟弟，叫他赶快电汇一点钱来。同时她又叫丈夫设法，最后给了父亲三十元钱，安慰着，含着泪送她父亲到船边。

但这三十元钱有什么用呢？当天付了两家店铺就没有了。店账还欠着五十几元。过年不敬神是不行的，这里还需十几元。

在他的账簿上，只有三元另几个铜子的存款了！

收账的人天天来，他约他们二十三那一天一定付清。

十二月十六日，账簿上只有二元八角的存款……

"这样羞耻的发抖的日子，我还不曾遇到过……"如史伯伯颤动着语音，说。

如史伯母含着泪，低着头坐着，不时在沉寂中发出沉重的长声的叹息。

"啊啊，多福多寿，发财发财！"忽然有人在门外叫着说。

隔着玻璃窗一望，如史伯伯看见强讨饭的阿水来了。

他不由得颤动着站了起来。"这个人来，没有好结果，"他想着走了出来。

"啊，发财发财，恭喜恭喜！财神菩萨！多化一点！"

"好，好，你等一等，我去拿来。"如史伯伯又走了进来。

他知道阿水来到是要比别的讨饭的拿得多的，于是就满满的盛了一碗米出去。

"不行，不行，老板，这是今年最末的一次！"阿水远远的就叫了起来。

"那么你拿了，我再去盛一碗来。"如史伯伯知道，如果阿水说"不行"，是真的不行的。

"差得远，差得远！像你们这样的人家，米是不要的。"

"你要什么呢？"

"我吗？现洋！"阿水睁着两只凶恶的眼睛，说。

"不要说笑话，阿水，像我们这样的人家，哪里……"

"哼！你们这样的人家！你们这样的人家！我不知道吗？到这几天，过年货也还不买，藏着钱做什么！施一点给讨饭的！"阿水带着冷笑，恶狠狠地说。

"今年实在……"如史伯伯忧郁地说。

但阿水立刻把他的话打断了：

"不必多说，快去拿现洋来，不要耽搁我的工夫！"

如史伯伯没法，慢慢地进去了，从柜子里，拿了四角钱。正要出去，如史伯母急得跳了起来，叫着说：

"发疯了吗？一个讨饭的，给他这许多钱！"

"没有办法，没有办法！"如史伯伯低声的说着，又走了出去。

"四角吗？看也没有看见。我又不是小讨饭的。哼！"阿水忿然的说，偏着头，看着门外。"一千多亩田。二万元现金的人家，竟拿出这一点点来哄小孩子！谁要你的！"

"你去打听打听，阿水！我哪里有这许多……"

"不要多说！快去拿来！"阿水不耐烦的说。

如史伯伯又进去了，他又拿了两角钱。

"六角总该够了罢，阿水？我的确没有……"

"不上一元，用不着拿出来！钱，我看得多了！"阿水仍偏着头说。

这显然是没有办法的。如史伯伯又进去了。

在柜子里，只有两元另两角……

"把这角子统统给了他算了，罢，罢，罢！"如史伯伯叹着气说。

"天呀！你要我们的命吗？一个讨饭的要这许多钱！"如史伯母气得脸色青白，叫着跳了出去。

"哼！又是两角！又是两角！"阿水冷笑地说。

"好了，好了，阿水！明年多给你一点。儿子的钱的确还没有寄到，家里的钱已经用完了……"

"再要多，我同你到林家塘警察所去拚老命！看有没有这种规矩！"如史伯母暴躁的说。

"好好！去就去！哼！……"

"她是女人家，阿水，原谅她。我明年多给你一点就是了。"如史伯伯忍气吞声的说，在他的灵魂中，这是第一次充满了羞辱。

"既这样说，我就拿着走了，到底是男人家。哼！我是一个讨饭的。要知道，一个穷光蛋，什么事情都做得出来的！……"他拿了钱，喃喃的说着，走了。

走进房里，如史伯母哭了。如史伯伯也只会陪着流泪。

"阿水这东西，就是这样的坏！"如史伯伯非常气忿的说。"真正有钱的人家，他是决不敢这样的，给他多少，他就拿多少。今天，他知道我们穷了，故意来敲诈。"

忽然，他想到柜子里只有两元，只有两元了……

他点了一炷香，跑到厨房里，对着灶神跪下了……不一会，如史伯母也跑进去在旁边跪下了……

……两个人口里喃喃的祷祝着，面上流着泪……

十二月二十二日的清晨，如史伯伯捧着账簿，失了魂似的呆呆地望着。簿子上很清楚的写着：尚存小洋八角。

"啊，这是一个好梦！"如史伯母由后房叫着说，走了出来。她的脸上露着希望的微笑。

"又讲梦话了！日前不是做了不少的好梦吗？但是钱呢？"如史伯伯皱着眉头说。

"自然会应验的，昨夜，"如史伯母坚决地相信着，开始叙述她的梦了，"不知在什么地方，我看见地上泼着一堆饭，'罪过，饭泼了一地，'我说着用手去拾，却不知怎的，到手就烂了，像浆糊似的，仔细一看，却是黄色的粪。'啊，这怎么办呢，满手都是粪了。'我说着，便用衣服去揩手，那知揩来揩去，只是揩不干净，反而愈揩愈多，满身都是粪了。'用水去洗罢，'我正想着要走的时候，忽然伊明和几个朋友进来了。'啊，慢一点！伊明慢一点进来！'我慌慌张张叫着说，着急了，看着自己满身都是粪，满地都是粪。'不要紧的，妈妈，都是熟人，'他说着向我走来，我慌慌张张的往别处跑，跑着跑着，好像伊明和他的朋友追了来似的。'怎么办呢，怎么办呢，满身都是粪！'我叫着醒来了。你说，粪不就是黄金吗？呵，这许多……"

"不见得应验，"如史伯伯说。但想到梦书上写着"梦粪染身，主得黄金"，确也有点相信了。

然而这不过是一阵清爽的微风，它过去后，苦恼重又充满了老年人的心。

来了几个收账的人，严重的声明，如果明天再不给他们的钱，他们只

得对不住他,坐索了……

时日在如史伯伯夫妻是这样的艰苦,这样的沉重,他们俩都消瘦了,尤其是如史伯伯。他觉得自己仿佛是一匹拖重载的驴子,挨着饿,耐着苦,忍着叱咤的鞭子,颠蹶着在雨后泥途中行走。但前途又是这样的渺茫,没有一线光明,没有一点希望。时光留住着罢,不要走近年底!但它并不留住,它一天一天的向这个难关上走着。迅速地跨过这难关罢!但他却有意延宕,要走不走的徘徊着。咳,咳……

夜上来了。他们睡得很迟。他近来常常咳嗽,仿佛有什么梗在他的喉咙里一般。

时钟警告地敲了十二下。四周非常的沉寂。如史伯伯也已入在睡眠里。

钟敲二下,如史伯伯又醒了。他记得柜子里只有小洋八角,他预算二十四那一天就要用完了。伊明为什么这几天连信也没有呢?伊光打去的电报没有收到吗?来不及了,来不及了,现在已是二十三,最末的一天,一切店铺里的收账人都将来坐索了!这是一种什么样的耻辱!六十年来没有遇到过!不幸!不幸!忽然,他倾着耳朵细听了,仿佛有谁在房子里轻着脚步走动似的。

"谁呀?"

但没有谁回答,轻微的脚步出去了。

"啊!伊云的娘!伊云的娘!起来!起来!"他一面叫着,一面翻起身点灯。

如史伯母和伊云都吓了一惊,发着抖起来了。

衣橱门开着,柜子门也开着,地上,放着两只箱子,外面还丢着几件衣服。

"有贼!有贼!"如史伯伯敲着板壁,叫着说。

住在隔壁的是南货店老板松生,他好像没有听见。

如史伯母抬头来看,衣橱旁少了四只箱子,两只在地上,两只不见了。

"打!打!打贼!打贼!"如史伯伯大声的喊着,但他不敢出去。如史伯母和伊云都牵着他的衣服,发着抖。

约莫过去了十五分钟,听听没有动静,大家渐渐镇静了。如史伯伯拿着灯,四处的照,从卧房里照起,直照到厨房。他看见房门上烧了一个洞,

厨房的砖墙挖了一个大洞。

如史伯母检查一遍，哭着说把她冬季的衣服都偷去了。此外还有许多衣服，她一时也记不清楚。

"如果，"她哭着说，"来法在这里，决不会让贼进来的。……仿佛他们把来法砍死了，就是为的这个……阿灰不是好人，你记得。我已经好几次听人家说他的手脚靠不住……明天，我们到林家塘警察所去报告，而且，叫他们注意阿灰。"

"没有钱，休提起警察！"如史伯伯狠狠的说，"而且，你知道，明天如果儿子没有钱寄来，不要对人家说我们来了贼。不然，就会有更不好的名声加到我们的头上，一班人一定会说这是我们的计策，假装出来了贼，可以赖钱。你想，你想，……在这样的世界上，最好是不要活着！……"

如史伯伯叹了一口气，躺倒在藤椅上，昏过去了。

但过了一会，他的青白的脸色渐渐绯红起来，微笑显露在上面了。

他看见阳光已经上升，充满着希望和欢乐的景象。阿黑拿着一个极大的信封，驼背一耸一耸地颠了进来，满面露着笑容，嘴里哼着恭喜，恭喜。信封上印着红色的大字，什么司令部什么处缄。红字上盖着墨笔字，是清清楚楚的"陈伊明"。如史伯伯喜欢得跳了起来。拆开信，以下这些字眼就飞进他的眼里：

……儿已在……任秘书主任……兹先汇上大洋二千元，新正……再当亲解价值三十万元之黄金来家……

"呵！呵！……"如史伯伯喜欢得说不出话了。

门外走进来许多人，齐声大叫："老太爷！老太太！恭喜恭喜！"

阿黑，阿灰，阿水都跪在他们的前面，磕着头……

（选自短篇小说集《黄金》，1928年5月，上海人间书店）

毒　药

　　一天下午，光荣而伟大的作家冯介先生正在写一篇故事的时候，门忽然开开了。走进来的是一个十七岁的青年，他的哥哥的儿子。问了几句关于学校生活的话，他就拿了一本才出版的书给他的侄儿看。书名叫做《天鹅》，是他最得意的一部杰作。冯介先生的文章，在十年以前，已哄动全国。读了他的文章，没有一个不感动，惊异，赞叹，认为是中国最近的唯一的作家。代他发行著作的书店，只要在报纸上登一个预告，说冯介先生有一本书在印刷，预约的人便纷至沓来，到出书的那一天，拿了现钱来购买的人往往已买不到了。即如《天鹅》这本书，初版印了五千部，第三天就必须赶紧再版五千。许多杂志的编辑先生时常到他家里来谈天，若是发现了他在写小说，无论只写了一半或才开始，便先恳求他在那一个杂志上发表，并且先付了很多的稿费，免得后来的人把他的稿子拿到别的地方去发表。酷爱他的作品的读者屡次写信给他，恳求见他一面，从他那里出去便如受了神圣的洗礼，换了一个灵魂似的愉快。如其得到冯介先生的一封短短的信，便如得到了宝一般，觉得无上的光荣。

　　"小说应怎样着手写呢，叔叔？"沉没在惊羡里的他的侄儿敬谨而欢乐地接受了《天鹅》，这样的问。

　　这在冯介先生，已经听得多了。凡一般憧憬于著作的青年或初进的作

家，常对他发这样的问话，希冀在他的回答中得到一点启发和指示。他的侄儿也已不止一次的这样问他。

听了这话，冯介先生常感觉一种苦恼，皱着眉头，冷冷的回答说，"随你自己的意思，喜欢怎样，就怎样着手。"

但这话显然是空泛的，不能满足问者的希冀。于是这一天他的侄儿又问了：

"先想好了写，还是随写随想呢，叔叔？"

"整个的意思自然要先想好了才写。"

"我有时愈写愈多，结果不能一贯，非常的散漫，这是什么原因呢？"

"阿，作文法书上不是常常说，搜集材料之后，要整理。要删削，要像裁缝拿着剪刀似的，把无用的零碎边角剪去吗？"

于是他的年青的侄儿像有所醒悟似的，喜悦而且感激的走了出去。

但冯介先生烦恼了。他感觉到一种不堪言说的悲哀。他觉得自己好像在不知不觉中已把这个青年拖到深黑的陷阱中，离开了美丽的安乐的世界；他觉得自己既用毒药戕害了自己的生命和无数的青年，而今天又戕害了自己年青的可爱的侄儿，且把这毒药授给了他，教唆他去戕害其他的青年的生命。

这时，一幅险恶的悲哀的图画便突然高高地挂在光荣的作家的面前，箭似的刺他的眼，刺他的心，刺他的灵魂……

二十岁的时候，他在北京的一个大学校里读书。那时显现在他眼前的正是美丽的将来，绕围着的是愉快的世界。他不知道什么叫做痛苦，对于一切都模糊，朦胧。烦恼如浮云一般，即使有时他偶然的遇着，不久也就不留痕迹的散去了。他自己也有一种梦想，正如其他的青年一般，但那梦想在他是非常的甜蜜的。

因为爱好文艺，多读了一点文学书，他有一天忽然兴致来了，提起笔写了一篇短短的故事。朋友们看了都说是很好的作品，可以发表出去，于是他便高兴地寄给了一家报馆。三天后，这篇故事发表了。相熟的人都对他说，他如果努力的写下去是极有希望的。过了不久，上海的某一种报纸

而且将他的故事转载了出来。这使他非常的高兴，又信笔作了一篇寄去发表。这样的接连发表了四五篇，他得了许多朋友的惊异，赞赏。从此他相信在著作界中确有成就的希望，便愈加努力了。

然而美丽的花草有萎谢的时候，光辉的太阳有阴暗的时候，他的命运不能无外来的打击：为了不愿回家和一个不相爱不相熟的女子结婚，激起了父母极大的愤怒，立刻把他的经济的供给停止了。这使他不能再继续地安心读书，不得不跑到一个远的地方去教书。工作和烦恼占据着他，他便有整整的一年多不曾创作。

生活逼迫着他，常使他如游丝似的东飘西荡。一次，他穷得不堪时，忽然想起寄作品给某杂志是有稿费可得的，便写了几千字寄了去。不久，他果然收到了十几元钱。这样的三次五次，觉得也是一种于己于人两无损害的事情，又常常创作了。

有时，他觉得为了稿费而创作是不对的。好的文学作品应该是自然流露出来的产物。为了稿费而创作，有点近于榨取。但有时他又觉得这话不完全合于事实。有好几篇小说，他在二三年前早想好了怎样的开始，怎样的描写，用什么格调，什么样的情节，什么样的人物，怎样的结束，以及其他等等。动笔写，本是要有一贯的精神，特别的兴致的。现在把这种精神和兴致统辖在稿费的希望之下，也不能说写出来的一定不如因别的动机写出来的那么好。或者，他常常这样想，榨出来的作品比别的更好一点也说不定，因为那时有一种特别的环境，特别的压迫，特别的刺激和感触，可以增加作品的色彩，使作品更其生动有力。

但这种解释在一般人看起来似乎是一种强辩。编辑先生自从知道他创作是因了稿费，便对他冷淡了。读者，不愿再看他的小说了。稿子寄出去，起初是压着压着迟缓的发表，随后便老实退还了给他。

"这篇稿子太长了，我们登不下，"编辑先生常常这样的对他说，把稿子退还了给他。有时又这样说，"这篇太短了，过于简略。"

在读者的中间常常这样说，"冯介的小说受了S作者的影响，但又不是正统的传代者，所以不值得看。"

一次，一个朋友以玩笑而带讥刺的写信给他说，你的作品好极了，但翻了一万八千里路的筋头终于还跳不出作家X君的手心！

一位公正的批评家在报纸上批评说,"冯介的小说是在模仿N君!"

这种种的刺激使他感觉到一种耻辱,于是他搁笔不写了,虽然他觉得编辑先生的可笑,读者的浅薄。

二年后的一天,他在街上走,无意中遇见了一个久不相见的朋友。那个朋友到这里还只两月。他问了问冯介近来的生活之后,便请冯介给他自己主编的将要出版的月刊做文章。冯介告诉他以前做文章所受的奚落,表示不肯再执笔。

"读者的批评常是不对的,可以不必管他!至于文章的长短,我都发表,你尽管拿来。稿费从丰!"那个朋友说。

一种说不出的喜悦和感激从他的心底里涌了出来,他觉得这个朋友对于读者有特殊的眼光,对于他有热心扶助的诚意。这时他的生活正艰苦得厉害,便决计又开始创作了。

"别个的稿费须等登出来了以后才算给,但你,"那个朋友接到了他的稿子,说,"我知道很穷,今天便先给你带了回去。"

"多谢你的帮助!"他接了稿费,屡屡这样的说。

但是编辑先生照例是很忙的。他拿了稿子去,已遇不着人,把稿子交给门房,空手回来的次数较多。回来后,他常写这样的信去:

"好友,送上的稿子想已收到。我日来窘迫万状。恳你先把我的稿费算给我,以救燃眉。拜托拜托!"

有几次,不知是邮差送错了,还是那里的门房没有交进去,他等了好久终于没有接到回信。连连去了感激而又拜托的信,都没有消息。

鲁彦精品集

"来信读悉,因忙,未能早复,请恕。弟与兄友谊至厚,今兄在患难中需弟帮助,弟安得不尽绵力。稿费容嘱会计课早日送奉可也。"有时编辑先生似乎特别闲空而且高兴,回信来了。

但会计课也是很忙的。接到通知后他们一时还无暇算他的稿费。稿费虽然只有十几元,然而除去标点符号和空白一字一字的数字数,却是一件艰苦的工作,等待了几天,常使他又不得不亲自跑到会计课去查问。

"昨日已经叫收发课送去了。"会计先生回答说。

收发课同样是忙碌得非常。他们不管他正饿着肚子望眼欲穿的在那里等候,仍须迟缓几天。

这种情形使他感觉得烦恼,羞耻,侮辱。费尽了自己的脑和力及时间,写出来的东西,得到一点酬资,原是分内的事。但他却须对人家表示感激,乞丐似的伸出手去恳求,显出自己是一个穷迫可怜的动物。时时只听见人家恩惠的说,"你穷,你可怜,我救你!……"同时又仿佛听见人家威吓似的说,"你的生命就在我的手中!我要你活下去就活下去,要你死就死!……"即使是会计先生,收发课的人,或一个不重要的送信者,都可以昂然的对他表示这种骄傲,这种侮辱。他觉得卖稿子远不如在马路上的肩贩,客人要买什么货时,须得问问他的价钱,合便卖,不合便不卖,当场拿出现钱来,一面交出货去,各无恩怨的走散。只有稿子寄了去不能说一声要多少稿费,编辑先生收受了,还须对他表示感激。不收受,就把它捻做一团丢入字纸篓,不能说一句话,还须怪自己献丑。侥幸的给了稿费,无论一元钱一千字或五角钱一千字,随他们自己的意思,你都须感激。如果人家说,"你穷,我帮助你,收受你的稿子,给你稿费。"你就须感激,感激,而又感激!像被鞭挞的牛马对于宽恕它的主人一般,像他救了你一条命,恩谊如山一般……

想着想着,他几乎又不愿再写小说了。然而,生活的压迫也正是一个重大的难题。如其他的平凡的人一般,他只得先来解决物质上的问题,忍垢含辱的依旧写些小说。

三年过去,他的小说集合起来竟有了厚厚的三本。他便决计去找书店印单行本。严密的重新检阅了几遍,他觉得也还不十分粗糙。在这些小说里面,他看见了自己的希望和失望,快乐和痛苦,泪和血,人格与灵魂。

"无论人家怎样批评,只要我自己满意就是了。"他想着就开始去寻觅出版的书店。

S城的商业虽然繁盛,书店虽然多至数十家,但愿意给他印书的却不容易找到。书店的经理不是说资本缺乏,便是说经费支绌。其实无非因为他是一个不出名的作家,怕出版后销路不好罢了。

找了许多书店,稿子经过了许多商人的审查,搁了许多时日,他的第一部小说集才被一家以提倡新文化为目的的书店留住。

"这部书销路好坏尚难预测,我们且印六百本看看再说。"这家书店的经理这样说。于是他才欢喜地满足的走了。

六个月后,这部书出版了。他所听见的批评倒也还好,这叫他很喜欢。

三个月后,忽然想到这部小说集的销路,便写信去问书店的经理。

"销路很坏,不知何日方能售完。……"回信这样说。

这使他非常的愤怒,对于读者,他眼看着一般研究性的或竟所谓淫书,或一些无聊的言情小说之类的书印了三千又三千,印了五千又五千,而对于他这部并不算过坏的文艺作品竟冷落到如此。

"没有眼睛的读者!"他常常气愤地说。

年节将近的一天,他正为着节关经费的问题向一个朋友借钱去回来,顺路走过这一家书店,便信步走了进去。

"啊,先生,你这部书销路非常之坏!"书店的经理先生劈头就是这一句话。

他阑珊地和经理先生谈了一些闲话,正想起身走时,忽然走进来一个提着黑色皮包的人。寒暄了几句,那个人便开开皮包,取出一大叠的揭单。一张一张的提给经理先生说,"这是《恋爱问题研究》的账,五千部,计……这是《性生活》的账。计……《恋爱信札》……《微风》……《萍踪》……《夜的》……"

正在呆坐着想些别的事情的他,忽然模糊地听见"夜的"两字,他知道是算到自己的《夜的悲鸣》了,便不知不觉的拾起头来。同时,他看见经理先生伸出一只大的手,把账单很快的抢过去,匆促而不自然的截断印刷店里的收账员的话,说:

"不必多说了!统统交给我罢!我明天仔细查对。"

在经理先生大的手指缝里,他明白地看见账单上这样的写着:

"一千五百本……"

"哦!"他几乎惊异地叫了出来。

"年底各处的账款多吗?"经理先生一面问,一面很快的开开抽屉,把账单往里面一塞,便得的又锁上了。

他回来后愤怒地想了又想,越想越气。这明明是书店作了弊,在那里哄骗他。本来印六百部就不近人情:排字好不容易,上版好不容易。印刷费愈印多愈合算,他印六百部价钱贵了许多,赚什么钱,开什么书店?

中国现代文学大师精品集丛书

他气愤愤地在家里坐了一会,又走了出去,想去质问书店,但走到半路上又折回了。他觉得商人是不易惹的。他存心偷印,你怎样也弄不过他。他可以把账单改换,可以另造一本假的账簿给你看,可以买通印刷所。你要同他打官司,他有的是钱!著作家,是一个穷光蛋!

他想来想去,觉得只有委屈地把这怒气按捺下去,转一个方向,向他要版税。于是他就很和气地写了一封信去。

"《夜的悲鸣》销路不好,到现在只卖去了一百多本,还都不是现款。年内和各店结清了账目,收到书款后,照本店的定例,明年正月才能付先生的版税。……"回信这样说。

"照本店的定例!"他觉得捧出这种法律似的定例来又是没有办法的了,虽然在事实或理论上讲不通,著作家也要过年节,也要付欠账,也要吃饭!于是他又只好转一个方向,写一封信向经理先生讲人情了:

"年关紧迫,我穷得不得了,务请特别帮我一个忙,把已售出去的一百多本书的版税算给我,作为借款,年外揭账时扣下。拜恳拜恳!……"

这样的信写了去,等了四五天终于没有回信。于是他觉得只有亲自去找经理先生。但年关在即,经理先生显然是很忙的。他去了几次,店里的伙计都回说不在家。最后,他便留了一个条子:

"前信想已收到……好在数目不大……如蒙帮忙,真比什么还感激!……"

又等了三四天,回信来了。那是别一个人所写的,经理先生只亲笔签了一个名字。然而他说得比谁还慷慨,比谁还穷:

"可以帮忙的时候,我没有不尽力帮忙。如在平时,即使先生要再多借一点也可以。但现在过年节的时候,我们各处的账款都收不拢来,各处的欠款又必须去付清。照现在的预算,我们年内还缺少约近一万元之谱。先生之款实难如命……"

这有什么办法呢?即使你对他再说得恳切一点,或甚至磕几十个响头,眼见得也是没有效力的了!

艰苦地捱过了年关。等了又等,催了又催,有一天版税总算到了手。精明的会计先生开了一张单子,连二百十一本的"一"字都不曾忽略,而每册定价五角,值百抽十二,共计版税洋十二元六角六分的"六分"也还

鲁彦精品集

101

不曾抹去。

对着这十二元六角六分,他只会发气。版税抽得这样的少,他连听也不曾听见过!怪不得商人都可以吃得大腹便便,原来他们的滋养品就是用欺诈,掠夺而来的他人的生命!在编辑先生和书店经理先生的重重压迫之下,他觉得自己仿佛是一条蠕虫或比蠕虫还可怜的动物。无论受着如何的打击,他至多只能缩一缩身子。有时这打击重一点,连缩一缩身子也不可能,就完结了。

他灰心而且失望的,又委屈地受了其他经理先生的欺侮,勉勉强强又把第二集第三集的小说都出了版。

一年后,暴风雨过去了。在他命运的路上渐渐开了一些美丽的花:有几种刊物上,常有称赞他的小说的文章,有几个编辑先生渐渐来请他做文章,书店的经理也问他要书稿了。

在狂热的称赞和惊异中,他不知怎的竟在二年后变成了一个人人钦仰的作家。好几篇文章,在他觉得是没有什么精采的,编辑先生却把它们登在第一篇,用极大的字印了出来。甚至一点无聊的随感,笔记,都成了编辑先生的宝贵的材料,读者的贵重的读物。无论何种刊物上,只要有"冯介"两个字出现,它的销路便变成惊人的大。有许多预备捻做一团,塞入字纸篓的稿子,经理先生把它从满被着灰尘的旧稿中找了出来,要拿去出版。五六万字的稿子,二个礼拜后就变成了一部美丽的精致的书。版税突升到值百抽二十五。杂志或报纸上发表的稿费,每千字总在五元以上,编辑先生亲自送了来,还说太微薄,对不起。

这在有些人确是一件愉快,不堪言说的光荣的事情。但在他,却愈觉得无味,耻辱,下贱。作品还未曾为人所欢迎的时候,一脚把你踢开,如踢街上颠蹶地徘徊着的癞狗一般。这时,你出了名,便都露着谦恭,钦敬的容貌,甜美如妓女卖淫一般的言笑着,竭力拉你过去。利用纯洁的青年的心的弱点,把你装饰成一个偶像,做刊物或书店的招牌。好从中取利……

"这篇文章须得给五十元稿费!"一次,他对一个编辑先生说。这是他在愤怒中一个复仇的计策。这篇稿子连空白算在里面,恐怕也只有三千字左右。

"哦哦！不多，不多！"编辑先生居然拿着稿子走了，一面还露出欢喜与感激。

当天下午，他竟出人意外的收到了六十元稿费，一页信，表示感激与光荣。

"兹有新著小说稿一部，约计七万字，招书店承印发行。谁出得版税最多的，给谁出版。"有一天又想到了一个复仇的计策，在报纸上登了一个投标的广告。

三天内果然来了一百多名经理先生，他们的标价由百分之三十到百分之五十五。

痛快了一阵，他又觉得索然无味了。商人终于是商人。欺骗，无耻，卑贱，原是他们的护身法宝。怎样的作弄他们，也是无用的。而这样一来，也徒然表现自己和他们一样的卑贱而已。过去的委屈，羞耻，羞辱，尽可以释然。这在人生的路上，原是随处可以遇着的。

但是，著作的生活到底于自己有什么利益呢，除去了这些过去的痕迹？他沉思起来，感觉到非常的苦恼。

自从开始著作以来，他几乎整个的沉埋在沉思和观察里。思想和眼光如用锉刀不断地锉着一般，一天比一天敏锐起来。人事的平常的变动在他都有可注意的地方。在人家真诚的背后，他常常看见了虚伪；在天真的背后，他看见了狡诈；在谦恭的背后，他看见了狠毒；在欢乐的背后，他发现了苦恼；在忧郁的背后，他发现了悲哀。这种种在平常的时候都可以像浮云似的不留痕迹地过去，像无知的小孩不知道世界的大小，人间的欢恼，流水自流水，落花自落花一般，现在他都敏锐地深刻地看见了隐藏在深的内部的秘密。从这里得到了深切的失望和悲哀。幼年时的憧憬与梦想都已消散。前途一团的漆黑。什么是人生的意义？什么是伟大的自我？他终于寻不出来。他虽活着，已等于自杀。像这样的思想，远不如一个愚蒙的村夫，无知无识的做着发财的梦，名誉的梦，信托着泥塑木雕的神像，挣扎着谋现在或未来的幸福。……

自己不必管了，他想，譬如短命而死，譬如疾病而死，譬如因一种不测的灾祸而死，如为水灾，火灾，兵灾，或平白地在马路上被汽车撞倒。然而，作品于读者有什么益处呢？给了他们一点什么？安慰吗？他们自己

尽有安慰的朋友,东西!希望吗?骗人而已!等到失了望,比你没有给他们希望时还痛苦!指示他们人生的路吗?这样渺茫,纷歧的前途,谁也不知道那里是幸福,那里是不幸,你自己觉得是幸福的,在别人安知就不是不幸?想告诉他们以世界的真相和秘密吗?这该诅咒的世界,还是让他们不了解,模模糊糊的好!想讽刺一些坏的人,希望他们转变过来吗?痴想!他们即使看了,也是一阵微风似的过去了!想对读者诉说一点人间的忧抑,苦恼,悲哀吗?何苦把你自己的毒药送给别人!……

伟大而光荣的作家冯介先生想到这里,翻开几本自己的著作来看,只看见字里行间充满着自己的点点的泪和血;无边的苦恼与悲哀;罪恶的结晶,戕害青年的毒药……

点起火柴,他烧掉了桌上尚未完工的作品……

(选自短篇小说集《黄金》,1928年5月,上海人间书店)

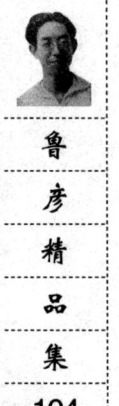

童年的悲哀

这是如何的可怕，时光过得这样的迅速！

它像清晨的流星，它像夏夜的闪电，刹那间便溜了过去，而且，不知不觉地带着我那一生中最可爱的一叶走了。

像太阳已经下了山，夜渐渐展开了它的黑色的幕似的，我感觉到无穷的恐怖。像狂风卷着乱云，暴雨掀起波涛似的，我感觉到无边的惊骇。像周围哀啼着凄凉的鬼魑，影闪着死僵的人骸似的，我心中充满了不堪形容的悲哀和绝望。

谁说青年是一生中最宝贵的时代，是黄金的时代呢？我没有看见，我没有感觉到。我只看见黑暗与沉寂，我只感觉到苦恼与悲哀。是谁在这样说着，是谁在这样羡慕着，我愿意把这时代交给了他。

呵。我愿意回到我的可爱的童年时代，回到那梦幻的浮云的时代！

神呵，给我伟大的力，不能让我回到那时代去，至少也让我的回忆拍着翅膀飞到那最凄凉的一隅去，暂时让悲哀的梦来充实我吧！我愿意这样，因为即使是童年的悲哀也比青年的欢乐来得梦幻，来得甜蜜呵！

那是在哪一年，我不大记得了。好像是在我十一二岁的时候。

时间是在正月的初上。正是故乡锣声遍地、龙灯和马灯来往不绝的几天。

这是一年中最欢乐的几天。过了长久的生活的劳碌，乡下人都一致的暂时搁下了重担，用娱乐来洗涤他们的疲乏了。街上的店铺全都关了门。祠庙和桥上这里那里一堆堆地簇拥着打牌九的人群。平日最节俭的人在这几天里都握着满把的瓜子，不息地剥啄着。最正经最严肃的人现在都背着旗子或是敲着铜锣随着龙灯马灯出发了。他们谈笑着，歌唱着，没有一个人的脸上会发现忧愁的影子。孩子们像从笼里放出来的一般，到处跳跃着，放着鞭炮，或是在地上围做一团，用尖石划了格子打着钱，占据了街上的角隅。

母亲对我拘束得很严。她认为打钱一类的游戏是不长进的孩子们玩的，她平日总是不许我和其他的孩子们一同玩耍，她把她的钱柜子锁得很紧密。倘若我偶然在抽屉的角落里找到了几个铜钱，偷偷地出去和别的孩子们打钱，她便会很快的找到我，赶回家去大骂一顿，有时挨了一场打，还得挨一餐饿。

但一到正月初上，母亲就给我自由了。我不必再在抽屉角落里寻找剩余的铜钱，我自己的枕头下已有了母亲给我的丰富的压岁钱。除了当着大路以外，就在母亲的面前也可以和别的孩子们打钱了。

打钱的游戏是最方便最有趣不过的。只要两个孩子碰在一起，问一声"来不来？"回答说"怕你吗？"同找一块不太光滑也不太凹凸的石板，就地找一块小的尖石，划出一个四方的格子，再在方格里对着角划上两根斜线，就开始了。随后自有别的孩子们来陆续加入，摆下钱来，许多人簇拥在一堆。我虽然不常有机会打钱，没有练习得十分凶狠的铲法，但我却能很稳当的使用刨法，那就是不象铲似的把自己手中的钱往前面跌下去，却是往后落下去。用这种方法，无论能不能把别人的钱刨到格子或线外去，而自己的钱却能常常落在方格里，不会象铲似的，自己的钱总是一直冲到方格外面去，易于发生危险。

常和我打钱的多是一些年纪不相上下的孩子，而且都知道把自己的钱拿得最平稳。年纪小的不凑到我们这一伙来，年纪过大或拿钱拿得不平稳的也常被我们所拒绝。

在正月初上的几天里，我们总是到处打钱：祠堂里、街上、桥上、屋檐下，划满了方格。我的心像野马似的，欢喜得忘记了家，忘记了吃饭。

但有一天，正当我们闹得兴高采烈的时候，来了一个捣乱的孩子。

他比我们这一伙人都长得大些，他大约已经有了十四五岁，他的名字叫做生福。他没有母亲也没有父亲。他平时帮着人家划船，赚了钱一个人花费，不是挤到牌九摊里去，就和他的一伙打铜板。他不大喜欢和人家打铜钱，他觉得输赢太小，没有多大的趣味。他的打法是很凶的，老是把自己的铜板紧紧地斜扣在手指中，狂风暴雨似的錾了下去。因此在方格中很平稳地躺着的钱，别人打不出去的，常被他錾了出去。同时，他的手又来得很快，每当将錾之前，先伸出食指去摸一摸被打的钱，在人家不知不觉中把平稳地躺着的钱移动得有了蹊跷。这种打法，无论谁见了都要害怕。

好像因为前一天和我们一伙里的一个孩子吵了架的缘故，生福忽然走来在我们的格子里放下了一个铜板。在打铜钱的地方拿着铜板打原是未尝不可以的，但因为他向来打得很凶而且有点无赖，同时又看出他故意来捣乱的声势，我们一致拒绝了。

于是生福生了气，伸一只脚在我们的格子里，叫着说：

"石板是你们的吗？"

我们的眉毛都竖起了。——但因为是在正月里，大家觉得吵架不应该，同时也有点怕他生得蛮横，都收了钱让开了。

"到我家的檐口去！"一个孩子叫着说。

我们便都拥到那里，划起格子来。

那是靠河的一个檐口下，和我家的大门是连接着的。那个孩子的家里本在那间屋子的楼下开着米店，因为去年的生意亏了本，年底就决计结束不再开了。这时店堂的门半开着，外面一部分已经变做了客堂，里面还堆着一些米店的杂物。屋子是孩子家里的，檐口下的石板自然也是孩子家里的了。

但正当我们将要开始继续打钱的时候，生福又来了。他又在格子里放下了一个铜板。

"一道来！"他气忿地说。

"这是我家的石板！"那孩子叫了起来。

"石板会答应吗？你家的石板会说话吗？"

我们都站了起来，捏紧了拳头。每个人的心里都发了火了。辱骂的话成堆的从我们口里涌了出来。

于是生福象暴怒的老虎一般，竖着浓黑的眉毛，睁着红的眼睛，握着拳头，向我们一群扑了过来。

但是，他的拳头正将落在那个小主人的脸上时，他的耳朵忽然被人扯住了。

"你的拳头大些吗？"一个大人的声音在生福脑后响着。

我们都惊喜地叫起来了。

那是阿成哥，是我们最喜欢的阿成哥！

"打他几个耳光，阿成哥。他欺侮我们呢！"

生福已经怔住了。他显然怕阿成哥。阿成哥比他高了许多，气力也来得大。他是一个大人，已经上了二十岁。他能够挑很重的担子，走很远的路。他去年就是在现在已经关闭的米店里砻壳舂米。他一定要把生福痛打一顿的了，我们想。

但阿成哥却并不如此，反放了生福的耳朵。

"为的什么呢？"他问我们。

我们把生福欺侮我们的情形完全告诉了他。

于是阿成哥笑了。他转过脸去，对着生福说：

"来吧，你有几个铜板呢？"他一面说，一面掏着自己衣袋里的铜板。

生福又发气了，看见阿成哥这种态度。他立刻在地上格子里放下了一个铜板。

"打铜板不会打不过你！"

阿成哥微笑着，把自己的铜板也放了下去。

我们也就围拢去望着，都给阿成哥担起心来。我们向来没有看见过阿成哥和人家打过铜板，猜想他会输给生福。

果然生福气上加气，来得愈加凶狠了。他一连赢了阿成哥五六个铜板。阿成哥的铜板一放下去，就被他打出格子外。阿成哥连还手的机会也没有。

但阿成哥只是微笑着，任他去打。

过了一会，生福的铜板落在格子里了。

于是我们看见阿成哥的铜板很平稳地放在手指中,毫不用力的落了下来。

阿成哥的铜板和生福的铜板一同滚出了格子外。

"打铜板应该这样打法,拿得非常稳!"他笑着说,接连又打出了几个铜板。

"把它打到这边来,好不好?"他说着,果然把生福的铜板打到他所指的地方去了。

"打到那边去吧!"

生福的铜板往那边滚了。

"随便你摆吧——我把它打过这条线!"

生福的铜板果然滚过了他所指的线。

生福有点呆住了。阿成哥的铜板打出了他的铜板,总是随着滚出了格子外,接连着接连着,弄得生福没有还手的机会。

我们都看得出了神。

"鏊是不公平的,要这样平稳地跌了下去才能叫人心服!"阿成哥说着,又打出了几个铜板。

"且让你打吧!我已赢了你五个。"

阿成哥息了下来,把铜板放在格子里。

但生福已经起了恐慌,没有把阿成哥的铜板打出去,自己的铜板却滚出了格子外。

我们注意着生福的衣袋,它过了几分钟渐渐轻松了。

"还有几个好输呢?"阿成哥笑着问他说,"留几个去买酱油醋吧!"

生福完全害怕了。他收了铜板,站了起来。

"你年纪大些!"他给自己解嘲似的说。

"像你年纪大些就想欺侮年纪小的,才是坏东西!——因为是在正月里。我饶恕了你的耳光!铜板拿去吧,我不要你这可怜虫的钱!"阿成哥笑着,把赢得的铜板丢在地上,走进店堂里去了。

我们都大笑了起来,心里痛快得难以言说。

生福红着脸,逡巡了一会,终于拾起地上的铜板踱开了。

我们伸着舌头,直望到生福转了弯,才拥到店堂里去看阿成哥。

阿成哥已从屋内拿了一支胡琴走出来,坐在长凳上调着弦。

他是一个粗人,但他却多才而又多艺,拉得一手很好的胡琴。每当工作完毕时,他总是独自坐在河边,拉着他的胡琴,口中唱着小调。于是便有很多的人围绕着他,静静的听着。我很喜欢胡琴的声音。这一群人中常有我在内。

在故乡,音乐是不常有的。每一个大人都庄重得了不得,偶然有人嘴里呼啸着调子,就会被人看做轻佻。至于拉胡琴之类是愈加没有出息的人的玩意了。一年中,只有算命的瞎子弹着不成调的三弦来到屋檐下算命,夏夜有敲着小锣和竹鼓的瞎子唱新闻,秋收后祠堂里偶然敲着洋琴唱一台书,此外乐器声便不常听见。只有正月里玩龙灯和马灯的时候,胡琴最多,二三月间赛会时的鼓阁,乐器来得完备些。但因为玩乐器的人多半是一些不务正业或是职业卑微的人,稍微把自己看得高一点的人便对他们含了一种蔑视的思想。然而,音乐的力量到底是很大的,乡里人一听见乐器的声音,男女老小便都围了拢去,虽然他们自己并不喜欢玩什么乐器。

阿成哥在我们村上拉胡琴是有名的。因此大人们多喜欢他。我们孩子们常缠着他要他拉胡琴。到了正月,他常拿了他的胡琴,跟着龙灯或马灯四处的跑。这几天不晓得为了什么事,他没有出去。

似乎是因为赶走了生福的缘故,他心里高兴起来,这时又拿出胡琴来拉了。

这支胡琴的构造很简单而且粗糙。蒙着筒口的不是蛇皮,是一块将要破裂的薄板。琴杆、弦栓和筒子涂着浅淡的红色。价钱大约是很便宜的。它现在已经很旧,淡红色上已经加上了一道龌龊的油腻,有些地方的油漆完全褪了色。白色的松香灰粘满了筒子的上部和薄板,又扬上了琴杆的下部并在那里粘着。弓已弯曲得非常厉害,马尾稀疏得像要统统脱下来的样子。这在我孩子的眼里并不美丽。我曾经有几次要求阿成哥让我试拉一下,它只能发出非常难听的嘎声。

但不知怎的,这支胡琴到了阿成哥手里便发出很甜美的声音,有时像有什么在那声音里笑着跳着似的,有时又像有什么在那声音里哭泣着似的。听见了他的胡琴的声音,我常常呆睁着眼睛望着,惊异得出了神。

"你们哪一个来唱一曲呢?"这一天他拉完了一个调子,忽然笑着问我们说。"拣一个最熟的——《西湖栏杆》好不好?"

于是我们都红了脸叫着说:

"我不会!"

"谁相信!哪个不会唱《西湖栏杆》!先让我来唱一遍吧——没有什么可以怕羞!"

"好呀!你唱你唱!"我们一齐叫着说。

"我唱完了,你们要唱的呢!"

"随便指定一个吧!"

于是阿成哥调了一调弦,一面拉着一面唱起来了:

　　西湖栏杆冷又冷,妹叹第一声:
　　在郎哥出门去,一路要小心!
　　路上鲜花——郎呀少去采……

阿成哥假装着女人的声音唱着,清脆得像一个真的女人,又完全合了胡琴的高低。我们都静默的听着。

他唱完了又拉了一个过门,停了下来,笑着说:

"现在轮到你们了——哪一个?"

大家红着脸,一个一个都想溜开了。有几个孩子已站到门限上。

"不会!不会!"

"还是渐琴吧!"他忽然站起来,拖住了我的手。

我的心突然跳了起来,浑身像火烧一般,说不出话来,只是挣扎着,摇着头:

"不……不……"

"好呀!渐琴会唱!渐琴会唱!"孩子们又都跳了拢来,叫着说。

"不要怕羞!关了门吧!只有我们几个人听见!"阿成哥说着,松了手,走去关上了店门。

我已经完全在包围中了。孩子们都拥挤着我,叫嚷着。我不能不唱了。但我又怎能唱呢?《西湖栏杆》头一节是会唱的,但只在心里唱过,

在没有人的时候唱过，至多也只在阿姊的面前唱过，向来却没有对着别的人唱过。

"唱吧唱吧！已经关了门了！"阿成哥催迫着。

"不会……不会唱……"

"唱吧唱吧！浙琴！不要客气了！"孩子们又叫嚷着。

我不能不唱了。我只好红着脸，说：

"可不要笑的呢！"

"他答应了！——要静静的听着的！"阿成哥对大众说。

"让我再来拉一回，随后你唱，高低要合胡琴的声音！"

于是他又拉起来了。

听着他的胡琴的声音，我的心的跳动突然改变了情调，全身都像在颤动着一般。

他的胡琴先是很轻舒活泼的，这时忽然变得沉重而且呜咽了。

它呜咽着呜咽着，抽噎似的唱出了"妹叹第一声……"

"……"

"西湖栏杆冷又冷……"

他拉完了过门，我便这样的唱了起来，于是他的胡琴也毫不停顿的拉了下去，和我的歌声混合了。

"……"

"好呀！唱得好呀！……"孩子们喊了起来。

我已唱完了我所懂得的一节。胡琴也停住了。

我不知道我唱的什么，也不知道是怎样唱的。我只感觉到我的整个的心在强烈的击撞着。我像失了魂一般。

"比什么人都唱得好！最会唱的大人也没有唱得这样好！我头一次听见，浙琴！"阿成哥非常喜欢的叫着说。

我的心的跳动又突然改变了情调，像有一种大得不能负载的欢悦充塞了我的心。我默默坐下了。我感觉到我的头在燃烧着。我的灵魂像向着某处猛烈地冲了去似的……

就是从这一天起，我的灵魂向音乐飞去了。我需要音乐。我想象阿成哥握住我的手似的握住音乐。

因此我爱着了阿成哥，比爱任何人还爱他。

每当母亲对我说，"你去问问阿四叔、连品公公、阿成哥，看哪个明朝后日有工夫可以给我们来砻谷！"我总是先跑到阿成哥那里去。别个来砻谷，我懒洋洋地睁着眼睛睡在床上，很迟很迟的才起床，不高兴出去帮忙，尽管母亲一次又一次的骂着催着。阿成哥来了，我一清早就爬了起来。开开了栈房，把轻便的砻谷器具搬了出来，又帮着母亲备好了早饭，等待着阿成哥的来到。有时候还早，我便跑到桥头去等他。

他本来一向和气，见了人总是满面笑容。但我感觉到他对我的微笑来得格外亲热，像是一个母亲生的似的。因此我喜欢常在他身边。他砻谷时，我拿了一根竹竿，坐在他的对面赶鸡。他筛米时，我走近去拣着未曾破裂的谷子。

《西湖栏杆》这只小调一共有十节歌，就在砻谷的时候，他把其余的九节完全教会了我。

没有事的时候，他时常带了他的胡琴到我家里来，他拉着，我唱着。

他告诉我，用蛇皮蒙着筒口的胡琴叫做皮胡，他的这支用薄板蒙的叫做板胡。他喜欢板胡，因为板胡的声音比皮胡来得清脆。他说胡琴比箫和笛子好，因为胡琴可以随便变调，又可以自拉自唱；他会吹箫和笛子，但因为这个缘故，他只买了一支胡琴。

他又告诉我，外面的一根弦叫做子弦，里面的叫做二弦。他说有些人不用子弦，单用二弦和老弦是不大好听的，因为弦粗了便不大清脆。

他又告诉我，胡琴应该怎样拿法，指头应该怎样按法，哪一枚指头按着弦是"五"字，哪一枚指头按着弦是"六"字……

关于胡琴的一切，他都告诉我了！

于是我的心愈加燃烧了起来：我饥渴地希望得到一支胡琴。

但这是太困难了。母亲绝对不能允许我有一支胡琴。

最大的原因是，她认为唱歌，拉胡琴，都是下流人的游戏。

我父亲是一个正经人，他在洋行里做经理，赚得很多的钱，今年买田，明年买屋，乡里人都特别的尊敬他和母亲。他们只有我这一个儿子，他们对我的希望特别大。他们希望我将来做一个买办，造洋房，买田地，为一切的人所尊敬，做一个人上的人。

倘若外面传了开去，说某老板的儿子会拉胡琴，或者说某买办会拉胡琴，这成什么话呢?!

"你靠拉胡琴吃饭吗?"母亲问我说，每次当我稍微露出买一支胡琴的意思的时候。

是的，靠拉胡琴吃饭是不可能的，即使可能，我也不愿意。这是多么羞耻的事情，倘若我拉着胡琴去散人家的心，而从这里像乞丐似的得到了饭吃。

但我喜欢胡琴，我的耳朵喜欢听见胡琴的声音，我的手指想按着胡琴的弦，我希望胡琴的声音能从我的手指下发出来。这欲望在强烈地鼓动着我，叫我无论如何须去获得一支胡琴。

于是，我终于想出一个方法了。

那是在同年的夏天里，当我家改造屋子的时候。那时木匠和瓦匠天天在我们家里做着工。到处堆满了木料和砖瓦。

在木匠师傅吃饭去的时候，我找出了一根细小的长的木头。我决定把它当做胡琴的杆子，用木匠师傅的斧头劈着。但他们所用的斧头太重了，我拿得很吃力，许久许久还劈不好。我怕人家会阻挡我拿那样重的斧头，因此我只在没有人的时候劈；看看他们快要吃完饭，我便息了下来，把木头藏在一个地方。这样的继续了几天，终于被一个木匠师傅看见了。他问我做什么用，我不肯告诉他。我怕他会笑我，或者还会告诉我的母亲。

"我自有用处!"我回答他说。

他问我要劈成什么样子，我告诉他要扁的方的。他笑着想了半天，总是想不出来。

但看我劈得太吃力，又恐怕我劈伤了手，这个好木匠代我劈了。

"这样够大了吗?"

"还要小一点。"

"这样如何呢?"

"再扁一点吧。"

"好了吧?我给你刨一刨光罢!"他说着，便用刨给我刨了起来。

待木头变成了一根长的光滑的扁平的杆子时，我收回了。那杆子的下

部分是应该圆的,但因为恐怕他看出来,我把这件工作留给了自己,秘密地进行着。刨比斧头轻了好几倍,我一点也不感觉到困难。

随后我又用刨和锉刀做了两个大的,一头小一头大的,圆的弦栓。

在旧罐头中,我找到了一个洋铁的牛乳罐头,我剪去了厚的底,留了薄的一面,又在罐背上用剪刀凿了两个适合杆子下部分的洞。

只是还有一个困难的问题不容易解决。

那就是杆子上插弦栓的两个洞。

我用凿子试了一试,觉得太大,而且杆子有破裂的危险。

我想了。我想到阿成哥的胡琴杆上的洞口是露着火烧过的痕迹的。怎样烧的呢?这是最容易烧毁杆子的。

我决定了它是用火烫出来的。

于是我把家中缝衣用的烙铁在火坑里煨了一会,用烙铁尖去试了一下。

它只稍微焦了一点。

我又思索了。

我记起了做铜匠的定法叔家里有一个风扇炉,他常常把一块铁煨得血红的烫东西。烫下去时,会吱吱的响着,冒出烟来。我的杆子也应该这样烫才是,我想。

我到他家里去逡巡了几次,看他有没有生炉子。过了几天,炉子果然生起来了。

于是我拿了琴杆和一枚粗大的洋铁去,请求他自己用完炉子后让我一用。

定法叔立刻答应了我。在叔伯辈中,他是待我最好的一个。我有所要求,他总答应我。我要把针做成鱼钩时,他常借给我小铁钳和锉刀。母亲要我到三里路远近的大碶头买东西去时,他常叫我不要去,代我去买了来。他很忙,一面开着铜店。一面又在同一间房子里开着小店,贩卖老酒、洋油和纸烟。同时他还要代这家挑担,代那家买东西,出了力不够,还常常赔了一些点心钱和小费。母亲因为他太好了,常常不去烦劳他,但他却不时的走来问母亲,要不要做这个做那个,他实在是不能再忠厚诚实了。

这一天也和平日一般的,他在忙碌中看见我用洋钉烫琴杆不易见功,

他就找出了一枚大一点的铁锥,在火里煨得血红,又在琴杆上撒了一些松香,很快的代我烫好了两个圆洞。

弦是很便宜的,在大碶头一家小店里,我买来了两根弦。

从柴堆里,我又选了一根细竹,削去了竹叶;从母亲的线篮中,我剪了一束纯麻;这两样合起来,便成了我的胡琴的弓。

松香是定法叔送给我的。

我的胡琴制成了。

我非常的高兴,开始试验我的新的胡琴,背着母亲拉了起来。

但它怎样也发不出声音,弓只是在弦上没有声息的滑了过去。

这使我起了极大的失望,我不知道它的毛病在哪里。我四处寻找我的胡琴和别的胡琴不同的地方,我发现了别的弓用的是马尾,我的是麻。我起初不很相信这两样有什么分别,因为它和马尾的样子差不多,它还没有制成线。随后我便假定了是弓的毛病,决计往大碶头去买了。

这时我感觉到这有三个困难的问题。第一是,铺子里的弓都套在胡琴上,似乎没有单卖弓的;第二是,如果响不响全在弓的关系,它的价钱一定很贵;第三是,这样长的一支弓从大碶头拿到家里来,路上会被人家看见,引起取笑。

但头二样是过虑的。店铺里的主人答应我可以单买一支弓,它的价值也很便宜,不到一角钱。

第三种困难也有了解决的办法。

我穿了一件竹布长衫到大碶头去。买了弓,我把它放在长衫里面,右手插进衣缝,装出插在口袋里的模样,握住了弓。我急忙地走回家来。偶一遇见熟人,我就红了脸,闪了过去,弓虽然是这样的藏着,它显然是容易被人看出的。

就在这一天,我有了一支真的胡琴了。

它发出异常洪亮的声音。

母亲和阿姊都惊异地跑了出来。

"这是哪里来的呢?……"母亲的声音里没有一点责备我的神气。她微笑着,显然是惊异得快乐了。

我把一切的经过,统统告诉了她,我又告诉她,我想请阿成哥教我拉

胡琴。她答应我,随便玩玩,不要拿到外面去,她说在外面拉胡琴是丢脸的。我也同意了她的意思。

当天晚上,我就请了阿成哥来。他也非常的惊异,他说我比什么人都聪明。他试了一试我的胡琴说,声音很洪亮,和他的一支绝对不同,只是洪亮中带着一种哭丧的声音,那大约是我的一支用洋铁罐做的原因。

我特别喜欢这种哭丧的声音。我觉得它能格外感动人。它像一个嘎了喉咙的男子在哭诉一般。阿成哥也说,这种声音是很特别的,许多胡琴只能发出清脆的女人的声音,就是皮胡的里弦最低的声音也不大像男子的声音,而哭丧的声音则更其来得特别,这在别的胡琴上,只能用左手指头颤动着发出来,但还没有这样的自然。

"可是,"阿成哥对我说,"这支胡琴也有一种缺点,那就是,怎样也拉不出快乐的调子。因为它生成是这样的。"

我完全满意了。我觉得这样更好:让别个去拉快乐的调子,我来拉不快乐的调子。

阿成哥很快的教会了我几个调子。他不会写字,只晓得念谱子。他常常到我家里来,一面拉着胡琴,一面念着谱子,叫我写在纸头上。谱子写出了以后,我就不必要他常在我身边,自己可以渐渐拉熟了。

第二年春间,我由私塾转到了小学校。那里每礼拜上一次唱歌,我抄了不少的歌谱,回家时带了来,用胡琴拉着。我已住在学校里,很想把我的胡琴带到学校里去,但因为怕先生说话,我只好每礼拜回家时拉几次,在学校里便学着弹风琴。

阿成哥已在大碶头一家米店里做活,他不常回家,我也不常回家,不大容易碰着。偶然碰着了,他就拿了他自己的胡琴到我家里来,两个人一起拉着。有时,他的胡琴放在米店里,没有带来时,我们便一个人拉着,一个人唱着。

阿成哥家里有只划船。他很小时帮着他父亲划船度日。他除了父亲和母亲之外,还有一个哥哥和一个弟弟。因为他比他的兄弟能干,所以他做了米师傅。他很能游泳,虽然他现在已经不常和水接近了。

有一次,夏天的下午,他坐在桥上和人家谈天,不知怎的,忽然和一个人打起赌来了。他说,他能够背着一只稻桶游过河。这个没有谁会相信,

因为稻桶又大又重，农人们背着在路上走都还觉得吃力。如果说，把这只稻桶浮在水面上，游着推了过去或是拖了过去，倒还可能，如果背在肩上，人就会动弹不得，而且因了它的重量，头就会沉到水里，不能露在水面了。但阿成哥固执地说他能够，和人家赌下了一个西瓜。

稻桶上大下小，四方形，像一个极大的升子。我平时曾经和同伴们躲在里面游戏过，那里可以蹲下四五个孩子，看不见形迹。阿成哥竟背了这样的东西，拣了一段最阔的河道游过去了。我站在岸上望着，捏了一把汗，怕他的头沉到水里去。这样，输了西瓜倒不要紧，他还须吃几口水。

阿成哥从这一边游到那一边了。我的忧虑是多余的。他的脚好像踏着水底一般，只微微看见他的一只手在水里拨动着，背着稻桶，头露在水面上，走了过去。岸上的看众都拍着手，大声的叫着。

阿成哥看见岸上的人这样喝彩，特别高兴了起来。他像立着似的空手游回来时，整个的胸部露出在水面上，有时连肚脐也露出来了。这使岸上的看众的拍掌声和喝彩声愈加大了起来。这样的会游泳，不但我们年纪小的没有看见过，就连年纪大的也是罕见的。

阿成哥就在人声嘈杂中上了岸，走进埠头边一只划船里，换了衣服，笑嘻嘻地走到桥上来。桥上一个大西瓜已经切开在那里。他看见我也在那里，立刻拣了一块送给我吃。

"吃了西瓜，到你家里去！"他非常高兴的对我说。

他的眼睛里充满了快乐，他的面上满是和蔼的笑容。我说不出的幸福。我觉得世上没有比他更可爱的人了。

这一天下午，他在我家里差不多坐了两个钟头。我的胡琴在他手里发出了一种和平常特别不同的声音，异常的快乐，那显然是他心里非常快乐的缘故。

但这样快乐的夏天，阿成哥从此不复有了。从第二年的春天起，他在屋子里受着苦，直到第二个夏天。

那是发生在三月里的一天下午，正当菜花满野盛放的时候。

他太快乐了。再过一天，他家里就将给他举行发送的盛会。这是订婚后第二次，也就是最后一次的礼节。同年十月间，他将和一个女子结婚了。他家里的人都在忙着给他办礼物。他自己也忙碌得异常。

这一天,他在前面,他的哥哥提着一篮礼物跟在他后面向家里走来。走了一半多路,过了一个凉亭,再转过一个屋弄,就将望见他们自己屋子的地方,他遇见了一只狗。

它拦着路躺着,看见阿成哥走来,没有让开。

阿成哥已经在狗的身边走了过去。不知怎的,他心里忽然不高兴起来。他回转身来,瞥了狗一眼,一脚踢了过去。

"畜生!躺在当路上!"

狗突然跳起身,睁着火一般的眼睛,非常迅速的,连叫也没有叫,就在阿成哥脚骨上咬了一口,随后像并没有什么事似的,它垂着尾巴走进了菜花丛里。

阿成哥叫了一声,倒在地下了。他的脚骨已连裤子被狗咬破了一大块,鲜血奔流了出来。这一天他走得特别快,他的哥哥已经被他遗落在后方,直待他赶到时,阿成哥已痛得发了昏。他再也站不起来了。

他的哥哥把他背回家里,他发了几天的烧。全家的人本是很快乐的,这时都起了异常的惊骇。据说,菜花一黄,蛇都从洞里钻了出来,狗吃了毒蛇,便花了眼,发了疯,被它咬着的人,过了一百二十天是要死亡的。神农尝百草,一直到现在还没有发现医治疯狗咬的药。

为什么要在这一天呢?大家都绝望的想着。这是一个非常不吉利的预兆。没有谁相信阿成哥能跳出这个灾难。

他的父亲像在哄骗自己似的,终于东奔西跑,给他找到了一个卖草头药的郎中,给他吃了一点药,又敷上了一些草药。郎中告诉他,须给阿成哥一间最清静的房子,把窗户统统关闭起来,第一是忌色,第二是忌烟酒肉食,第三是忌声音,这样的在屋子里躲过一百二十天,他才有救。

然而阿成哥不久就复原了。他的创口已经收了口,没有什么疼痛,他的精神也已和先前一样。他不相信郎中和别人的话,他怎样也不能这样的度过一百二十天。他总是闹着要出来。但因为他家里劝慰他的人多,他也终于闹了一下,又安静了。

我那时正在学校里,回家后,听见母亲这样说,我才知道了一切。我想去看他,但母亲说,这是不可能的,吵闹了他,他的病会发作起来。母

亲告诉我的话是太可怕了。她说，被疯狗咬过的人是绝对没有希望的。她说，毒从创口里进了去，在肚子里会长出小狗来的，创口好像是好了，但在那里会生长狗毛，满了一百二十天，好了则已，不好了，人的眼睛会像疯狗似的变得又花又红，不认得什么人，乱叫乱咬，谁被他咬着，谁也便会变疯狗死去。她不许我去看他，我也不敢去看他，虽然我只是记挂着他。我只每礼拜六回家时打听他的消息。他的灾难使我太绝望了，我总是觉得他没有救星了似的。许久许久，我没有心思去动一动我的胡琴。母亲知道我记挂着阿成哥，因此她时常去打听阿成哥的消息，待我回家时，就首先报告给我听。

到了暑假，我回家后，母亲告诉我，大约阿成哥不要紧了。她说，疯狗咬也有一百天发作的，他现在已经过了一百天，他精神和身体一点没有什么变化。他已稍稍的走到街上来了。有一次母亲还遇见过他，他问我的学校哪一天放暑假。只是母亲仍不许我去看他，她说她听见人家讲，阿成哥有几个相好的女人，只怕他犯了色，还有危险，因为还没有过一百二十天。

但有一天的晚间，我终于遇见他了。

他和平时没有什么分别，只微微清瘦一点。他的体格还依然显露着强健的样子，脸色也还和以前一样的红棕色，只微微淡了一点，大概是在屋子里住得久了。他拿着一根钓鲤鱼的竿子，在河边逡巡着观望鲤鱼的水泡。我几乎忘记了他的病，奔过去叫了起来。

他的眼睛里露出了欣喜和安慰的光，他显然也是渴念着我的。他立刻收了鱼竿，同我一起到我的家里来。母亲听见他来了，立刻泡了一杯茶，关切地问他的病状。他说他一点也没有病，别人的忧虑是多余的。他不相信被疯狗咬有那样的危险。他把他的右脚骨伸出来，揭开了膏药给我们看，那里没有血也没有脓，创口已经完全收了口。他本想连这个膏药也不要，但因为别人固执地要他贴着，他也就随便贴了一个。他有点埋怨他家里的人，他说他们太大惊小怪了。他说一个这样强壮的人，咬破了一个小洞有什么要紧。他说话的时候态度很自然。他很快乐，又见到了我。他对于自己被疯狗咬的事几乎一点也不关心。我把我的胡琴拿出来提给他，他接在手里，看了一会，说：

"灰很重,你也许久没有拉了罢?"

我点了点头。

于是母亲告诉他,我怎样的记挂着他,怎样的一回家就想去看他,因为恐怕扰乱他的清静,所以没有去。

阿成哥很感动的说,他也常在记挂着我,他几次想出来都被他家里人阻住了。他也已经许久没有拉胡琴了,他觉得一个人独唱独拉是很少兴趣的。

随后他便兴奋地拉起胡琴来,我感动得睁着眼睛望着他和胡琴。我觉得他的情调忽然改变了。原是和平常所拉的一个调子,今天竟在他手里充满了忧郁的情绪,哭丧声来得特别多也特别拖长了。不知怎的,我心中觉得异常的凄凉,我本是很快乐的,今天能够见着他,而且重又同他坐在一起玩弄胡琴,但在这快乐中我又有了异样的感觉,那是沉重而且凄凉的一种预感。我只默然倾听着,但我的精神似乎并没有集中在那里,我的眼前现出了可怕的幻影:一只红眼睛垂尾巴的疯狗在追逐阿成哥,在他的脚骨上咬了一口,于是阿成哥倒下地了,满地流着鲜红的血,阿成哥站起来时,眼睛也变得红了,圆睁着,张着大的嘴,露着獠牙,追逐着周围的人,刺刺地咬着石头和树木,咬得满口都是血,随后从他的肚子里吐出来几只小的疯狗,跳跃着,追逐着一切的人……于是阿成哥自己又倒在地上,在血泊中死去了……有许多人号哭着……

"渐琴!"母亲突然叫醒了我,"做什么这样的呆坐着呢?今天遇见了阿成哥了,应该快活了吧?跟着唱一曲不好吗?"

我觉得我的脸发烧了。我怎么唱得出呢?这已经是最后一次了,我从此不能再见到阿成哥,阿成哥也不能再见到我了。命运安排好了一切,叫他离开了我,离开了这世界,而且迅速的,非常迅速的,就在第三天的下午。

天气为什么要变得和我的心一般的凄凉呢?没有谁能够知道。它刮着大风,雪盖满了天空,和我的心一般的恐怖与悲伤。

街上有几个人聚在一起,恐怖地低声的谈着话。这显然是出了意外的事了。我走近去听,正是关于阿成哥的事。

"……绳子几乎被他挣断了……房里的东西都被他撞翻在地上……磨着

牙齿要咬他的哥哥和父亲……他骂他的父亲，说前生和他有仇恨……门被他撞了个窟窿，他想冲出来，终于被他的哥哥和父亲绑住了……咬碎了一只茶杯，吐了许多血……正是一百二十天，一点没有救星……"

像冷水倾泼在我的头上一般，我恐怖得发起抖来。在街上乱奔了一阵，我在阿成哥屋门口的一块田里踉跄地走着。

屋内有女人的哭声，此外一切都沉寂着。没有看见谁在屋内外走动。风在屋前呼啸着，凄凉而且悲伤。

我瞥见在我的脚旁，稻田中，有一堆夹杂着柴灰的鲜血……

我惊骇地跳了起来，狂奔着回到了家里……

我不能知道我的心是在怎样的击撞着，我的头是在怎样的燃烧着，我一倒在床上便昏了过去。

当阿成哥活着的时候，世上没有比他更可爱的人，当阿成哥死去时，也没有比他更可怕的了。

我出世以来，附近死过许多人，但我没有一次感觉到这样的恐怖过。

当天晚间，风又送了一阵悲伤的哭声和凄凉的钉棺盖声进了我的耳里……

从此我失去了阿成哥，也失去了一切……

……

命运为什么要在我的稚弱的心上砍下一个这样深的创伤呢！我不能够知道。它给了我欢乐，又给了我悲哀。而这悲哀是无底的、无边的。

一切都跟着时光飞也似的溜过去了，只有这悲哀还存留在我的心的深处。每当音乐的声音一触着我的耳膜，悲哀便侵袭到我的心上来，使我记起了阿成哥。

阿成哥的命运是太苦了，他死后还遭了什么样的蹂躏，我不忍说出来……

我呢，我从此也被幸福所摈弃了。

就在他死后第二年，我离开了故乡，一直到现在，还是在外面漂流着。

前两年当我回家时，母亲拿出了我自制的胡琴，对我说：

"看哪！你小时做的胡琴还代你好好的保留着呢！"

但我已不能再和我的胡琴接触了。我曾经做过甜蜜的音乐的梦，而它

现在已经消失了。甚至连这样也不可能：就靠着拉胡琴吃饭，如母亲所说的，卑劣地度过这一生罢！

最近，我和幸福愈加隔离得远了。我的胡琴，和胡琴同时建造起来的故乡的屋子，已一起被火烧成了灰烬。这仿佛在预告着，我将有一个更可怕的未来。

青年时代是黄金的时代，或许在别人是这样的罢？但至少在我这里是无从证明了。我过的烦恼的日子太多了，我看不见幸福的一线微光。

这样的生活下去是太苦了……

我愿意……

（选自短篇小说集《童年的哀》，1931年6月，上海亚东图书馆）

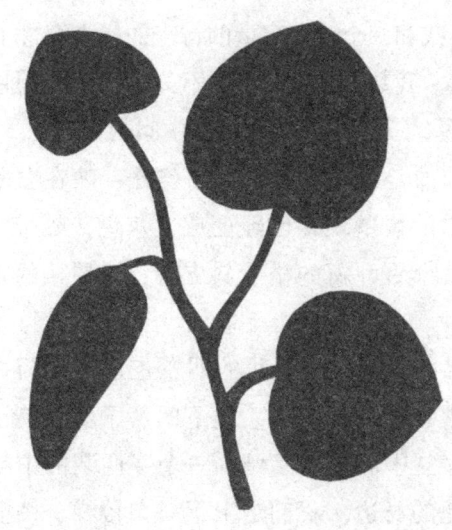

小小的心

赖友人的帮助,我有了一间比较舒适而清洁的住室。淡薄的夕阳的光在屋顶上徘徊的时候,我和一个挑着沉重的行李的挑夫穿过了几条热闹的街道,到了一个清静的小巷。我数了几家门牌,不久便听见我的朋友的叫声。

"在这里!"他说,一手指着白色围墙中间的大门。

呈现在我的眼前的是一座半旧的三层洋楼:映在夕阳中的枯黄的屋顶露着衰疲的神情;白的墙壁现在已经变成了灰色,颇带几分忧郁;第三层的楼窗全关着,好几个百叶窗的格子斜支着;二层楼的走廊上,晒晾着几件白色的衣服。

我带着几分莫名的怅惘,跟着我的朋友走进了大门。这里有很清鲜的空气,小小的院子中栽着几株花木。楼下的房子比较新了一点,似乎曾经加过粉饰的工夫。厅堂中满挂着字画,一个穿西装的中年男子在那里和我的朋友招呼。经过他的身边,我们走上了一条楼梯。楼上有几个妇人和孩子在楼梯口观望着我们。楼上的厅堂中供着神主的牌位,正中的墙壁上挂着一副面貌和善的老人的坐像,从香炉中盘绕出几缕残烟,带着沉幽的气息。供桌外面摆着两张方桌,最外面的一张桌上放着几双碗筷,预备晚餐了。我的新的住室就在厅堂东边第一间,两个门:一个通厅堂,一个朝南通走廊的两扇玻璃门。从朝东的窗子望出去,可以看见邻家园子里的极大

的榕树。床铺和桌椅已由我的朋友代我布置好,我打发挑夫走了,便开始整理我的行李。

妇人和孩子们走到我的房里来了,眼中露着好奇的光。

"请坐,请坐,"我招待她们说。

她们嘻嘻笑着,点了点头,似乎会了意。

"这是二房东孙先生的夫人,"我的朋友指着一位面色黝黑的三十余岁的妇人,对我介绍说。

"这位老太太是住在厅堂那边,李先生的母亲,"他又指着一个和善的白头发的老妇人,说。

"这两位女人是他们的亲戚……"

"啊!啊,请她们坐罢,"我说。

她们仍嘻嘻的笑着。好奇的眼光不息的在我的身上和我的行李上流动。

最后我的朋友操着流利的本地话和她们说了。他是在介绍我,说我姓王,在某一个学校当教员,现在放了假,到某一家报馆来做编辑了。

"上海郎?①"那位老太太这样的问。

"上海郎,"我的朋友回答说。

我不觉笑了。这样的话我已经听见不少的次数,只要是说普通话,或者是说类似普通话的人,在这里是常被本地人看做上海人的。"上海",这两个字在许多本地人的脑中好像是福建以外的一个版图很大的国名,它包含着:辽宁,吉林,黑龙江,河北,河南,山东,江苏,浙江,山西,陕西,甘肃,四川,湖北,湖南,江西,……一句话,这就等于中国的别名了。我的朋友并非不知道我不是上海人,只因这地方的习惯,他就顺口的承认了。

"上海郎!红阿!②"忽然一个孩子在我的身边低声的试叫起来。

黄昏已在房内撒下了朦胧的网,我不十分能够辨别出这孩子的相貌。他约莫有四五岁年纪,很觉瘦小,一身肮脏的灰色衣服,左眼角下有一个很长的深的疤痕,好像被谁挖了一条沟。

"顽皮的孩子!"我想,心里颇有几分不高兴。虽然是孩子,我觉得他

---

① 厦门音。"人"读为"郎"。
② 厦门音,"王"读为"红"。

第一次这样叫我是有点轻视的意味的。

"阿品!"果然那老太太有点生气了,她很严厉的对这孩子说了一些本地话,"——红先生!"

"红先生……"孩子很小心的学着叫了一句,声音比前更低了。

"红先生!"另外在那里呆望着的三个小孩也跟着叫了起来。

我立刻走过去,牵住了他的小手,蹲在他的面前。我看见他的眼睛有点湿润了。我抚摩着他的脸,转过头来向着老太太说:"好孩子哪!"

"好孩寄?——Peh!①"她笑着说。

"里姓西米?②"我操着不纯粹的本地话问这孩子说。

"姓……谭!"他沉着眼睛,好像想了一想,说。

"他姓陈,"我的朋友立刻插入说,"在这里,陈字是念做谭字的。"

我点了一点头。

"他是这位老太太的外孙——喔,时候不早了,我们出去吃饭吧!"我的朋友对我说。

我站起来,又望了望孩子,跟着我的朋友走了。

阿品,这瘦小的孩子,他有一对使人感动的眼睛。他的微黄的眼珠,好像蒙着一层薄的雾,透过这薄雾,闪闪的发着光。两个圆的孔仿佛生得太大了,显得眼皮不易合拢的模样,不常看见它的眨动,它好像永久是睁开着的。眼珠往上泛着,下面露出了一大块鲜洁的眼白,像在沉思什么,像被什么所感动。在他的眼睛里,我看见了忧郁,悲哀。

"住在外婆家里,应该是极得老人家的抚爱的——他的父母可在这里?"在路上,我这样的问我的朋友。

"没有,他的父亲是工程师,全家住在泉州。"

"那么,为什么愿意孩子离开他们呢?"我好像一个侦探似的,极想知道他的一切。"大概是因为外婆太寂寞了吧?"

"不,外婆这里有三个孙子,不会寂寞的。听说是因为那边孩子太多了,才把他送到这里来的哩!"

---

① "坏"读为 peh。
② "你"读为"里";"什么"读为"西米"。

中国现代文学大师精品集丛书

"喔——"

我沉默了,孩子的两个忧郁的眼睛立刻又显露在我的眼前,像在沉思,像在凝视着我。在他的眼光里,我听见了微弱的忧郁的失了母爱的诉苦;看见了一颗小小的悲哀的心……

第二天早晨,阿品独自到了我的房里。"红先生!"他显出高兴的样子叫着,同时睁着他的沉思的眼睛凝望着我。我叫着他的名字,走过去牵住了他的小手。这房子,在他好像是一个神异的所在,他凝视着桌子,床铺,又抬起头凝望着壁上的画片。他的眼光的流动是这样的迟缓,每见着一样东西,就好像触动了他的幻想,呆住了许久。

"红先生!"他忽然指着壁上的一张相片,笑着叫了起来。

我也笑了,他并不是叫那站在他的身边的王先生,他是在和那站在亭子边,挟着一包东西的王先生招呼,我把这相片取下来,放在椅子上。他凝视了许久,随后伸出一只小指头,指着那一包东西说了起来。我不懂得他说些什么,只猜想他是在问我,拿着什么东西。"几本书,"我说。他抬起头来望着我,口里咕噜着。"书!"我更简单的说,希望他能够听出来。但他依然凝视着我,显然他不懂得。我便从桌上拿起一本书,指着说,"这个,这个,"他明白了,指着那包东西,叫着"兹!兹!""读兹?"我问他说。"读兹,里读兹!"他笑着回答。"这个叫西米?"我指着茶壶。"队阁。""这叫西米?"我指着茶杯。"队杯,""队阁,队杯!队阁,队杯!"我重复的念着。想立刻记住了本地音。"队阁,队杯!队阁,队杯!"他笑着,缓慢的张着小嘴,眨着沉思的眼睛,故意反学我了。薄的红嫩的两唇,配着黄黑残缺的牙齿,张开来时很像一个破烂了的小柘榴。

鲁彦精品集

从这一天起,我有了一个很好的教师了,他不懂得我的话,我也不懂得他的话,但大家叽哩咕噜的说着,经过了一番推测,做姿势以后,我们都能够了解几分。就在这种情形中,我从他那里学会了几句本地话。清晨,我还没有起床的时候,他已经轻轻地敲我的门。得到了我的允许,他进来了。爬上凳子,他常常抽开屉子找东西玩耍。一张纸,一枝铅笔,在他都是好玩的东西。他乱涂了一番,把纸搓成团,随后又展开来,又搓成了团。我曾经买了一些玩具给他,但他所最爱的却是晚上的蜡烛。一到我房里点起蜡烛,他就跑进来凝视着蜡烛的熔化,随后挖着凝结在烛旁的余滴,用

一只洋铁盒子装了起来。我把它在火上烧熔了,等到将要凝结时,取出来捻成了鱼或鸭。他喜欢这蜡做的东西,但过了几分钟,他便故意把它们打碎,要我重做。于是我把蜡烛捻成了麻雀,猴子,随后又把破烂的麻雀捻成了碗,把猴子捻成了筷子和汤匙,最后这些东西又变成了人,兔子,牛,羊……他笑着叫着,外婆家里一个十二三岁的丫头几次叫他去吃晚饭,只是不理她。"吃了饭再来玩吧。"我推着他去,也不肯走。最后外婆亲自来了,她严厉地说了几句。好像在说:如果不回去,今晚就关上门,不准他回去睡觉,他才走了,走时还把蜡烛带了去。吃完饭,他又来继续玩耍,有几次疲倦了就躺在我身上,问他睡在这里吧,他并不固执的要回去,但随后外婆来时,也便去了。

　　阿品有一种很好的习惯,就是拿动了什么东西必定把它归还原处。有一天,他在我抽屉里发现了一只空的美丽的信封盒子。他显然很喜欢这东西,从家里搬来了一些旧的玩具,装进在盒子里。摇着,反覆着,来回走了几次,到晚上又把玩具取出来搬回了家,把空的盒子放在我的抽屉里。盒子上面本来堆集着几本书,他照样地放好了。日子久了,我们愈加要好起来,像一家人一样,但他拿动了我的房子里的东西,还是要把它放在原处。此外,他要进来时,必定先在门外敲门或喊我。进了门或出了门就竖着脚尖,握着门键的把手,把门关上。

　　阿品的舅舅是一个画家,他有许多很好看的画片,但阿品绝不去拿动他什么,也不跟他玩耍。他的舅舅是一个严肃寡言的人,不大理睬他,阿品也只是远远地凝望着他。他有三个孩子都穿得很漂亮,阿品也不常和他们在一块玩耍。他只跟着他的公正慈和的外婆。自从我搬到那里,他才有了一个老大的伴侣。虽然我们彼此的语言都听不懂,但我们总是叽哩咕噜的说着,也互相了解着,好像我完全懂得本地话,他也完全懂得普通话一样。有时,他高兴起来,也跟我学普通话,代替了游戏。

　　"茶壶!"我指着桌上的茶壶说。

　　"茶涡!"他学着说。

　　"茶杯!"

　　"茶杯!"

　　"茶瓶!"

"茶饼!"

"这个叫西米?"我指着茶壶,问他。

"茶饼!"他睁着眼睛,想了一会,说。

"不,茶壶!"

"茶涡!"

"这个?"我指着茶杯。

"茶杯!"

"这个?"我指着茶壶。

"茶涡!"他笑着回答。

待他完全学会了,我倒了两杯茶,说:"请,请!喝茶。喝茶!"

于是他大笑起来,学着说:"请,请,喝茶,喝茶!里夹,里夹!①"

"你喝,你喝!"我改正了他的话。

他立刻知道自己说错了,又哈哈大笑起来。随后却又故意说:"你喝,你喝!里夹,里夹。"

"夹里,夹里!"我紧紧地抱住了他,吻着他的面颊。

他把头贴着我的头,静默地睁着眼睛,像有所感动似的。我也静默了,一样地有所感动。他,这可爱的阿品,这样幼小的时候,就离开了他的父母,失掉了慈爱的亲热的抚慰,寂寞伶仃地寄居在外婆家里,该是有着莫名的怅惘吧?外婆虽然是够慈和了。但她还有三个孙子,一个儿子。又没有媳妇,须独自管理家务,显然是没有多大的闲空,可以尽量的抚养外孙,把整个的心安排在阿品身上的。阿品是不是懂得这个,有所感动呢?我不知道。但至少我是这样地感动了。一样的,我也离开了我的老年的父母,伶仃地寂寞地在这异乡。虽说是也有着不少的朋友,但世间有什么样的爱情能和生身父母的爱相比呢?……他愿意占有我吗?是的,我愿意占有他,永不离开他……让他做我的孩子,让我们永久在一起,让胶一般的把我们粘在一起……

"但是,你是谁的孩子呢?你姓什么呢?"我含着眼泪这样地问他。

他用惊异的眼光望着我。

---

① 你吃,你吃。

"里姓西米？"

"姓谭！"

"不，"我摇着头，"里姓王！"

"里姓红，瓦姓谭！"

"我姓王，里也姓王！"

"瓦也姓红，里也姓红！"他笑了，在他，这是很有趣味的。

于是我再重复的问了他几句，他都答应姓王了。

外婆从外面走了进来，听见我们的问答，对他说："姓谭！"但是他摇了一摇头，说："红。"外婆笑着走了。外婆的这种态度，在他好像一种准许，从此无论谁问他，他都说姓王了，有些人对他取笑说，你就叫王先生做爸爸吧，他就笑着叫我一声爸爸。

这原是徒然的事，不会使我们满足，不会把我们中间的缺陷消除，不会改变我们的命运的，但阿品喜欢我，爱我，却是足够使我暂时自慰了。

一次，我们附近做起马戏来了。我们可以在楼顶上望见那搭在空地上的极大的帐棚，帐棚上满缀着红绿的电灯，晚上照耀得异常的光明，军乐声日夜奏个不休。满街贴着极大的广告，列着一些惊人的节目：狮子，熊，西班牙女人，法国儿童，非洲男子……登场奏技，说是五国人合办的，叫做世界马戏团。承朋友相邀，我去看了一次，觉得儿童的走索，打秋千，女人的跳舞，矮子翻跟斗，阿品一定喜欢看，特选了和这节目相同，而没有狮子，熊奏技的一天，得到了他的外婆的同意，带他到马戏场去。场内三等的座位已经满了，只有头二等的票子，二等每人二元，儿童半价，我只带了两块钱。我要回家取钱，阿品却不肯，拉着我的手定要走进去，他听不懂我的话，以为我不看了，急得眼泪都快流出来。直到我在那里遇见了一位朋友，阿品才高兴的跳跃着跑了进去。

几分钟后，幕开了。一个美国人出来说了几句恭敬的英语，接着就是矮子的滑稽的跟斗。阿品很高兴的叫着，摇着手，像表示他也会翻跟斗似的。随后一个十二三岁的女孩子出来了。她攀着一根索子一直揉到帐棚顶下，在那里，她纵身一跳，攀住了一个秋千，即刻踏住木板，摇荡几下翻了几个转身。又突然一翻身，落下来，两脚勾住了木板。这个秋千架搭得非常高。底下又无遮拦，倘使技术不娴熟，落到地上，粉身碎骨是无疑的。

在悠扬的军乐中,四面的观众都齐声鼓掌起来,惊羡这小小女孩子的绝技。我转过脸去看阿品,他只是睁着眼睛,惊讶的望着,不做一声。他的额角上流着许多汗。这时正是暑天的午后,阳光照在篷布上,场内坐满了人,外婆又给阿品罩上了一件干净的蓝衣,他一定太热了,我便给他脱了外面的罩衣,又给他抹去头上的汗。但是他一手牵着我的手,一手指着地,站了起来。我不懂得他的意思,猜他想买东西吃,便从衣袋里摸出一包糖来,递给了他,扯他再坐下来。他接了糖没有吃,望了一望秋千架上的女孩,重又站起来要走。这样的扯住他几次,我看见他的眼中包满了眼泪。我想,他该是要小便了,所以这样的急,便领他出了马戏场。牵着他的手,我把他带到一个僻静的角落里,但他只是东张西望,却不肯小便。我知道他平常是什么事情都不肯随便的,又把他带到一处更僻静,看不见一个人的所在。但他仍不肯小便。许是要大便了,我想,从袋里拿出一张纸来,扯扯他的裤子,叫他蹲下。他依然不肯。他只叽哩咕噜的说着,扯着我的手要走。难道是要吃什么吗?我想。带他在许多摊旁走过去,,指着各种食品问他,但他摇着头,一样也不要,扯他再进马戏场又不肯。这样,他着急,我也着急了。十几分钟之后,我只好把他送回了家,我想,大概是什么地方不舒服吧?倒给他担心起来。一见着外婆,他就跑了过去,流着眼泪,指手划脚的说了许多话。

"有什么事吗?"我问他的舅舅说,"为什么就要离开马戏场呢?"

"真是蠢东西。说是翻秋千的女孩子这样高的地方掉下来怎么办呢?所以不要看了哩!"他的舅舅埋怨着他,这样的告诉我。

咳,我才是蠢东西呢!我一点也没有想到这上面来,我完全忘记了阿品是一个孩子,是一个有着洁白的纸一样的心的孩子,是一个富于同情的孩子!我完全忘记了这个,我把他当做大人,当做了一个有着蛮心的大人看待,当做了和我一样残忍的人看待了……

从这一天起,我不敢再带阿品到外面去玩耍了。我只很小心的和他在屋子里玩耍。没有必要的事,我便不大出门。附近有海,对面有岛,在沙滩上够我闲步散闷,但我宁愿守在房里等待着阿品,和阿品作伴。阿品也并不喜欢怎样的到外面去,他的兴趣完全和大人的不同。房内的日常用具,如桌子,椅子,床铺,火柴,手巾,面盆,报纸,书籍,甚至于一粒

沙，一根草，在他都可以发生兴味出来。

一天，他在地上拾东西，忽然发现了我的床铺底下放着一双已经破烂了的旧皮鞋。他爬进去拿了出来，不管它罩满了多少的灰尘，便两脚踏了进去。他的脚是这样的小，旧皮鞋好像成了一只大的船。他摇摆着，拐着，走了起来，发着铁妥铁妥的沉重声音。走到桌边，把我的帽子放在头上，一直罩住了眼皮，向我走来，口里叫着："红先生来了！红先生来了！"

"王先生！"我对他叫着说："请坐！请坐！喝茶，喝茶！"

"喔！多谢，多谢！"他便大笑起来，倒在我的身边。

他欢喜音乐，我买了一支小小的口琴给他，时常来往吹着。他说他会跳舞，喊着一二三，突然坐倒在地下，翻转身，打起滚来，又爬着，站起来，冲撞了几步——跳舞就完了。

两个月后。阿品的父亲带着全家的人来了。两个约莫八九岁的女孩，一个才会跑路的男孩，阿品母亲的肚子里还怀着一个六七个月的孩子。他的父亲是一个颇有才干的人，普通话说得很流利，善于应酬。阿品的母亲正和她的兄弟一样，有着一副严肃的面孔，不大露出笑容来，也不大和别人讲话。女孩的面貌像她的父亲，有两颗很大的眼睛；男孩像母亲，显得很沉默，日夜要一个丫头背着。从外形看来，几乎使人疑心到阿品和他的姊弟是异母生的，因为他们都比阿品长得丰满，穿得美丽。

"阿品现在姓王了！"我笑着对他的父亲说。

"你姓西米，阿品？"

"姓红！"阿品回答说。

他的父亲哈哈笑了，他说，就送给王先生吧！阿品的母亲不做声，只是低着头。

全家的人都来了，我倒很高兴，我想，阿品一定会快乐起来。但阿品却对他们很冷淡，尤其是对他的母亲，生疏得几乎和他的舅舅一样。他只比较的欢喜他的父亲，但暗中带着几分畏惧。阿品对我并不因他们的来到稍为冷淡，我仍是他的唯一的伴侣，他宁愿静坐在我的房里。这情形使我非常的苦恼，我愿意阿品至少有一个亲爱的父亲或母亲，我愿意因为他们的来到，阿品对我比较的冷淡。为着什么，他的父母竟是这样的冷淡，这样的歧视阿品，而阿品为什么也是这样的疏远他们呢？呵，正需要阳光一般热烈的小小的心……

　　从我的故乡来了一位同学，他从小就和我在一起，后来也时常和我一同在外面。为了生活的压迫，他现在也来厦门了。我很快乐，日夜和他用宁波话谈说着，关于故乡的情形。我对于故乡，历来有深的厌恶，但同时却也十分关心，详细的询问着一切。阿品露着很惊讶的眼光倾听着，他好像在竭力地想听出我们说的什么，总是呆睁着眼睛像沉思着什么似的。

　　但三四天后，他的眼睛忽然活泼了。他对于我们所说的宁波话，好像有所领会，眼睛不时转动着，不复像先前那般的呆着，凝视着，同时他像在寻找什么，要唤回他的某一种幻影。我们很觉奇怪，我们的宁波话会引起他特别的兴趣和注意。

　　"报纸阿旁滑姆未送来，"我的朋友要看报纸，我回答他说，报纸大约还没有送来，送报的人近来特别忙碌，因为政局有点变动，订阅报纸的人突然增加了许多……

　　阿品这时正在翻抽屉，他忽然转过头来望着我，嘴唇嗡动了几下，像要说话而一时说不出来的样子。随后他摇着头，用手指着楼板。我们不懂得他的意思，问他要什么，他又把嘴唇嗡动了几下，仍没有发出声音来。他呆了一会，不久就跑下楼去了。回来时，他手中拿着一份报纸。

　　"好聪明的孩子，听了几天宁波话就懂得了吗？"我惊异地说。

　　"怕是无意的吧，"我的朋友这样说。

　　一样的，我也不相信，但好奇心驱使着我，我要试验阿品的听觉了。

　　"阿品，口琴起驼来吹吹好勿？①"

　　他呆住了，仿佛没有听懂。

　　"口琴起驼来！"

　　"口琴起驼来！"我的朋友也重复地说。

　　他先睁着沉思的眼睛，随后眼珠又活泼起来。嗡动了几下嘴唇，出去了。

　　拿进来的正是一个口琴！

　　"滑有一只Angwa！"我恐怕本地话的报纸，口琴和宁波话有点大同小

---

① 口琴去拿来吹吹好不好。

异,特别想出了宁波小孩叫牛的别名。

但这一次,他的眼睛立刻发光了,他高兴得叫着:Angwa! Angwa! 立刻出去把一匹泥涂的小牛拿来了。

我和我的朋友都呆住了。为着什么缘故,他懂得宁波话呢?怎样懂得的呢?难道他曾经跟着他的父亲,到过宁波吗?不然,怎能学得这样快?怎能领会得出呢?决不是猜想出来,猜想是不可能的。他曾经懂得宁波话,是一定的。他的嘴唇噏动,要说而说不出来的表情,很可以证明他曾经知道宁波话。现在是因为在别一个环境中,隔了若干时日生疏了,忘却了。

充满着好奇的兴趣,我和我的朋友走到阿品父亲那里。我们很想知道他们和宁波人有过什么样的关系。

"先生,曾经到过宁波吗?"我很和气的问他,觉得我将得到一个与我故乡相熟的朋友了。

"莫!莫!我没有到过!"他很惊讶的望着我,用夹杂着本地话的普通话回答说。

"阿品不是懂得宁波话吗?"

他突然呆住了。惊愕地沉默了一会,便严重的否认说:"不,他不会懂得!"

我们便把刚才的事情告诉了他,并且说,我们确信他懂得宁波话。

"两位先生是宁波人吗?"他惊愕地问。

"是的,"我们点了点头。

"那么一定是两位先生误会了,他不会懂得,他是在厦门生长的!"他仍严重的说。

我们不能再固执的追问了。不知道其中还有什么关系,阿品的父亲颇像失了常态。

第二天早晨,我在房里等待着阿品,但八九点过去了,没有来敲门,也不听见外面厅堂里有他的声音。

"跟他母亲到姨妈家里去了,"我四处寻找不着阿品,便去询问他的父亲,他就是这样的淡淡地回答了一句。

天渐渐昏暗了,阿品没有回来。一天没有看见他,我像失去了什么似的,只是不安的等待着。我真寂寞,我的朋友又离开厦门了。

长的日子！两天三天过去了，阿品依然没有回来！自然，和他母亲在一起，阿品是不会有什么意外的，但我却不自主的忧虑着：生病了吗？跌伤了吗？……

在焦急和苦闷的包围中，我一连等待了一个星期。第八天下午，阿品终于回来了。他消瘦了许多，眼睛的周围起了青的色圈，好像哭过一般。

"阿品！"我叫着跑了过去。

他没有回答，畏缩地倒退了一步，呆睁着沉思的眼睛。我抱住他，吻着他的面颊，心里充满了喜悦。我所失去的，现在又回来了。他很感动，眼睛里满是喜悦与悲伤的眼泪。但几分钟后，他若有所惊惧似的，突然溜出我的手臂，跑到他母亲那里去了。

这一天下午，他只到过我房里一次。没有走近我，只远远的站着，睁着沉思的眼睛凝望着我，我走过去牵他时，他立刻走出去了。

几天不见，就忘记了吗？我苦恼起来。显然的，他对我生疏了。他像有意的在躲避着我。我们中间有了什么隔膜吗？

但一两天后，阿品到我房子里的次数又渐渐加多了。虽然比不上从前那般的亲热，虽然他现在来了不久就去，可是我相信他对我的感情并未冷淡下来。他现在不很做声了，他只是凝望着我，或者默然靠在我的身边。

有一种事实，不久被我看出了。每当阿品走进我的房里，我的门外就现出一个人影。几分钟后，就有人来叫他出去。外婆，舅舅，父亲，母亲，两个丫头，一共六个人，好像在轮流的监视他，不许他和我接近。从前，阿品有点强顽，常常不听他外婆和丫头的话，现在却不同了，无论哪一个丫头，只要一叫他的名字，他就立刻走了。他现在已不复姓王，他坚决地说他姓谭了。

为着什么，他一家人要把我们隔离，我猜想不出来。我曾经对他家里的人有过什么恶感吗？没有。曾经有什么事情有害于阿品吗？没有……这原因，只有阿品知道吧。但他的话，我不懂；即使懂得，阿品怕也不会说出来，他显然有所恐怖的。

几天以后，人家对于阿品的监视愈严了。每当阿品踱到我的门前，就有人来把他扯回去。他只哼着，不敢抵抗。但一遇到机会，他又来了，轻轻的竖着脚尖，一进门，就把门关上。一听见门外有人叫阿品，他就从另

一个门走出去，做出并未到过我房里的模样。有一次，他竟这样的绕了三个圈子：丫头从朝南的门走进来时，他已从朝西的门走了出去；丫头从朝西的门出去时，他又从朝南的门走了进来。过了不久，我听见他在母亲房里号叫着，夹杂着好几种严厉的詈声，似有人在虐待他的皮肤。这对待显然是很可怕的，但是无论怎样，阿品还是要来。进了我的房子，他不敢和我接近，只是躲在屋隅里，默然望着我，好像心里就满足，就安慰了。偶然和我说起话来，也只是低低的，不敢大声。

可怜的孩子！我不能够知道他的被压迫的心有着什么样的痛楚！两颗凝滞的眼珠，像在望着，像没有望着，该是他的忧郁，痛苦与悲哀的表示吧……

到底为着什么呢？我反覆地问着自己。阿品爱我，我爱阿品，为什么做父母的不愿意，定要使我们离开呢？……

我不幸，阿品不幸！命运注定着，我们还须受到更严酷的处分：我必须离开厦门，与阿品分别了。我们的报纸停了版，为着生活，我得到泉州的一家学校去教书了。我不愿意阿品知道这消息。头一天下午，我紧紧地抱着他，流着眼泪，热烈地吻他的面颊，吻他的额角。他惊骇地凝视着我，也感动得眼眶里包满了眼泪。但他不知道我的痛苦的原因。随后我锁上了房门，不许任何人进来，开始收拾我的行李。第二天。东方微明，我就凄凉地离开了那所忧郁的屋子。

呵，枯黄的屋顶，灰色的墙壁……

到泉州不久，我终于打听出了阿品的不幸的消息。这里正是阿品的父亲先前工作的城市，不少知道他的人。阿品是我的同乡。他是在十个月以前，被人家骗来卖给这个工程师的……这是这里最流行的事：用一二百元钱买一个小女孩做丫头，或一个男孩做儿子，从小当奴隶使用着……这就是人家不许阿品和我接近的原因了。可怜的阿品！……

几个月后，直至我再回厦门，阿品已跟着他的父亲往南洋去。

我不能再见到阿品了……

（选自小说散文集《小小的心》，1933年6月，上海天马书店）

他们恋爱了

平南中学的空气突然紧张了。学生们三个一群,四个一群的聚集在不同的地点,低声地谈论着同一个问题,在各人的脸上,显现着好奇,惊愕,怀疑,忧郁,悲哀,怜悯,嫉恨,愤怒,……

因为,他们恋爱了——苏先生和康女士。

怎样发生的呢?是真爱情还是假爱情?苏先生可曾娶了妻子?有过爱人没有?康女士可有别的恋人?曾经和别人订了婚没有?……这种种,便是大家从早晨到夜间所研究的唯一的功课。

"先生和学生恋爱,是天下奇闻!"散学后,在柳树底下,方同学愤然对大家说,"先生比我们学生高一辈,好像父母叔伯。天下没有父母叔伯可以和子女子侄恋爱的道理!哼!颠倒人伦!……"

"我们请他来教书,是教我们大家!"张同学这样的说,"他应该把他的全副精神放在我们大家身上!现在,他居然和康女士恋爱起来,把他的精神集中在一个人身上,那他显然是把我们丢开了!"

"我倒不是这样意见。"密司彭皱着忧愁的长的眉毛,说,"只要是真正的恋爱,我以为先生和学生不成问题……"

"哼!"方同学瞥了密司彭一眼,愤然接续了下去,"倘若他家里已经有了妻子呢?……"

"那也得看他们有没有爱情……"一个娇小玲珑的密司潘红着脸,说。

"那么……呵!那么,照两位密司的意见,我们不该反对,应该赞成吗?"张同学有点生气了。他的第一句话本想说出别的意思来,但话到喉咙里,又突然留住了。于是他只问了这一句话。

"赞成……反对……我还没有想到……不过这是一个很该注意的问题……"密司彭忧郁的说。她是一个善于忧愁,一切慎重的女孩。

"一个问题的发生,我们应该有我们自己的判断,"方同学严厉的说,"不是反对便是赞成,不是赞成便是反对,决没有模棱两可的!现在,这问题已闹得全校鼎沸了。我们和康女士同班,又很接近,我们得早一点决定我们的态度。这里的同学既然有几位没有决定,又有几位没有表示,我们还是去问问夏老师的意见吧!"

"不错呵!夏老师一定会有更切实的意见的!"密司潘高兴的叫了起来。

"去吧!去吧!"大家都同意了。

夏老师是平南中学最得学生信仰的一位教师。他有一个瘦长的身材,细长的脖颈,一副清秀的面貌。两颗流动而闪烁的眼珠,尖削的下巴上长满了胡须,很像是因为他剃得太勤快,和天天放在桌上的钳子用得太多了,所以即使连根拔了去,却愈加蔓延得多了。但因此,他也就愈加令人起敬:活泼的眼珠和清秀的面貌代表着他的青春,短黑的胡须,象征着他的学问。从他的细小的嘴里,吐出来的话常带几分滑稽的意味,在滑稽中又含着尖刻,他虽然只在平南中学校担任地理课,但关于文学方面,上自孔子删《诗经》,屈原作《离骚》,下至胡适博士倡文学革命,办《新青年》,都像亲身经历过一样,知道得清清楚楚。而且,莎士比亚是英国人,哥德是德国人,托尔斯泰,杜斯退益夫斯基,屠格涅夫是俄国人,大仲马,小仲马,巴尔扎克,是……他不仅知道他们的原名的写法,他还记得每个人的生卒年月,或竟至时日。关于这些人的作品,他是读了很多的。而且,不但读了很多,他自己也还会提起笔来,写几首诗,一点点随感……"黑线",便是他的笔名,如同大家所知道的。这种种,便是他为学生们所信仰的第一个原因,第二个原因是,他好客。他喜欢学生到他家里来。瓜子,花生,糖,饼干,有时一点咖啡,酒,面,饭,甚至鱼和肉,是永不会缺乏的。他的两颗活泼的眼珠一见了人,就知道这个人有着什么样的情绪,到他这

里来需要什么。例如，倘若张同学篮球丢得疲乏了，回家时懒洋洋地走过夏老师的门口，不知不觉的走了进去，往他的桌子边一坐，喘着气叫老师，他就会说："疲乏了吧，——这里有舒适的帆布椅！"又如，倘若方同学心里苦恼了，悲哀了，一走进夏老师的门，夏老师就一眼看出了："苦恼吗？人生几何！呵，喝几杯葡萄酒吧！"又如密司潘和密司彭倘若用功过度了，眼边起了黑圈。夏老师就会诚恳的劝告说："哈，好孩子，求学固然要紧，但你们也该爱惜你们的身体呵！这样年轻的……"于是这各种的话就给了各个人不同的安慰。有时听了他的话，密司潘和密司彭的眼眶里竟至充满了眼泪。因这缘故，学生们对夏老师的信仰愈加深了，每一个人的脑子里，好像在信仰之外，还筑成了一道坚固的墙。这已经不是第一次了，凡遇到什么疑难的问题，去问夏老师。

"有了什么事吧？这许多人一起来……"夏老师一瞥见他们，劈头就是这样说。

"自然，我们有很重要的问题，来请教老师。"

"是学校里的事吧？呵呵，请坐！请坐！想必也于苏先生有点联系吗？"

"老师怎的就猜到了呀？"密司潘露着惊异的目光，高兴的说了。

"青年人除了恋爱问题，还有什么比这更重要，更紧张呢！哈哈，坐下来吧！"

大家都围着夏老师的长方桌坐下了。这里一共是八个人，连夏老师在内，四边一排：左边第一个是夏老师，张同学，方同学，密司彭，夏老师对面是密司潘，李同学，万同学，陈同学。夏师母，一个干枯的，瘦削的女人，立刻和往日一样的，殷勤地端了茶，瓜子，花生米出来，随即又进去了。

"老师，"方同学首先说了，他是一个性急的青年。"现在学校里已经议论纷纷了，关于苏先生和康女士的问题。我们应该反对还是赞成呢！在没有决定态度之前，不得不来请教老师……老师的意见怎样，可以告诉我们吗？"

"关于恋爱的意见吗？……哈哈！羡慕罢了！苏先生可真有福气，找到了密司康！像我们这些没有爱人的青年男女可真该跳河呢！哈哈……"夏老师一面说着，一面用眼光盯着坐在对面的密司潘。

"你总是喜欢开玩笑……"密司潘红着脸,对夏老师瞪着眼,埋怨似的说。

"哈哈!天下有什么认真的事吗?譬如恋爱……喔恋爱!……"

"还是给我们一点意见吧,老师!"张同学恳切的请求说,"我和方同学的主张是觉得应该反对的呢。"

"喔,理由呢?"

"先生不应该和学生恋爱!"方同学大声的说,"先生和父母同辈,哪里可以颠倒人伦!……"

"这就是方同学的意见,"张同学插入说,"我个人以为,先生应该把全副精神放在我们大家的身上。和女同学恋爱起来,他就是丢弃了他的责任,不配做我们的先生!"

"喔喔!"

"我不能同意方同学和张同学的意见!"密司彭坚决的勇敢的说。"方同学的礼教观念太重……张同学的理由不充足……照张同学的说法,做先生的人岂非连饭也不该吃了?……"

"哈哈……"

"哼!礼教观念太重!……苏先生已经结了婚又怎样说呢?"方同学气得眼珠红起来了。

"方同学能够证明他的确结了婚吗?而且,你可能知道他们有没有爱情?……"密司潘说起话来总是红着脸,现在感觉到对面夏老师的闪烁的眼光正盯在她的面孔上,脸愈加红了。

"不错,不错,大家都有道理!"夏老师一面望着密司潘,一面微笑着,说,"现在且不必争辩,症结的问题恐怕还不在这里呢!"

"是呀,我不赞同方张二位的意见,并不是替苏先生辩护……更不是赞成他们的恋爱,我觉得这个问题还应该研究。而且,"密司彭痛苦地抬起润湿的眼睛,又突然低下头去,说,"我感觉到极大的痛苦,自从听见了他们恋爱的消息以后……我从此……没有希望了……我失去了……我失去了……最亲爱的……密司康了……我实在应该反对……苏先生……他,抢了我的密司康去了!……"说到这里,密司彭伏着桌子呜咽起来,不能再接续下去。

在座的人都沉默了。有一种尖利的痛苦的感觉穿过了各个人的心坎，使每人的脸上都浮出酸苦的表情来。夏老师闭着嘴，带着苦笑，眼光盯着对面的密司潘。密司潘的脸色不再绯红，渐渐惨白了。张同学和其他的人都皱着眉头。这感觉，使方同学忘记了刚才密司彭对他所说的侮辱似的言语，他的心中油然生了一种同情，对于密司彭的痛苦。不知不觉间，他伸出他的粗大的手去，紧紧地握住了密司彭的小手。他的粗大的躯干紧贴着密司彭的瘦小的身材，他的嘴唇噏动着，但没有说出话来。他的心里充塞了这样的句子："我给你安慰，我给你安慰！"

过了许久，方同学有了适当的话了。他紧紧地握了一握密司彭的细小柔软而暖热的手，说："我们给你抢回来，密司彭！……"这声音勇敢而且诚恳，有如从武士的口中出来一样，他的每一个细胞好像都膨胀起来，充满了生命的力。

"自然，我们必须把你的好朋友抢回来！"夏老师接着说。

于是大家的态度都跟着一致了。一致反对苏先生和康女士的恋爱。

"反对的理由不在于先生和学生上面以及年龄的差别，省分的不同，——这种种都是无关紧要的，紧要的是：是不是真正的恋爱！"夏老师说，"不久以前，我听说苏先生和一个姓李的女士有过恋爱的故事。不料他老先生现在却又和康女士恋爱了。这样的爱了一个，丢了一个，恐怕是在故意和女士们开玩笑吧！……"

"就是这个理由！"方同学叫着说。"为保障女权起见！我们必须激烈的反对！"

"又来什么保障女权了！"密司彭抬起头来，说，"这只是为康女士的幸福起见……"

"是呵，因为康女士是我们要好的朋友，我们须得注意她一生的幸福……"密司潘说。

"你们两位永久有清晰的头脑，热烈的心肠，伟大的同情！我做老师的真欢喜呵！哈哈！"夏老师说着，盯视着密司潘的眼光起了一层欢乐的云雾，像在幻想着什么似的，密司潘的脸上又泛起了两朵红云，她连忙低下头去，用左手支持了面腮。夏老师立刻清醒了，他的眼光移到了密司潘的手腕上。又白又嫩的丰满的手腕！一种强烈的饥渴显露到夏老师的眼光上，

他的手微微颤动了。

"我原是一个傻小子呀!"方同学红着脸,羞愧地说,"在老师面前,在各位哥哥,姊姊面前,说起话来,是难免糊涂的。为康同学的幸福起见——一点也不错!她是我们的好朋友,我最敬重她,她又有学问,又会做事,她又长得……""是呵,她又长得很美丽!白嫩嫩的皮肤,红润润的面颊!而且,和你一样年轻!……"密司彭带着一种苦笑,望着方同学说。

方同学呆住了,不知不觉的满脸绯红起来。在座的人几乎都笑了。但方同学到底是一个老实人,他立刻承认自己又说错了。

"好姊姊,我不是说过我是一个傻小子吗?傻小子是不会说话的,别这样的嘲笑我吧!"他第二次握住了密司彭的细小的暖热的手。随后又接着说:"好姊姊!我是你的弟弟呢!"

夏老师笑了:"哈哈!就叫他一声弟弟吧!……喔,做姊姊的,你可知道康女士近来快乐不快乐?"

"谁做他的姊姊!"密司彭红了脸了,立刻推开了方同学的手,用嗔怒的声音说,"康女士吗?……咳,有什么快乐!还不是天天流着泪!"

"这就够了!"

夏老师的话有道理,恋爱是幸福的,快乐的,哪里会有痛苦,哪里还会流泪!康女士的眼睛近来确实肿了。这便是她受骗的证据,极大的证据,大家必须一致反对,是无疑了。怎么反对?给苏先生一个哀的美敦书!请他走路!请他离开康女士!张同学起草,夏老师修改,万同学誊清。时候已经七点多了,房里早点起了灯。肚子饱了再进行,夏老师得请大家晚餐。

张同学从饭前一直想到饭后,又经过夏老师的修改,哀的美敦书草成了:

径启者,先生与康女士发生恋爱,校内外议论纷纭,或谓先生已在故乡娶有妻子,且生有子女,或谓先生方与另一女士相周旋。此等事实固舍先生而外,非局外人所能洞悉,亦非局外人所敢轻信。唯鉴于近日康女士之悲哀啼泣,深信先生与康女士恋爱,实非康女士之福。同人等与康女士谊属同窗,关注其终身幸福至深,因恐其误入不幸之陷阱,不得不对先生有所提议:即请先生

于三日内离校,并与康女士从速脱离,免动公愤,致起意外为荷。
此致苏先生台鉴。

这稿由万同学誊清,方同学领衔,以下是张同学,万同学,李同学,陈同学,密司彭,密司潘。方同学声明,他和张同学明天还要去请其他的同学签名,至少三四十个人是有把握的。

这个问题暂告完结了,大家显得很快活。拉杂地谈了一回,始终沉默着的什么都像不懂得不敢表示的,年轻的万同学,李同学,陈同学首先告辞了出去。随后张同学也走了。留在夏老师这里的,现在还有方同学,密司彭,密司潘。他们三个人的心里都包含着两种相反的情绪:悲苦与欢乐。过去的幻影和未来的憧憬在他们眼前交叉地结成了繁密的网,闪烁着,旋转着。夏老师在房中踱来踱去,一句话也没有。他的瘦长的身材,在灯光下投出了庞大的山一般的黑影。他皱着眉,咬着牙齿,他也有了一样的情绪。他感觉到世界在他的眼前旋转了。苏先生和康女士的面孔时时在他们几个人的眼前显现着,他们又看见了这一对男女握着手,紧贴着坐着,拥抱着,吻着……这是多么叫人愤怒呵!他们都几乎暴躁地骂出口来了。但想到了在这房间里的人物,大家却又心平气和了。一种强烈的欢乐的欲望渐渐占据了各个人的心坎,终于驱散了他们的苦恼。

方同学不能抑制这欲望了,他愈加贴近着密司彭,低低的,温和的说:"好姊姊,叫我一声弟弟吧!"他伸出手去。

"谁高兴叫你弟弟!"密司彭发出一点点生气的声音,推开了他的手,跑到一个阴暗的角隅里。

方同学呆了一会,也就轻轻的走到了那个角隅里,"那么,叫我坏弟弟吧!"他又握住了密司彭的细小的暖热的手。

"坏人!"密司彭摇了一摇头,微笑着,轻轻的说。

"不,不!坏弟弟!蠢弟弟!丑弟弟!都可以!……"

"丑男子!……"

"一定要叫弟弟!你看吧!"他把她的小手愈捏愈紧了。"怕痛不怕痛呢!"

"不!"密司彭强顽的说。

"现在?"他捏得更紧了。

"不!"

"这样?"他又加了一点力。

"啊唷!放手!放手!"

"叫不叫呢?"

"叫叫!……好弟弟!我的好弟弟!……"她又伸出了另外一只手。

两个人像被神的力所推动的一般,互相抱住了,这样的紧,粘着的一般。

"但是,我的过去是怎样的苦恼呵!……"从密司彭的眼里,泪水流出来了。

方同学也被这悲哀和欢乐所感动,不觉涌出眼泪来。

"我给你安慰!好姊姊!我给你安慰!……"他把嘴唇凑了过去……

"看呵!他们恋爱了!……"密司潘低低的说,扯了一扯夏老师的衣服。她已经颤动地,心突突的跳着,呆呆地注视着那一个阴黑的角隅许久了。

夏老师突然停住了脚步,抬起头来,吃惊地望着。他战栗了。

"我也……爱你呢!……"他牵住了密司潘的柔软的手,低声的说。

密司潘突然倒在他的怀里,呜咽的哭泣了……

夏老师的眼眶润湿了……

……

夜已深,街上很寂静。门开开来,方同学,密司彭,密司潘和夏老师走了出来。

在门口,方同学牵住了密司彭的手,微笑地对夏老师说:"我们恋爱了!……"

"愿你们幸福!"夏老师说着,牵住了密司潘的手,"我送你回去……"

走了不远,方同学在黑暗中回过头来望了一望,低声的对密司彭说:"他们也恋爱了……"

(选自小说散文集《小小的心》,1935年5月,上海天马书店)

岔 路

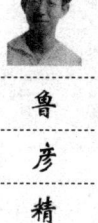

希望滋长了,在袁家村和吴家村里。没有谁知道,它怎样开始,但它伸展着,流动着。现在已经充塞在每一个人的心的深处。

有谁能把这两个陷落在深坑里的村庄拖出来吗?有的,大家都这样的回答说,而且很快了。

关爷的脸对着红的火光在闪动,额上起了油汗,眉梢高举着,睡着似的眼睛一天比一天睁大开来。他将站起来了。不用说,他的心已被这些无穷数的善男信女所打动,每天每夜的诉苦与悲号,已经激起了他的愤怒。

没有谁有这样的权威,能够驱散可恶的魔鬼,把袁家村和吴家村救出来,除了他。人们的方法早已用遍了:熟食,忌荤,清洁,注射……但一切都徒然。魔鬼仍在街头,巷角,屋隅,甚至空气里,不息地播扬着瘟疫的种子。白发的老人,强壮的青年,吮乳的小孩,在先后的死亡。一秒钟前,他在工作或游息,一秒钟后,他被强烈的燃烧迫到了床上,两三天后,灵魂离开了他的躯壳。

这是鼠疫,可怕的鼠疫!它每年都来,一到春将尽夏将始的时候,它毁灭了无数的生命,直至夏末。它不分善和恶,不姑恤老和幼,也不选择穷或富。谁在冥冥中给它撞到,谁就完了。决没有例外。袁家村里常常发现,一个家庭里不止死亡一个人。在吴家村,有一个大家庭,一共十六个

人，全都断了气。乡间的木匠一天比一天缺乏，城里的棺材也已供不应求。倘若没有那些不怕死的温州小工从城里来，每天七八十个死尸怕没有人埋葬了。尸车在大路上走过，轧轧的声音刺着每个人的心，白的幡晃摇着，像是死神的惨白的面孔。

恐怖充满在袁家村和吴家村。人口虽多，这样的持续到夏末，人烟将绝迹了。山谷，树木，墙屋，土地，都在战栗着，齐声发出绝望的呻吟。

然而。希望终于滋长了。

关爷已在那里发气，他要站起来了。

出巡！出巡！抬他出来！大家都一致的说着。

两个村长已经商议了许多次，这事情必须赶紧办起来。谁到县府去说话？除了袁家村的村长袁筱头，没有第二个。他和第一科科长有过来往。谁来筹备一切杂务？除了吴家村的村长吴大毕，也没有第二个。他的村里有许多商人和工人。费用预定两万元，两村平摊。

一天黎明，袁筱头坐着轿子进城了。

名片送到传达室，科长没有到。下午等到四点钟，来了电话，科长出城拜客去了，明天才回。袁筱头没法，下了客栈。然而第二天，科长仍没有来办公。他焦急地等待着，询问着。传达的眼睛从他的头上打量到脚跟，随后又瞪着眼睛望了他一眼。

第三天终于见到了。但是科长微笑地摇一摇头，说，"做不到！"袁筱头早已明白，这在现在是犯法的。如果在五年前，自己就不必进城，要怎样就怎样；倘使不办，县知事就会贴出告示来，要老百姓办的，在鼠疫厉行的时候。可是现在做官的人全反了。他们不相信菩萨和关爷，说这是迷信，绝对禁止。告示早已贴过好几次。年年出巡的关爷一直有三年不曾抬出来，谁都相信，今年的鼠疫格外利害，就是为的这个。三年前，曾经秘密地举行过一次，虽然捕了人，罚了款，前两年的鼠疫到底轻了许多。袁筱头不是不知道这些。正因为知道，才进城。老百姓非把关爷抬出来不可。捕人罚款，这时成了很小的事。

"人死的太多……"

"关爷没有灵。"

"没有灵，老百姓也要抬出来……"

"违法的。"

"人心不安……"

"徒然多化钱。"

袁筱头宁可多化钱。他早已和吴大毕看到这一点,商决好了,才进城的。现在话锋转到了这里,他就请科长吃饭了。一次两次密谈后,他便欣然坐着轿子回到村里。

袁家村和吴家村复活了。忙碌支配着所有的人。扎花的扎花,折纸箔的折纸箔,买香烛的买香烛,办菜蔬的办菜蔬。从前行人绝迹的路上,现在来往如梭地走着背的抬的掮的乡人,骡马接踵地跟了来。锣和鼓的声音这里那里欢乐地响了起来,有人在开始练习。年轻的姑娘们忙着添制新衣,时时对着镜子修饰面孔,她们将出色地打扮着,成群结队的坐在骡马上,跟着关爷出巡。男子们在洗刷那些积了三年尘埃的旗子,香亭,彩担。老年人对着金箔,喃哺地诵着经。小孩子们在劈拍地偷放鞭炮。牛和羊,鸡和猪,高兴地啼叫着,表示它们牺牲的心愿。虽然村中的人仍在不息地倒下,不息地死亡,但整个的空气已弥漫了生的希望,盖过了创痛和悲伤。每一个人的心已经镇定下来。他们相信,在他们忙碌地预备着关爷出巡的时候,便已得到了关爷的保护了。

没有什么能够比这更迅速,当大家的心一致,所有的手一齐工作的时候。只忙碌了三天,一切都已预备齐全。谁背旗子,谁敲锣,谁放鞭炮,谁抬轿,按着各人的能力和愿意,早已自由认定,无须谁来分配。现在只须依照向例,推定总管和副总管了。这也很简单,照例是村长担任的。袁家村的村长是袁筱头,吴家村的是吴大毕。只有这两个人。总管和副总管应做的职务,实际上他们已经同心合力的办得十分停当了。名义是空的,两个人都说,"还是你正我副,"两个人都推让着。

在往年,没有这情形,总是年老的做正。但现在可不同了。袁筱头虽然比吴大毕小了十岁,县府里的关节却是他去打通的。没有他,抬不出关爷。吴大毕非把第一把交椅让给他不可。然而袁筱头到底少活了十年,不能破坏老规矩。他得让给吴大毕。

"但是,县府里说这次是我主办的,岂不又要多化钱?"

吴大毕说出最有理由的话来,袁筱头不能再推辞了。

名义原是空的，吴大毕说。然而是老规矩，吴家村的人都这样说，当他们听见了这决定以后。年轻的把年老的挤到下位，这是大大的不敬，吴大毕怎样见人？若论功绩，拿着大家的钱，坐着轿子去送给别人，你我都会做，何况还有酒喝？吴大毕可为了这样那样小问题，忙得一刻没有休息，绞尽了脑汁！他们纷纷议论着。吴家村的空气立刻改变了。它变得这样快，电一般，胜过鼠疫的传播千万倍。大家的脸上都现着不快乐的颜色。吴大毕丢了脸，就是全村的人丢脸。这事情一破例，从此别的事情也不堪设想了。吴家村和袁家村相隔只有半里路，可以互相望到炊烟，山谷，森林和墙屋，可以听到鸡犬的叫声。往城里去的是一条路，往关帝庙去的也是一条路。人和人会碰着脚跟，牲畜和畜生会混淆，尤其每天不可避免的，总有小孩子和小孩子吵架。在吴家村的人看起来，袁家村的人本来已经够凶了，而现在又给他们添了骄傲。以后很难抬头了，大家忧虑地想着。

吴大毕也在忧虑地想着，在他自己的庭中徘徊，当天晚上。外面的空气，他全知道。而且他是早已料到的。在他个人，本来并不打紧。他的胡须都白了，一个人活到六十七岁，还有什么看不透，何况总管一类的头衔也享受过不晓得多少次数。袁筱头虽然小了十岁，可是也已白了头发，同是一个老人。有什么高下可争。在做事方面，袁筱头的本领比他大，是事实。他自己到底太老了，不大能活动。打通县府的关节，就是最眼前的一个实例。他觉得把这个空头衔让给袁筱头是应该的。然而这在全村的人，确实很严重，他早已看到，本村人会不服，会对袁家村生恶感。平日两村的青年，是常常凭着血气，免不了冲突的。谦让是老规矩，他当时可并不坚决地要把总管让给了袁筱头。但袁家村有几个青年却已经骄傲地睁着蔑视的眼光，在推袁筱头的背，促他答应了。他想避免两村的恶感，才再三谦让，决心把总管让给了袁筱头。可是现在，自己一村的人不安了。

"你这样的老实，我们以后怎样做人呢？"吴大毕的大儿子气愤地对着自己的父亲说。

"你哪里晓得我的苦衷！"

"事实就在眼前，我们吴家村的人从此抬不起头了！"他说着冲了出去。他确实比他的父亲强。他生得一脸麻子，浓眉，粗鼻，阔口，年轻，有力，聪明，事前有计划，遇事不怕死，会打拳，会开枪。村里村外的人都有点

怕他，所以他的绰号叫做吴阿霸。

吴阿霸从自己的屋内出去后，全村的空气立刻紧张了。忧虑已经变成了愤怒。有一种切切的密语飞进了每个年轻人的耳内。

同时在袁家村里，快乐充满了到处。有人在吃酒，在歌唱，在谈笑。尤其是袁载良，袁筱头的儿子，满脸光彩的在东奔西跑。"现在吴家村的人可凶不起来了，尤其是那个吴阿霸！"他说。他有一个瘦长的身材，高鼻，尖嘴，凹眼，脾气急躁，喜欢骂人。他最看不上吴阿霸，曾经同他龃龉过几次。"单是那一脸麻子，也就够讨厌了！"他常常这样说。在袁家村的人看起来，吴家村的人本来是凶狠的，自从吴阿霸出世后，觉得愈加蛮横无理了。这次的事情，可以说是给吴阿霸一个大打击，也就是给吴家村的人一个大打击。到底哪一村的力量大，现在可分晓了，他们说。

但是吴家村的人同时在咬着牙齿说，到底哪一村的力量大，明日便分晓！这一着我让你，那一着你可该让我！明天，看明天！

明天来到了。

吴家村的人很像没有睡觉，清早三点钟便已挑着抬着背着扛着一切东西，络绎不绝的从大道上走向虎头谷。关帝庙巍立在丛林中，阴森而且严肃。在火炬的照耀下，关爷的脸显得格外的红了。他在愤怒。

天明时，袁家村的人也到了。袁筱头和吴大毕穿着长袍马褂，捧着香，跪倒在蒲团上，叩着头。炮声和锣鼓声同时响了起来。外面已经自由地在排行列。

"还是请老兄过去。"袁筱头又向吴大毕谦让着说。

"偏劳老弟。"

在浓密的烟雾围绕中，袁筱头严肃地走进神龛，站住在神像前，慢慢抬起低着的头。锣鼓和炮声暂时静默下来。吴大毕领着所有的人跪倒在四周的阶上。一会儿，袁筱头睁着朦胧似的眼睛，虔诚地说了：

"求神救我们袁家村和吴家村！"他说着，战颤地伸出右手，拍着神像的膝盖。

关爷突然站起来了。

锣鼓和炮声又响了起来，森林和山谷呼号着。伏在阶上的人都起了战栗。

有两个童男震惊地献上一袭新袍，帮着袁筱头加在神像上。

袁筱头战栗地又拍着神像的另一膝盖，神像复了原位。

有几个人扶着神像，连坐椅扛出神龛，安置在神轿里。

袁筱头挥一挥手，表示已经妥贴，四周的人便站了起来，呐喊着。

队伍开始动了。

为头的是大旗，号角，鞭炮，香亭，彩担，锣鼓，旗帜，花篮，乐队，随后又是各色的旗帜，彩担，松柏扎成的龙虎和各种动物，锣鼓，鞭炮，香亭，各种各样草扎的人，木牌，灯笼……随后捧着香的吴大毕，袁筱头，关爷的神轿……二三十个打扮着各色人物骑马的童男，百余个新旧古装的骑骡马的童女……队伍在山谷和大道上蜿蜒着，呼号着，炮声鼓声震撼着两旁的树木，烟雾像龙蛇似的跟着队伍一路行进。路的两旁站立着许多由邻村而来的男女和过客，惊异地观望着。他们知道这是为的什么，但是他们毫不恐惧，他们仿佛已经忘记了不幸的悲剧了。

是哪，就是袁家村和吴家村的人也全忘记了。行进着，行进着，他们忽然走错了路了。在袁家村和吴家村分路的大道上，队伍忽然紊乱起来。有一部分人一直向吴家村走去，一部分人在叫喊，警告他们走错了路。但他们像被各种嘈杂声蒙住了耳朵似的，仍叫喊着前进。有些人在岔路上停住了。他们警告着，阻挡着后来的队伍。可是后面仍有人冲上来。人撞着人，脚踏着脚，东西碰着了东西。辱骂的声音起来了。有人在大叫着："往吴家村去！往吴家村去！"

谁叫着往吴家村去呀？袁家村的人明白了：全是吴家村的人！这简直发了疯！老规矩也不记得吗？每年每年。都是先到袁家村的！每年每年都是先把神像在袁家村供奉一天，然后顺路转到吴家村去，而今天，却有人要先到吴家村了！袁家村的人不是早已杀好了猪羊，预备好了鸡鸭？要是给耽搁一天，这些东西还能吃？而且关爷迟一天巡到袁家村，不要多死一些人？该打，该打！袁家村人叫起来了。

"前面什么事情呀，这样的闹，这样的乱？"袁筱头和吴大毕惊异地查问着。

"吴家村的人要先到吴家村去，不肯依照老规矩！"袁载良愤怒地回答说，对着站在吴大毕身边的吴阿霸圆睁着眼睛。

"他们说，老规矩已经被袁家村的人破坏，所以也要翻新花样哩！"吴阿霸回答说，讥笑的眼光直射到袁载良的面上。

"这话怎样讲？"吴大毕吃惊地问。他已经有了不好的预感了。

"问你自己！"袁载良的愤怒的眼光移到了吴大毕面上。"你是村长，你该晓得！"

"不许闹！"袁筱头厉声地喊住了自己的儿子。

"问你父亲去吧！"，吴阿霸说，"他是总管老爷哩！"

袁筱头已经明白了。他的脸突然苍白起来。显然这事情是极其严重的。前面的队伍早已紊乱，喊打声代替了炮声和鼓声，恐怖遍彻了各处。

"就传令过去，先到吴家村！"他大声的喊着。

"不行！父亲！"袁载良坚决地回答说。"全村的人不能答应！"

"为了两村的平安！"

"袁家村人宁可死光！"

"抽签！由关帝爷决定！好吗，老兄？"袁筱头转过头去问吴大毕。

"也好，老弟，由你决定吧！吴家村人太不讲理了！"

"不行！父亲！谁也不能答应的！吴老伯晓得自己的人错了，当然依照老规矩！"

"老规矩早就给你们破坏了！现在须照我们的新规矩。"吴阿霸说着，握紧了拳头，"不必抽签！我们比一比拳头，看谁的硬吧！"

"打死你这恶霸！"袁载良握着拳，跳起来，冲了过去。

"不准闹！为了两村的平安！"袁筱头把自己的儿子拦住了。

"滚开去！你这畜生！"吴大毕愤怒地紧锁了一脸的皱纹，骂起自己的儿子来。"你忘记吴家村死了多少人了！你忘记今天为什么要求关帝爷出巡了！……"

"没有办法，父亲！你可以退步，全村的人不能退步！你看我滚开了以后怎样吧！"吴阿霸说，咬着牙齿，立刻隐入在人丛中。

尖锐的哨子声接二连三的响了。打骂声，呼号声，到处回答着。队伍完全紊乱了。扁担，木杠，旗子，石头，全成了武器。年轻的从后面往前冲，年老的和妇女们往后退，连路旁的看客们也慌张地跑了开去，有的人打破了头，有的踏伤了脚，有的撕破了衣，有的挤倒在地上……山谷，森

林,空气,道路,全呼号着,战栗着……鲜红的血在到处喷洒……

袁筱头和吴大毕已经被疯狂的人群挤倒在路旁的烂田中,呻吟着,低微的声音从他们受伤的口角边颤动了出来:

"关帝爷救我们两村的人!……"

关帝爷愤怒地在路旁蹲着,他的一只眼睛已经受了石子的伤,他的一只手臂和两只腿子被木杠打脱了。他本威严地坐在神轿的椅子里,可是现在神轿和椅子全被拆得粉碎,变成了武器。强烈的太阳从上面晒到他的脸上,他的脸同火一样的红,愤怒地睁着左眼,流着发光的汗……

真正的械斗开始了。两村的人都擦亮了储藏着的刀和枪,堆起了矮墙和土垒,子弹在空中呼啸着……

瘟疫在两个村庄里巡行,敲着每一家的门,但人们开大了门,听它自由出入,只封锁了各个村庄的周围,同时又希冀着突破别人的土垒。

每个村庄里的人在加倍的死亡。没有谁注意到。仇恨毁灭了生的希望。

"宁可死得一个也不留!"吴阿霸这样说,袁载良这样说,两村的人也这样说。

(选自短篇小说集《屋顶下》,1934年3月,上海现代书店)

病

你又要我讲故事啦！你太喜欢这一套，也太相信我啦！所谓故事，你该晓得，很多是假的。这只好酒余饭后消遣消遣，那能认真！从前有人说过，做人譬如做戏，一切都是笑话。故事即使是真的，不是假造的，也就是笑话的笑话，有什么意思！你老是缠着我，只要我一个又一个的讲故事给你听。别人愿意讲给你听的，你偏不要。你说我讲得好，没有什么人赶得上我？你错啦。我并不是专门讲故事的。我没有美国或英国的故事博士头衔，也没有进过什么故事的专门学校。我所讲的故事，并没有用过数学的方式，X 加 Y 等于什么，什么减什么等于什么，一个女的和一个男的在一起一定恋爱，两个男的和一个女的就成三角恋爱……我不喜欢这些。我所讲的故事，只是信口开河，胡凑胡凑。你说我讲的最好，实在是你迷信。你决不会想到，我从前是弄什么的！老实告诉你：两年以前，我是给人家按脉开方的哩！

喔喔，今天就讲我做医生时候所亲眼看见过的一个故事吧！这倒是千真万确，绝对不是杜撰的。

你静静的听着吧……

两年以前，我刚才已经说过，我是一个医生。我这个医生，并非祖传，也没有拜过什么老师。我的医生的执照，现在说说不妨，是用钱去买来的。

我的医病的本领，正和现在讲故事的本领一样，只是胡凑胡凑。要是照明令颁布的章程，严格考试起来，恐怕只能得到 zero 的分数吧。

然而你不要看轻我，我却是首屈一指的医生哩！你不信，可以随便问那一个。谁不知道我！我挂招牌的五里镇上，人口好多，医生也不止我一个，可是人家都相信我，大小毛病，全上我的门来，有钱的人家，都用轿子把我接了去。我真是应接不暇，常常没有工夫吃饭，没有工夫睡觉。怎么会有这样好的生意，连我自己也不晓得⋯⋯

你说我这样好的生意，现在为什么不做医生了？那自有别的原因⋯⋯我刚才已经说过，我的本领原来不高⋯⋯倘有什么意外⋯⋯早就料得到的⋯⋯不过现在可以不必讲啦。总之，我是一个有名的好医生，赚过许多钱，买了地皮，造了屋子的⋯⋯自然，我虽然赚了一些钱，真正讲起来，还是不算多，绑票这事情还轮不到我⋯⋯

喔喔，闲话说得太多啦，我应该开始讲那个故事。你不觉得厌倦吗？倘使你不高兴听，还是早一点去睡吧。故事到底是故事，比不得眼前的事情。要睡还是去睡的好，身体更要紧哩。身体好，我们才不会生病，才能做许多事情。我是一个医生，我最懂得病人的痛苦⋯⋯

喔喔，这个也不必讲啦，你既然愿意听，就开始讲那个故事吧⋯⋯

那故事⋯⋯发生在⋯⋯慢一点。让我想想看，怎样才使你听着有趣吧⋯⋯不，我是想叫你听得有头有脑，并不想故意造一点笑话出来，那个故事是千真万确，绝对不是杜撰的。

你静静的听着⋯⋯

两年以前，我是一个医生，在五里镇上挂牌，谁都知道我是一个最好的医生，无论什么病，人家都请我按脉开方⋯⋯这些刚才已经说过啦。

有一天，那里一家南货店老板的父亲生病啦。生的什么病，没有谁知道，只是发着很高的烧。这个老板便连夜带了一顶轿子亲自来接我。

他是一个有名的口吃的人，绰号叫做割舌头阿大，因为他排行第一。一句话到他嘴里，老是半天说不清楚，通红着脸，逼得头颈上的筋络一根一根粗绽了起来。要懂得他的意思，真不容易，我们只好看他做手势，猜想他说的什么。

他父亲病得很利害，他着了急，亲自来啦。

时候是在夜间十一点多——差不多十二点啦。正是十二月里,天气非常的冷,说不出的冷。我蒙着头睡在丝棉被窝里还觉得冷。这割舌头阿大竟赶着一顶轿子来啦。

蓬蓬蓬!蓬蓬蓬!敲门敲得真急!我给他吓醒来啦。不要是绑票的,我想,一面静静地听着门外的声音。

"葛葛葛葛,开开门……叶叶叶叶叶医生!……"

我知道那是割舌头阿大,立刻叫人把门开啦。他一直冲进我的房里来,脸上滴着汗。我刚才已经说过,那时是在十二月里,天气冷得可怕。我发着抖,下半身还躲在被窝里。这样冷的时候,半夜里来敲医生的门,一定是病人非常的利害啦。他居然还淌着汗,走得急,更可想而知。一想到自己的本领,要去对付一个十分危急的病人,我心里也不免恐慌了起来。天气本来冷,给这一慌。觉得愈加冷。愈加发抖得利害啦。

"有什么要紧事情吗,大老板?"我问他说,假做不知道。其实还有什么事情,这半夜三更?不过他没有说出"病"字来,我们做医生的不能先出口,因为生病这事情,在医生固然是有益的,在人家可是怕听的。医生最希望生病的人多起来,病人越多,医生的收入越好。一年四季,医生最喜欢的是在夏季,其次是早春和初秋,因为夏天多霍乱,早春多感冒,初秋多痢疾。这些病最容易传染,常常一两个人生了病,很多的人就跟着来。有时我们随便按一下脉,用不着细细盘问,把老方子千篇一律的抄给人家就是。医得好,是医生的本领高;医死了人,这病本利害,你不看见大家都生病啦?这是天灾,没有办法的!我们做医生的最怕是冬天。冬天里,生意少,有了生意多半是难医的病。并且天气冷,半夜三更没法推辞,为了一点钱,先得自己吃苦。实在非常不上算……

喔喔,我的话说开去啦。我刚才已经说过,我是这样问他的:"有什么要紧事吗,大老板?"

于是他回答啦。不,我可以说,他并没有回答。他是在我的房里呆着。他通红着脸,歪着嘴,翕动着嘴唇,许久许久发不出一点声音来,只看见他的一脸的筋粗绽了起来。那情形,正和我们在梦里遇到了可怕的事情,一面要拼命的逃,一面要拼命的喊,却动不得脚,开不得嘴一模一样。

"什么事呀?"我仍装做不知道,大声的问他,声音里还带点不耐烦的样子,心里却暗暗的说着可怜哪可怜哪。

"葛葛葛葛,葛葛葛葛……"他半开着嘴,皱着一边眉头,偏着头用力点着,依然说不出话来,一面又甩手做着手势,要我起来,要我出去。

这买卖,我实在不欢迎。我刚才已经说过,我早已懂得是什么事情。但我还是故意装做不知道。

"说呀!快点说呀!大老板!外面有什么事吗?"

"葛葛葛葛,"他摇了一摇头。过了一会,他终于说出一个字来啦。"葛葛葛葛,病……病啦!"

"谁病啦?什么病?要紧吗?"我故意盘问着他,我的意思是不想去的。

"是是是……"他用手做着胡须,表示生病的是他父亲。"要……要紧!"

"什么病呢?快点说吧!"我责备他的样子。

"不不不不……"他摇着头,睁大着一双眼睛,非常着急。"不不不不晓……得!"

"不晓得?总有一种病相的!发冷还是发热呢?头痛还是泻肚子呢?这些总晓得吧?"

"发……发热!"

"没有泻肚子吗?"

他摇着头。

"没有肚痛吗?"

他仍摇着头。

"那不要紧!"我说。"明天一早,给你去看吧!现在大冷天,半夜三更着什么急!"

其实我刚才已经说过,这买卖并不欢迎。冬天里发烧,很难捉摸得到是什么病。尤其是一个老人家,断定了是什么病,也不容易医得好。你看他发烧得太利害啦,给他一剂凉药退退火,他会当不住,弄得冰冷气出。你看他发冷得太利害啦,给他一剂热药,他也当不住,心火直冒,烧成焦头烂额。你要给他发发汗,他会伤尽元气,上气不接下气。这种人,一点没有办法,给他医了医不好,人家总说是医生的本领低,

却不晓得这种人原来是不生病也会死的。做医生的平常最怕的就是老人家，因为老人家的病常常非常古怪。我们最喜欢的是女人和小孩。女人的病，百分之九十九是从月经不调来的。小孩子总是积食生蛔虫的居多，再不然就是受过惊。

喔喔，话又说开去啦。我刚才不是说，回答他不要紧，明天一早再去吗？他怎么样呢，那个割舌头阿大？他可真着急啦！他着急得一个字也说不出来，只是蹬着脚，皱着愁眉，拼命做手势，要我去。我看着这样子，也不觉可怜他起来，我想，与其口吃，倒不如全哑啦，平心静气的学做手势，人家也不会逼他说话啦。这样半哑的人，可比生什么大病还难受。看着他这样可怜，我的心不觉软啦。

"半夜三更，那里去叫轿子？"我说。

"有有有有！"他高兴的叫了出来，指着门外。

于是我不得不去啦。我随便洗了一个脸，吃了一杯酒防防寒气，口里还含上一枝香烟，披着皮袍皮马褂，戴着帽子，坐进轿里，还用虎毯紧紧地包住了身子，关上轿门，动身啦。天气真是冷，我裹得这样厚，还觉得发颤。地上已经结了冰，一路吱吱的响着。阿大跟在背后，和轿夫们气喘呼呼的走着。想起了他是南货店的老板，也是一个有钱有地位的人，现在做了我的跟班，觉得他真可怜。一种行业有一种行业的好处，不吃这碗饭的，无论怎样，就得低下头来。我要是没有钱用，不要说半夜三更去敲他的门，就是对他磕破了头皮，也未见得会借钱给我。那天晚上，他要是不自己来，即使派了珠轿来接，我也不会去的。

喔。我说，我坐着轿子去啦。我很快就到了他的家里。一屋子的人全没有睡。都肿着眼睛在侍候病人。参汤啦，桂圆汤啦，莲子稀饭啦，这样那样的在勉强病人。但是病人吃不进去。热度非常高，火烧一般。脉搏跳得可怕的急。说起大便已经四天不通，小便血似的。问他们受了热吗，说是没有。问他们受了冷吗，也说没有。我说一定是吃坏了东西，大家也不承认，只说生病的头一天，还吃过半碗红烧肉。有咳嗽吐痰没有呢，说是向来就有一点，但不多。

"什么病呢，医生？"他们问我说。

什么病？天晓得！我那里能够决定！既没有受冷，也没有受热，又没

有吃坏东西,怎样知道他生的什么病!我想了一会,又按了一次脉,肚子里打着算盘。过了一会,我只得背书似的说着写啦:

左脉主阴,右脉主阳,阴属肺,阳属胃,阴阳不和而成火,火者热也。金木水火土,年老气衰,缺火缺水。今左脉特旺,肺火上冲,而无水以济之,故滞塞不通,致雁危象。法宜活痰清肺,以水济火,火祛热退,病自勿药。

接着,我便凑上了十三种药,不外乎桔梗,党参,白菊花,滑石之类。我刚才已经说过,我原是胡凑的,并没有真正的本领。然而人家却非常的相信我,都把我当做了一个神医。

"医生,这病不要紧的吧?"他们问我说。

"不要紧!"我回答说。这是我们的口头语,即使病人快要断气啦,我们也得这样说。而人家呢,即使病人死啦,也并不怪我们。他们知道我们的话是安慰他们而说的。倘使病好啦,我们以后就得意的说:"可不是?我早就说过这病不要紧的!"于是他们就非常佩服的说:"我早就晓得医生的手段高!"

"发烧到现在,多少时候啦?"

"两天。"

"为什么不早点来请我看呢?"我们就这样的埋怨着人家。说这句话,叫做伸后腿。仿佛有什么事情就可一溜而跑的一样。病人要是死啦,我们已经说过,你们不早一点来请我。责任是你们的,不关我的事。病好啦,我们医生的本领更其高。我们将说:"你们的运气总算好,再迟一点请我来,就没有办法啦。"我们不必说这是我们医生的功劳,他们自然会更其感谢的说:"幸亏医生本领高!"

就是这样,我把话交代过,坐着原轿回家啦。不用说,诊费是加倍的。阿大还亲自送我出来,走了许多路,才作揖打躬的回去。对着这个人,我真替他担忧。人是不能再好啦。像他的父亲,已经上了年纪,留在世上实在可以说并没有什么用处。我看过许多老人的病,做儿子的都没有像他那样着急。甚至有些青年还暗中在祷祝做父亲的快点死的。那

一个做儿子的比得上阿大!可是他口吃得那么利害,事情越急他就越说不出话来啦。不,不不晓得,天,天下的,的人——喔!我一想到他,不觉自己也口吃起来啦!我是说,不晓得天下的人,为什么好的常是短命,或者带一点毛病,坏人总是生得口齿伶俐,身强力壮呢?你倘若不相信我这话,我可以举出许多人来做例子。如果觉得这样太离开故事啦,我就举这个故事中的另外一个人。这是千真万确,绝不是杜撰的。你说是谁?一个什么样的人?

你静静的听着吧,我立刻要讲到他啦。你暂时不要问我,那是什么人。

话说阿大的父亲当夜吃了我一剂药,依然没有减轻,反而像更加利害啦。第二天早晨十点钟,又请我去看了一次,下午五点钟又来请啦。真见鬼,我想。天下那里有这样的药,要想吃了立刻见效!何况我已经说过,我的方子是胡凑的,我实在不想再去啦。但是经不住阿大几次三番的恳求,只得又去跑了一趟。

这次可把我吓了一大跳!阿大的开口停着两顶轿子,有两个人刚刚走进去。我一眼看见那轿子,两顶中有一顶是医院里的,用白布遮着,画着红的十字。

不得了!我想,他们请西医来看了!不相信我了!……这倒还不要紧,倘若我说是肺火,他说是胃火,怎么办呢?……这倒还不要紧,胃与肺原来在一个地方的,怕只怕他说是肾火,肠火,那就相差得远啦!……

怎么办呢?我想着想着。自己的轿子已经停下来啦。

"不是请了西医来了吗?我还是回去,大老板!"我回头对着阿大说,坐着不肯下来。同时,觉得自己面孔快要红啦。亏得年纪大了一点,碰到各种各样的事情多,立刻又把心镇定起来。

"不不不不管他,我不不不不相信西医!这这这浑帐!"他红着脸,气愤地蹬着脚。

我本想再问他几句话,但他那样的口吃,半天弄不清。大门口进出的人多,给别人看见了反起疑心,也就只得硬着头皮进去啦。现在这世界,做人第一要头皮硬,不硬的人休想活着,我告诉你。

啊呀!天晓得!你说怎么样?我只得硬着头皮进去啦,我刚才已经说过。一进得门来,我首先就注意那个穿白衣服的西医。他正坐在病人

的床边，一手拿着一只手表，一手按着脉。他听见我脚步声，忽然回过头来。天晓得！真是天晓得！这个西医就是老张！什么样的老张呢？让我告诉你：

他比我小两岁，是我的同乡同学。我们都只读过小学校的书。在学校里，我们坐在一把椅子上，睡在一个房子里，一张床上，一个桌子吃饭。他从来不喜欢读书，只喜欢玩。功课比我差。abcd一生弄不清楚。小学出来后，我们已经二十多岁，生了儿子，都没有升学，在家里闲着，有时帮人家写写信，有时管管闲事。后来我们的父亲都过世啦，家里渐渐快吃光啦，于是两个人才恐慌起来，想学一点本事糊口。可是已经迟啦，我们都已是三十岁左右的人，脑筋钝啦，心也散啦，还能够学得成什么？没有办法，便想出一种骗钱的方法，我做中医，他做西医，我们都筹了笔款，说是到京里去学医，同时离开了家乡，在京城里住上了一年，这一年来过的什么生活，现在不讲啦，讲起来愈加太笑话啦。总之，那是天晓得地晓得的生活！一年住满，我们回家啦。算是毕了业。他挂起牌子来，我也挂起牌子来。他的牌子上还写着金色的大字："医学博士"。我呢，是中医，没有这些好头衔，只好写着："留京神医"四个大字。我们的房子里挂满了大大小小的匾额，某人送的，某人送的，都是经我们医好了病的人。其实这些东西全是自己花了钱做的。那上面的名字，有些并无此人，有些连本人也不曾知道，也永不会知道。可是乡下人却信以为真，立刻一传十，十传百的传了开去，我们的生意特别好了起来。这样的混了三四年，我因为别种缘故，到别的地方挂牌去啦，再过两年，我又因为某一种缘故，到了那五里镇上。

我和老张虽然要好，像是亲兄弟似的，但因为各人忙着应付眼前的事情，自从我离开家乡后，从来没有通过消息。我和老张都是一样的脾气，不爱写信。倘使有空闲的时间，那末打麻雀比写信还要紧些。所以我刚才说过，一看老张就吓了一跳，因为我并不晓得，也永不会想到他也会在那里。

喔喔，关于这些，我不再多说啦。我得讲我们碰到了以后的事，请你静静的听着……

我吓了一跳，我刚才已经说过。老张也吓了一跳的，我看出他的发光

的眼睛来。他站了起来,和我打了一个招呼。但那是平常的招呼,和对不认识的人一样。这是我们两个人以前定好的。我们两个人倘若碰在一道,我们都要装做不认识或者有仇恨的样子。我们只是心里明白。所以要这样做,为的使人家不会起疑心,倘若我们两个人的诊断是一样的,或者并没有什么争执。在可能范围之内,像那一次老张还没有下诊以前,他就先这样说了:

"这病,西医叫做拉斯泰尼亚卡斯妥,拉丁字母拼起来是msdlaezyxgp。请问先生,你诊断他是什么病?"他这样说,好像考试我,看我不起一样。

"我诊断是肺火。"

"对啦,对啦,一点也不错。拉斯泰尼亚卡斯妥这个名字,给我们西医翻译出来,叫做肺炎,炎就是火,火就是炎。这病,看起来必须清火退热。"

"我昨夜开的方子正是这样!"

"那么,让我来加一点外工吧!你来清里面的火,我来退外面的热!"

于是我们两人的买卖都成全啦。

"好!既然这样,就请西医打针!"

房子里忽然有人大声叫了起来,又把我吓了一跳。我连忙定睛一看,原来是一个穿西装的少年。我刚已经说过,和老张一道进门来的,还有一个人。我一进房里。就注意着老张,却把他忘记啦。

这个人,我刚才已经说过,就是我要举例的人了。

他的眼睛近视得非常利害,戴着很厚很厚的镜子。看过去,他的眼睛只像一条线,并没有睁开来的模样。他的背是驼的。他的身子很矮,又很瘦。

天晓得!我暗暗给他叹息说。天下怎样会有这么难看的——这简直不像人啦!一个人生了这样的毛病,永不会出头啦。别的病有法子医;驼背近视眼,扁鹊再世也没有办法!有了这样的病,倒不如不活!但是,世上的人全不和我一样想法。你看他生得这样难看,却偏要学时髦,穿着一套簇新的西装。头颈上还打着一个很大的黑结,头发梳得非常光滑,涂着香膏,身上还像喷了香水。他大约以为这样打扮,会减少他一点难看吧。哈哈,我看他如果老老实实的穿着一套本地人的短农裤,像叫化子似的打扮

着,也许人家不会觉得这么难看的哩。

这个人是谁呢?原来就是阿二,这就是阿大的亲兄弟啦。难兄难弟,真是一点也不错!你听,阿大马上发气啦,蹬着脚骂啦。

"你你……你这浑……浑帐!你要要害害害死我我的爹吗?"

"你的爹就是我的爹!你要他病好,我也要他病好!你敢瞎说!……"

"病病得这样,你你这浑浑帐,还还还要打打针!……你不是是催催他早死?……"

"只有打针,才来得及!你问医生就知道!药吃下去要一天,针打下去只要半点钟!是吗,张医生?"

老张点了一点头。

"不不不不准!"阿大咬着牙齿说。

"偏要打针!我要救爹的命!"阿二昂着头,向阿大逼了近去。

"不不不准!你你要害害死爹!"

"你要害死爹!你要害死爹!爹病得这样利害,你只是请中医看,到现在还不肯听我的话!你打电报给我,要我火速回来,难道是要我来送终吗?"

"放屁!放放屁!你你懂得什什什什么!"

"我比你懂得多!我比你有知识!你是一个乡下老!你没有进过学校!你没有跑过码头!你懂得什么!……现在外面都是请西医,外国人没有一个吃中国药!……"

"你你这这浑帐!我我和爹赚赚的钱,送送送你进进进学学学校,你你今天天倒倒倒来骂骂骂我!我我我们的祖祖祖宗都吃中中国药!没没没有吃吃吃过外外国药!……"阿大几乎要打阿二啦。他气得真凶。

"阿弥陀佛!"他们的母亲急得流眼泪,说。"为了你们的爹,不要在这里闹吧!让他静静的躺着!他快要被你们闹死啦!病得这样,还吃什么药!打什么针!你们还是依从我,让我到观音寺里去求仙水来。不要只是不相信,老是围着我,不让我走。观音菩萨大慈大悲,没有不救你们的爹的。像你们的爹,一生没有作过一点恶,你们又都是很有孝心的儿子,再加上我平时吃素念经,一定有求必应。无论是西医,是中医,都赶不上观音菩萨灵!……听我的话!都不要闹!我只相信观音菩萨!现在就让我去!那

个阻我的，就是不孝！"

她说着，眼泪纷纷流了下来。她现在一定要走啦。阿大和阿二到底是孝子，心里虽然不赞成，却不敢说出半个"不"字来，只是两个人着急地眼对眼的呆望着。

但是另外却又有一个人说话啦。那是阿大的姊姊。她比她的两个兄弟聪明的多啦。她不说她不赞成她母亲的办法，她的话说得很有道理。她说：

"妈！这里到观音寺有十五里路，求神又坐不得轿，你一个女人家，来去要费多少时候，爹的病已经这样利害，求得仙水来，晓得还赶得上赶不上！还是依我刚才的办法，快点灌一点参汤进去吧！……两位医生，你们说对不对？"她回头来问我们说。

"人参是什么东西！"阿二说，"树根罢了，当得什么用！张医生，你说是吗？"

老张没有做声，只是呆呆地望着我，像不很快乐的样子。我给她这样一问，倒被她突然提醒啦，原来我是医生！我刚才简直忘记这个啦。我好像是在那里听故事一样，只顾听着他们的争论，觉得每一个人都有道理，正在想这个故事不知道将如何了结哩。

"照我看来，"我回答啦，"大家都对。这里的人没有谁不希望他的病好起来。即使像我们两个医生，虽然和病人没有多大关系，也没有不想用尽心血把他医好的。不过，现在既然大家争执得利害，还是问问病人自己吧。看他愿意怎样！"

这话一说出去，大家都赞成啦。他们仿佛把我当做了审判官一样。他们不再争执啦。

不但他们，就连躺在床上的病人也点起头来啦。他本烧着很高的烧，什么都不懂得了的。这时不晓得怎样，说也奇怪，忽然清醒啦。他在摇着手，叫大家走近去。于是我们便依着他的意思，走到了他的床边。

他说话啦。喉咙有点生硬，一个比一个字慢，很吃力的样子。

"你们的话，我都听见。不要着急。死活有数。听天由命好啦！"

他像还想再讲几句话，但是他疲乏啦，他又闭上了眼睛，不做声啦。

"老是听天由命！"阿大的母亲走了开来，又急又恨的说。"我照我的意思做！主意拿定啦！"她说着就走到自己的房里去换衣服，急急忙忙地拿着

一串香珠走啦。没有谁再敢阻挡她。

阿大的姊姊从柜子里拿了一支人参，到厨房去煎啦。

我看着这情形，便也退了出来。我想，早点回去吧，在这里没有多大好处。这病人眼见得就要死啦。给他送终，倒太犯不着。但是一走到门口，阿大却把我拉住啦。他一面在我的手里塞下一包钞票，一面恳求我说：

"一定开开开一个方方方方子！医生，救救我我的爹！"

你说我有什么方法拒绝他？我终于被他拖到别一间房子里，马马虎虎地开了一个方子。随后便坐着原轿回家啦。阿大还作揖打躬的送我到大门外十几步远的地方。

这时病人的房子里，只剩了老张和阿二啦。你说他们在那里做什么？老张被阿二逼着给他父亲打了两针哩！我怎么知道吗？我刚才已经说过，老张是我要好的朋友，他后来这样告诉我的。

这以后，你说怎么样？天晓得！真是天晓得！一个人有了病，已经够啦，还加上是老头子，自己本来要死的。自己要死的也就够啦，又碰到了我这样的医生！我这个医生够啦，又来了老张这么个西医！老张也够啦，还要加上观音菩萨的仙水！仙水仙水，谁知道还有人参人参！天哪！这样弄起来，可不是前后夹攻，左右包围，上下袭击，铜筋铁骨的人也要死的吗？

阿大的父亲自然立刻完啦！

完啦以后。又怎么样呢？幸亏没有弄到我和老张的身上来。阿二只怪阿大，因为他迷信中医，硬要他的父亲吃中药。阿大只怪阿二，说是他迷信西医，硬要他父亲打针。阿大的姊姊怪的是她母亲。她母亲怪的就是她。

阿大的父亲是被人害死的！大家都这样说。听说他们后来还打过架，闹得很凶。幸亏没有闹到我和老张的身上来。

你不要笑，以为这些人全是傻子。他们实在都是最好的人，最忠厚的人，心地最清白的人。这种人，世上是很不容易，很不容易找到的。然而我这样说，可并不鼓励你去学做那样的人。这是你的事，和我的故事无关。反过来，我这样说，也并不反对你去学做那样的人。这也是你的事，也和我的故事无关。我只讲我的故事。

你也不要笑，以为我曾经是一个怎么样坏的医生，今天还当着你的面一五一十的讲了出来。我所讲的，原来是故事。故事不一定是真的。但是我这样说，你也不必以为故事就是假的。

我只有一句话可以肯定的告诉你：无论是真的假的，假的真的，全是笑话。因为从古到今，从今到古，不是笑话的人生，还不曾出现过。而故事，是笑话的笑话！

你相信我的话也由你，不相信我的话也由你。这些都不关我的事。我只讲我的故事。

我的故事现在就此完结啦。

再会，再会！

(选自短篇小说集《屋顶下》，1934年3月，上海现代书局)

安 舍①

南国的炎夏的午后，空气特别重浊，雾似的迷漫地凝集在眼前。安舍的屋子高大宽敞。前面一个院子里栽着顽长的芭蕉和相思树，后面又对着满是枇杷和龙眼树的花园，浓厚的空气在这里便比较的稀淡了些。安舍生成一副冰肌玉骨，四十五年来，不大流过汗，尤其是她的内心的冷寞和屋子的周围的静寂打成了一片，使她更感觉清凉。

和平日一样，她这时仍盘着脚坐在床上，合了眼，微翕着嘴唇，顺手数着念珠。虽然现在的情形改变了，她的凄凉的生活已经告了一个段落，她这是习惯地，在寂寞的时候，将自己的思念凝集在观音菩萨的塑像上。倘不是这样，自从二十岁过门守寡的时节起，也许她的生命早已毁灭了。这冗长的二十五年的时光，可真不易度过。四十岁以前，她不但没有出过院子，就连前面的厅堂，也很少到过。这一间房子，或者甚至于可以说，现在坐着的这一个床，就是她的整个的世界。德是六岁才买来的。也只看见她这五年来的生活。再以前曾经陪伴着她度过一部分日子的两个丫头，现在也早已不在了。谁是她的永久的唯一的伴侣呢？谁在她孤独和凄凉的时候，时时安慰着她呢？怕只有这一刻不离手的念珠了。它使她抛弃了一

---

① 闽南人呼年老的女人为"舍"，即婆婆之意。

切的思念，告诉她把自己的精神完全集中在佛的身上，一切人间的苦痛便会全消灭。她依从着这个最好的伴侣的劝告。果真把失去了的心重复收了回来，使暴风雨中的汹涌的思潮，归于静止；直到今日，还保留着像二十岁姑娘那样的健康。——而且，她现在也有了儿子，她终于做了母亲了……

"毕清……"

安舍突然被这喊声惊醒过来，一时辨别不出是谁的声音，只觉得这声音尖锐而且拖长，尾音在空气里颤扬着，周围的静寂全被它搅动了。她惧怯地轻轻推醒了伏在床沿打盹的德，低声的说：

"谁来了，德，去看一看，不要做声。"

德勉强地睁着一对红眼，呆了一会，不快活地蹑着脚走到前面的厅堂。厅堂的门虚掩着。德从门隙里窥视出去。

院子里，在相思树下，站着一个年青的学生。他左手挟着一包书，右手急促地挥动着洁白的草帽，一脸通红，淌着汗，朝着厅堂望着，但没有注意到露在门隙里的德的眼睛。

"毕清！……毕清在家吗？……"

他等了一会焦急地皱着眉头，格外提高着喉咙。又喊了。

但是德不做声，蹑着脚走了。她认识这一个学生。他是常来看毕清的。

"妈，姓陈的学生。"德低声的回复安舍说，撅着嘴。

"快把门拴上，说我也不在。"安舍弯下头来，低声的说。她的心又如往常似的跳了起来，脸也红了。她怕年青的客人。

德很高兴，又蹑着脚走到厅堂。她和安舍一样，也最怕年青的客人，尤其是这一个学生。刚才她才将睡熟，这不识相的客人把她噪醒了，她可没有忘记。

"没有凳子给你坐！不许你进来！"德得意地想着，点了几次头，撅着嘴。

随后她走到门边，先故意咳嗽了两声，在门隙里望着。她看见那学生正蹲在树下，把书本放在膝上，用铅笔写着字。他似乎听见了德的咳嗽声，抬起头来，望着，不自信地又问了一声：

"里面有人吗？"

"看谁呀？"德的声音细而且响。

"看毕清!"那学生说着站了起来。

"出去了!"

"什么时候回来?"

"谁晓得!"

"你妈呢?"那学生向着厅堂走近来了。他显然想进来休息一会。

"也不在!"德的语气转硬了。她用力推着门砰的一声响了起来,随后便把它拴上。

学生立刻停住在檐下,惊讶地呆了一会,起了不快的感觉。

"明天来!"德的声音里含着嫌恶,眼睛仍在门隙里注视着檐下的学生,仿佛怕他会冲开门,走进来。

"妈的!这小鬼!"客人生了气,在低低的骂着。他知道这丫头是在故意奚落他。他可记得,屡次当他来的时候,毕清叫她倒茶,总是懒洋洋的站着不动。还背着毕清恶狠狠地瞪他一眼。现在没有一个主人在家,她愈加凶了。他本想留一张字条给毕清。给她这一气,便顺手撕成粉碎,嘘着气走了。

德仍在门隙里张望,猫儿似的屏息地倾听着,像怕那学生再走回来。许久许久,她才放了心,笑着走到后房。

"妈!学生走了。门不关得快,他一定闯进来了!"德得意的说。"真讨厌!还咕噜咕噜骂我呢!"

"你说话像骂人,他一定生了气!对你说过多少次。老是不改!"安舍闭着眼,埋怨说。但她的上唇和两颊上却露出了安静的微笑的神色。她的惧怯已经消失了。

"妈!你又怪我了!这种人,不对他凶,怎么办?来了老是不走!香烟一支一支抽不完,茶喝了又喝!吃了点心还要吃饭!人家要睡了,他还坐着!毕清不见得喜欢他!妈!你可也讨厌!"

"他可是毕清的同学,不能不招待。我倒并不讨厌。"

"妈叫我关的门,还说不讨厌!"

"你还只九岁,到了十七八岁才会懂得!去吧,后园里的鸡该喂一点东西了。"安舍打发德走了,重又合上两眼,静坐着。她的嘴唇,在微微的翕动,两手数着念珠。她的脸上发着安静的,凝集的光辉。她的精神又集中

在佛的身上了。

但是过了不久,院子里又起了脚步声。有人在故意的咳嗽。那是一种洪亮的,带痰的,老人的声音。

安舍突然睁开眼睛,急促地站了起来。她已认识咳嗽的声音。

"有人吗?"门外缓慢的询问。

"康伯吗!——来了。——德!德!康伯来了!快开门!"

她一面叫着,一面走到镜架边,用手帕揩着眼角和两颊。她的两颊很红润,额上也还没有皱纹。虽然已经有了四十五岁,可仍像年青的女人。她用梳整理着本来已经很光滑的黑发,像怕一走动,便会松散下来似的。随后又非常注意地整理着自己的衣服,加了一条裙。把纤嫩洁白的手,又用肥皂水洗了又洗,才走到厅堂去。

"康伯长久不来了。"她说着,面上起了红晕。"德,泡茶来!"

"这一晌很忙呢。"康伯含着烟管摇着蒲扇,回答说。他已在厅堂坐了一会了。

"府上可好?"

"托福托福。"康伯说着,在满是皱纹的两颊和稀疏的胡须里露出笑容来。

"毕清近来可听话?肯用功吗?"康伯又缓慢的问,眼光注视着她。

她感到这个,脸上又起了一阵红晕,连忙低下头来,扯着自己的衣角,像怕风把它掀起来似的。随后她想了一想,回答说:

"都还可以。"

"这孩子,"康伯抽了一口烟,说,"从小顽皮惯了。虽然上了二十四岁,脾气还没有改哩。有什么不是,打打他骂骂他,要多多教训呢。"

"谢谢康伯。我很满意哩。"

"那里的话。你爱继了我这个儿子,我和他的娘应该谢谢你。我们每天受气的真够了。——这时还没有回来吗?"

"大概还在上课。"

"三点多了,早该下了课!一定又到那里去玩了!第二个实在比他好得多,可惜年纪太大了。你苦了一生,应该有一个比这个更好的过继儿子!老实说,天下有几个守节的女人,像你这样过门守寡愈加不用说了!"康伯

说着，仰着头，喷着烟，摇着扇，非常得意的神情。

安舍听着这赞扬，虽然高兴，但过去的苦恼却被康伯无意中提醒了。她凄怆地低头回忆起来。

过去是一团黑。她几乎不曾见到太阳。四十一岁那一年，她已开始爬上老年的阶段，算是结束了禁居的生活，可以自由地进出了。那时候，当她第一次走到前面的院子里，二十年来第一次见到明亮的天空和光明的太阳的时候，她那习惯了黑暗的眼睛刺痛得睁不开，头晕眩得像没落在波涛中的小舟，两腿战栗着，仿佛地要塌下去，翻转来的一般。那是一种什么样的生活！……

她这样想着的时候，突然觉察出自己的眼睛里已经充满了泪水，并且正是坐在康伯的对面，又不觉红了脸，急忙用手帕去拭眼睛。康伯虽然是自己的没见过面的丈夫的亲兄弟，她在四十岁以前可并不曾和他在一个房子里坐谈过一次。像现在这样对面的坐着，也只这半年来，自从他把毕清过继给她以后，才有了这样的勇气。可是康伯到底是男人，她依然时刻怀着惧怯。就在当她伸手拭着眼睛的时候，她又立刻觉察出自己的嫩白的手腕在袖口露出太多了，又羞涩地立刻缩了回来，去扯裙子和衣角，像怕风会把它们掀起来似的。

鲁彦精品集

康伯抽着烟，喝着茶，也许久没有说话。他虽然喜欢谈话，但在安舍的面前，却也开不开话盒子来。他知道安舍向来不喜欢和人谈话，而且在她的面前也不容易说话，一点不留心，便会触动她的感伤。于是他坐了一会，随便寒暄几句，算是来看过她，便不久辞去了。

安舍像完成了一件最大最艰难的工作似的，叫德把厅堂门掩上，重又回到自己的房里，仔细地照着镜子，整理着头发和衣服，随后又在床上盘着脚，默坐起来。

现在她的思念不自主的集中在毕清的身上了。

康伯刚才说过，已经有了三点多，现在应该过了四点。学校三点下课，毕清早该回来了。然而还一点没有声息。做什么去了呢？倘有事情，也该先回来一趟，把书本放在家里。学校离家并不远。康伯说他虽然有了二十四岁，仍像小的时候一样顽皮，是不错的。他常常在后园里爬树，从很高的地方跳下来。安舍好几次给他吓得透不出气。在外面，又谁晓得他在怎

样的顽皮。这时不回家，难保不闯下了什么祸。

安舍这样想着，禁不住心跳起来，眼睛也润湿了。她只有这一个儿子。虽然是别人生的，她的生命可全在他的身上。艰苦的二十五年，已经度过了。她现在才开始做人，才享受到一点人间的生趣。没有毕清，虽然已经过了禁居的时期，她可仍不愿走出大门外去。现在她可有了勇气了。在万目注视的人丛间，毕清可以保护着她。因为他是她的儿子。在喊娘喊儿的人家门口，她敢于昂然走过去。因为她也有一个儿子。这一切，还只是一个开始。在最近的将来，她还想带着毕清，一道到遥远的普陀去进香，经过闹热的上海，杭州，观光几天。随后造一所大屋，和毕清一道，舒适地住在那里。最后她还需要一个像自己亲生似的小孩，从出胎起，一直抚养到像现在的毕清那么大。不用说，才生出的小孩，拉屎拉尿，可怕的厉害，但毕清生的，也就怕不了这许多。

她想到这里。又不禁微笑起来。她现在是这个世上最幸福最光荣的主人了……

她突然从床上走下来了。她已经昕到大门外的脚步声和嘘嘘的口哨声。这便是毕清的声音，丝毫不错的。她不再推醒伏在床沿打盹的德，急忙跑到厅堂里。

"清呀！"还没有看见毕清，她便高兴得叫了起来。

"啊呀！天气真热！"毕清推开门，跳进了门限。

他的被日光晒炙得棕色的面上，流着大颗的汗，柔薄的富绸衬衫，前后全湿透了，粘贴在身上。他把手中的书本丢在桌上，便往睡榻上倒了下去。

"走路老是那么快，"安舍埋怨似的柔和的说。她本想责备他几句，回得那么迟，一见他流着一身的汗，疲乏得可怜，便说了这一句话。

"德！倒脸水来！毕清回来了！德！"她现在不能不把德喊醒了。

德在后房里含糊地答应着，慢慢地走到厨房去。

安舍一面端了一杯茶，给毕清，一面用扇子扇着他。她想和他说话，但他像没有一点气力似的，闭上了眼睛。扇了一会，安舍走到毕清的房里，给他取来一套换洗的衣服。德已经捧了一盆水来。安舍在睡榻边坐下，给他脱去了球鞋和袜子，又用手轻轻敲着，抚摩着他的腿子。她相信他的腿子已经走得很疲乏。

"起来呀，清！换衣服，洗脸呢！"

"我要睡了。"

"一定饿了，——德！你去把锅里的饭煮起来吧。可是，清呀！先换衣服吧！一身的汗，会生病的呢！"她说着，便去扯他的手。

但是毕清仍然懒洋洋的躺着，不肯起来。安舍有点急了。她摸摸他的头，又摸摸他的手心，怕他真的生了病。随后又像对一个几岁小孩似的，绞了一把面巾，给他揩去脸上和颈上的汗。她又动手去解他的衬衣的扣子。但是毕清立刻翻身起来了，红着面孔。

"我自己来！"他说着，紧紧地捻住了自己的衣襟。

"你没有气力，就让我给你换吧！"

毕清摇一摇头，脸色愈加红了，转过背来。安舍知道他的意思，微笑着，说：

"怕什么，男子汉！我可是你的母亲！"

毕清又摇了一摇头，转过脸来，故意顽皮的说：

"你是我的婶母！"

安舍立刻缩回手来脸色沉下了。

但是毕清早已用手攀住了她的红嫩的头颈，亲密地叫着说：

"妈！你是我最好的妈！"他又把他的脸贴着她的脸。

安舍感觉到全身发了热，怒气和不快全消失了。

"你真顽皮！"她埋怨似的说，便重又伸出手去，给他脱下衬衣，轻缓地用面巾在他的上身抹去汗，给他穿上一件洁白的衬衣。

"老是不早点回来，全不管我在这里想念着。"这回可真的埋怨了。

"开会去了。"

"难道姓陈的学生今天没有到学校里去？他三点多就来看过你。"

"陈洪范吗？"

"就是他。还有你的爹。"

"为什么不叫陈洪范等我回来呢？我有话和他说。"

"叫我女人家怎样招待男客！"

"和我一样年纪，也要怕！难道又把门关上了不成？"

"自然。"

毕清从床上跳了起来。他有点生气了。

"大热天,也不叫人家息一息,喝一杯茶!我的朋友都给你赶走了!"

安舍又沉下脸,起了不快的感觉。但看见毕清生了气,也就掩饰住了自己的情感。她勉强地微笑着说:

"你的朋友真多,老是来了不走,怎怪得我。我是一个女人。"

"这样下去,我也不必出门了!没有一个朋友!"毕清说着,气闷地走到隔壁自己的房里,倒在床上。

安舍只得跟了去,坐在他的床边,说:

"好了,好了,就算我错了。别生气吧,身体要紧!"

但是毕清索性滚到床的里面去了,背朝着外面,一声也不响。

安舍盘着脚,坐到床的中央去,扯着他。过了一会,毕清仍不理她,她也生气了。

"你叫我对你下跪吗?"她咬着牙齿,说;狠狠地伸出手打去。但将落到他的大腿上,她的手力立刻松了,只发出轻轻的拍声。

"你要打就打吧!"毕清转过脸来,挑拨着说。

"打你不来吗?你的爹刚才还叫我打你的!"

"打吧,打吧!"

"你敢强,扯开你的嘴巴!"她仍咬着牙齿,狠狠的说。

"扯呀!嘴巴就在这里!"

"扯就扯!"安舍的两手同时捻住了他的两颊。但她的力只停止在臂上,没有通到腕上。她的手轻轻地捻着,如同抚摩着一样,虽然她紧咬着牙齿,摇着头,像用尽了气力一样。

"并不痛!再狠些!"毕清又挑拨了。

"咬下你这块肉!"

"咬吧!"

"就咬!"她凶狠地张开嘴当真咬住了他的左颊,还狠狠地摇着头。然而也并没有用牙齿,只是用嘴唇夹住了面颊的肉,像是一个热烈的吻。

"好了,好了!妈!"毕清攀住她的头颈,低声叫着说。

安舍突然从他的手弯里缩了出来,走下床。她的面色显得非常苍白,

眼眶里全润湿了。

"我是你的妈！"她的声音颤动着。像站不稳脚似的，她踉跄地走回自己的房里。

毕清也下了床，摸不着头脑一样的呆了一会，跟了去。

安舍已经在自己的床上盘着脚默坐着。从她的合着的两眼里流出来两行伤心的泪。

"妈！我错了！以后听你的话！"毕清吃了惊，扯着她的手。

"我没有生你的气，你去安心的休息吧。不要扰我，让我静坐一会。"她仍闭着眼，推开了毕清的手。

毕清又摸不着头脑的走了出去，独自在院子里站了许久。他觉得他的这位继母的心，真奇异得不可思议。她怕一切的男人，只不怕他。她对他，比自己的亲娘还亲热。然而当他也用亲热回报她的时候，她却哭着把他推开了。刚才的一场顽皮，他可并没有使她真正生气的必要。他也知道，她的确没有生气。可是又为的什么哭呢？他猜测不出。愈想愈模糊，院子里的光线也愈加暗淡了。摸出时表一看，原来已经六点半了。他觉得肚子饥饿起来，便再转到安舍的房里去。

安舍没有在房里。他找到她在厨房里煮菜。

"你饿了吧，立刻好吃了。"她并不像刚才有过什么不快活的样子。

她正在锅上煎一条鱼。煮菜的方法，她在近五年来才学会。以前她并不走到厨房里来。她的饭菜是由一个女工煮好了送到她的房里去的。但是这荤菜，尤其是煮鱼的方法，她也只在毕清来了以后才学会。她不但不吃这种荤菜。她甚至远远地一闻到它的气息，就要作呕。现在为了毕清，她却把自己的嗅觉也勉强改过来了。她每餐总要给毕清煮一碗肉或者一碗鱼的。因为毕清很喜欢吃荤菜。

但当他们刚在餐桌边坐下，还没有动筷的时候，外面又有客人来了。

"毕清！"是一种短促的女人的声音，"你怎么忘记了我们的聚餐会呀！"

毕清立刻站了起来。进来的是一个十八九岁的清秀的女学生，打扮得很雅致。她对安舍行了一个恭敬的礼，便把眼光投射到毕清的脸上，微笑着。

安舍的心里立刻起了很不快的感觉。她认得这个女学生，知道她和毕

清很要好,时常叫他一道出去玩。这且不管它,但现在这里正坐下要吃饭,怎么又要把他引走呢?

"这里的饭菜都已经摆在桌上了。"安舍很冷淡的说。

"那里也立刻可吃了。"

"他已经很饿。"

"还有好几个人在那里等他呢。"

"不要紧,不要紧,"毕清对着安舍说,"坐着车子去。立刻就到的。"

"先在这里吃了一点再说吧。——德!添一副碗筷来,请林小姐也在这里先吃一点便饭。"

但是站在门边的德,只懒洋洋的睁着眼望着,并没有动。她知道这是徒然的。这个可厌的女学生常常突如其来的把人家的计划打破。她还记得,有一天毕清答应带她出去看戏,已经换好了衣服,正要动身的时候,这个女学生便忽然来到,把毕清引去了。

"不必,不必!我没有饿;那里等的人多呢!"

"就去,就去!那里人多菜多,有趣得多!"毕清高兴地叫着,披上外衣,扯着女学生的手,跨上门限。跳着走了。

安舍的脸色和黄昏的光一样阴暗。她默然望着毕清的后影,站了起来,感觉得一切都被那个可憎女子带走了。她的心里起了强烈的痛楚。她的眼前黑了下去。她不能再支持,急忙走到自己的房里,躲进她的床上。她还想使自己镇定起来,但眼前已经全黑了。天和地在旋转着。她没有一点力,不得不倒了下去。

过了许久,在黑暗与静寂的包围中,她哼出一声悲凉的,绝望的,充满着爱与憎的沉重的叹息。

(选自短篇小说集《屋顶下》,1934年3月,上海现代书店)

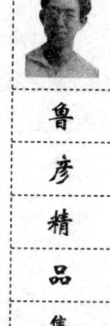

桥 上

轧轧轧轧……

轧米船又在远处响起来了。

伊新叔的左手刚握住秤锤的索子,便松软下来。他的眼前起了无数的黑圈,漫山遍野的滚着滚着,朝着他这边。

"嗨!……"这声音从他的心底冲了出来,但立刻被他的喉咙梗住了,只从他的两鼻低微地进了出去。

"四十九!"他定了一定神,大声的喊着。

"平一点吧,老板!还没有抬起哩!"卖柴的山里人抬着柴,叫着说,面上露着笑容。

"瞎说!称柴比不得称金子!——五十一!——五十五!——五十四!——六十……这一头夹了许多硬柴!叫女人家怎样烧?她家里又没有几十个人吃饭!——四十八!"

"可以打开看的!不看见底下的一把格外大吗?"

"谁有闲工夫!不要就不要!——五十二!——一把软柴,总在三十斤以内!一头两把。那里会有六十几斤!——五十三!——五十!——"

"不好捆得大一点吗?"

"你们的手什么手!天天捆惯了的!我这碗饭吃了十几年啦!五十

一！——哄得过我吗？——五十！"

轧轧轧轧……

伊新叔觉得自己的两腿在战栗了。轧米船明明又到了河南桥这边，薛家村的村头。他虽然站在河北桥桥上，到村头还有半里路，他的眼前却已经有无数的黑圈滚来，他的鼻子闻到了窒息的煤油气，他看见了那只在黑圈迷漫中的大船。它在跳跃着，拍着水。埠头上站着许多男女，一箩一箩的把谷子倒进黑圈中的口一样的斗里，让它轧轧的咬着，啃着，吞了下去……

伊新叔呆木地在桥上坐下了，只把秤倚靠在自己的胸怀里。

他自己也是一个做米生意的人……不，他是昌祥南货店的老板，他的店就开在这桥下，街头第一家。他这南货店已经开了二十三年了。十五岁在北碚市学徒弟，二十岁结亲，二十四岁上半年生大女儿，下半年就自己在这里挂起招牌来。隔了一年，大儿子出世了，正所谓"先开花后结果"，生意便一天比一天好了。起初是专卖南货，带卖一点纸笔，随后生意越做越大，便带卖酱油火油老酒，又随后带卖香烟，换铜板，最后才雇了两个长工砻谷舂米，带做米生意。但还不够，他又做起"称手"来。起初是逢五逢十，薛家村市日，给店门口的贩子拿拿秤，后来就和山里人包了白菜，萝菔，毛笋，梅子，杏子，桃子，西瓜，脆瓜，冬瓜……他们一船一船的载来，全请他过秤，卖给贩子和顾客。日子久了，山里人的柴也请他兜主顾，请他过秤了。

他忙碌得几乎没有片刻休息。他的生意虽然好，却全是他一个人做的。他的店里没有经理，没有帐房，也没有伙计和徒弟。他的唯一的帮手，只有伊新婶一个人。但她不识字，也不会算账，记性又不好。她只能帮他包包几个铜板的白糖黄糖，代他看看店。而且她还不能久坐在店里，因为她要洗衣煮饭，要带孩子。而他自己呢，没有人帮他做生意，却还要去帮别人的忙，无论谁托他，他没有一次推辞的。譬如薛家村里有人家办喜酒，做丧事，买菜，总是请他去的，因为他买得最好最便宜。又如薛家村里的来信，多半都由昌祥南货店转交。谁家来了信，他总是偷空送了去，有时念给人家听了，还给他们写好回信，带到店里，谁到北碚市去，走过店外，便转托他带到邮局去。

他吃的是咸菜，穿的是布衣，不爱赌也不吸烟，酒量是有限的，喝上半斤就红了脸。他这样辛苦，年轻的时候是为的祖宗，好让人家说说，某人有一个好的儿孙；年纪大了，是为的自己的儿孙，好让他们将来过一些舒服的日子。他是最爱体面的人，不肯让人家说半句批评。当他第二个儿子才出世的时候，他已经做了一桩大事，把他父母的坟墓全造好了。"钱用完了，可以再积起来的，"他常常这样想。果然不到几年，他把自己的寿穴也造了起来，而且把早年死了的阿哥的坟也做在一道。以后他便热热闹闹的把十六岁的大女儿嫁出去，给十岁的儿子讨了媳妇。到大儿子在上海做满三年学徒，赚得三元钱一月，他又在薛家村尽头架起一幢三间两巷的七架屋了。

然而他并不就此告老休息，他仍和往日一样的辛苦着，甚至比从前还辛苦起来。逢五逢十，是薛家村的市日，不必说。二四七九是横石桥市日，他也站在河北桥桥上，拦住了一二只往横石桥去的柴船。

"卖得掉吗？"山里人问他说。

"自然！卸起来吧！包你们有办法的！"

怎样卖得掉呢，又不是逢五逢十，来往的人多？但是伊新叔自有办法。薛家村里无论哪一家还有多少柴，他全知道。他早已得着空和人家说定了。

"买一船去！阿根嫂！"，他看见阿根嫂走到桥上，便站了起来，让笑容露在脸上。

"买半船吧！"

"这柴不错，阿根嫂，难得碰着，就买一船吧！五元二角算，今天格外便宜，总是要烧的，多买一点不要紧！——喂！来抬柴，长生！"他说着，提起了秤杆。

"五十一！——四十九！——五十三！……"

轧轧轧轧……

轧米船在薛家村的河湾那里响了。

伊新叔的耳朵仿佛塞了什么东西，连自己口里喊出来的数目，也听不清楚了。黑圈掩住了手边的细小的秤花，罩住了柴担和山里人，连站在旁边的阿根嫂也模糊了起来。

"生意真好！"有人在他的耳边大声说着，走了过去。

伊新叔定了一定神，原来是辛生公。

"请坐，请坐！"他像在自己的店里一样的和辛生公打着招呼。

但是辛生公头也不回的，却一径走了。

伊新叔觉得辛生公对他的态度也和别人似的异样了。辛生公本是好人，一见面就惯说这种吉利话的。可是现在仿佛含了讥笑的神情，看他不起了。

轧轧轧轧……

轧米船又响了。

它是正在他造屋子的时候来的。房子还没有动工的时候，他已经听到了北禊市永泰米行老板林吉康要办轧米船的消息。他知道轧米船一来，他的米生意就要清淡下来，少了一笔收入。但是他的造屋子的消息也早已传了开去，不能打消了。倘若立刻打消，他的面子从此就会失掉，而且会影响到生意的信用上来。

"机器米，吃了不要紧吗？"他那时就听到了一些人对他试探口气的话。

"各有各的好处！"他回答说，装出极有把握的样子，而且索性提早动工造屋了。

他知道轧米船一来，他的米生意会受影响，但他不相信会一点没有生意。他知道薛家村里有许多人怕吃了机器米生脚气病，同时薛家村里的人几乎每一家都和他相当有交情。万一米生意不好，他也尽有退路。他原来是开南货店兼做杂货的。这样生意做不得，还有那样。他全不怕。

但是林吉康仿佛知道了他提早动工的意思，说要办轧米船，立刻就办起来了。正当他竖柱上梁的那一天好日子，轧米船就驶到了薛家村。

轧轧轧轧……

这声音惊动了全村的男女老小，全到河边来看望这新奇的怪物了。伊新叔只管放着大爆仗和鞭爆，却很少人走拢来。船正靠在他的邻近的埠头边，仿佛故意对他来示威一样。那是头一天。并没有人抬出谷子来给它轧。它轧的谷子是自己带来的。

轧轧轧轧……

这样的一直响到中午，轧米船忽然传出话来，说是今天下午六点钟以前，每家抬出一百斤谷来轧的，不要一个铜板。于是这话立刻传了开去，薛家村里像造反一样，谷子一担一担的挑出来抬出来了。不到一点钟，谷袋谷箩便从埠头上一直摆到桥边，挤得走不通路。

轧轧轧轧……

这声音没有一刻休息。黑圈呼呼的飞绕着，一直迷漫到伊新叔的屋子边。伊新叔本来是最快乐的一天，觉得他的一生大事，到今天可以说都已做完了，给轧米船一来，却弄得落入了地狱里一样，眼前一团漆黑，这轧轧轧轧的声音简直和刀砍没有分别。他的年纪已经将近半百，什么事情都遇到过，一只小小的轧米船本来不在他眼里，况且他又不是专靠卖米过日子的。但是它不早不迟，却要在他竖柱上梁的那一天开到薛家村来，这预兆实在太坏了！他几乎对于一切事情都起了恐慌，觉得以后的事情没有一点把握，做人将要一落千丈了似的。他一夜没有睡熟。轧米船一直响到天黑，就在那里停过夜。第二天天才亮。它又在那里响了。这样的一直轧了两天半，才把头一天三点半以前抬来的谷子统统轧完。有些人家抬出来了又抬回去，抬回去了又抬出来，到最后才轧好。

伊新叔的耳内时常听见一些不快活的话，这个说这样快，那个说这样方便。薛家村里的人没有一个不讲到它。

"看着吧！"他心里暗暗的想。他先要睁着冷眼，看它怎样下去。有些东西起初是可以哄动人家的，因为它希奇，但日子久了，好坏就给人家看出了。这样的事情。他看见过好多。

轧米船以后常常来了。它定的价钱是轧一百斤谷，三角半小洋。伊新叔算了一算，价钱比自己请人砻谷舂米并不便宜。譬如人工，一天是五角小洋，一天做二百斤谷，加上一斤老酒一角三分，一共六角三分就够了。饭菜是粗的，比不得裁缝。咸齑，海蜇，龙头鲓，大家多得很，用不着去买，米饭也算不得多少。有时请来的人不会吃酒，这一角三分就省去了。轧出来的比舂出来的白，那是的确的。可是乡下人并不想吃白米，米白了二百斤谷就变不得一石米。而且轧出来的米碎。轧米船的好处，只在省事，只在快。可是这有什么关系呢？请人砻谷舂米，一向惯了，并不觉得什么麻烦。快慢呢，更没有关系，决没有人家吃完了米才砻谷的。

伊新叔的观察一点不错，轧米船的生意有限得很。大家的计算正和伊新叔的一样，利害全看得出来，而且许多人还在讲着可怕的话，谁在上海汉口做生意，吃的是机器米，生了好几年脚气肿病，后来回到家里吃糙米，才好了。

一个月过去了,伊新叔查查账目,受到的影响并不大。只有五家人家向来在他这里籴米的,这一个月里不来了。但是他们的生意并不多,一个月里根本就吃不了几斗。薛家村里的人本来大半是自己请人砻的。籴米吃的人或者是因为家里没有砻谷的器具,或者是因为没有现钱买一百斤两百斤谷,才到他店里来零碎的籴米吃,而且他这里又可以欠帐。轧米船抢去的这五家生意,因为他们比较的不穷,却是家里还购不起砻谷器具的,轧米船最大的生意还是在那些有谷子有砻具的人家。但这与他并没有关系。

两个月过去,五家之中已经有两家又回到他店里来籴米,轧米船的生意也已比不上第一个月,现在来的次数也少了。

"哪里抢得了我的生意!"伊新叔得意的暗暗地说。他现在全不怕了。他只觉得轧米船讨厌,老是乌烟瘴气的轧轧轧轧响着。尤其是他竖柱上梁的那天,故意停到他的埠头边来,对他做出吓人的样子。但是他虽然讨厌它,他却并不骂它。他觉得骂起它来,未免显得自己的度量太小了。

"自有人骂的。"他心里很明白,轧米船抢去的生意并不是他的。它抢的是那些给人家砻谷舂米的人的生意。轧米船在这里轧了二百斤谷子,就有一个人多一天闲空,多一天吃,少收入五角小洋。

"饿不死我们!"伊新叔早已听见有人在说这样又怨又气的话了。

那是真的,伊新叔知道,他们有气力拉得动砻,拿得动舂,挑得动担子,那一样做不得,何况他们也很少人专门靠这碗饭过日子的。

"一只大船,一架机器,用上一个男工,一个写账的,一个徒弟,看它怎样开销过去吧!"他们都给它估量了一下,这样说。

但是这一层,轧米船的老板林吉康早已注意到了。他有的是钱。他在北碛市开着永泰米行,万余木行,兴昌绸缎庄,隆茂酱油店,天生祥南货店,还在县城里和人家合开了一家钱庄。他并不怕先亏本。他只要以后的生意好。第三个月一开始,轧米船忽然跌价了。以前是一百斤谷,三角半小洋,现在只要三角了。

这真是大跌价,薛家村里的人又哄动了。自己请人砻谷的人家都像碰到了好机会,纷纷抬了谷子到埠头边去。

"吃亏的不是我!"伊新叔冷淡的说。他查了一查这个月的米生意,一

共只有六家老主顾没有来往。他睁着冷眼旁看着，轧米船的生意好了一回，又慢慢的冷淡下去了。许多人已经在说轧出来的砻糠太碎，生不得火；细糠却太粗，喂不得鸡，只能卖给养鸭子的，价钱卖不到五个铜板，只值三个铜板一斤，还须自己筛了又筛。要砻糠粗，细糠细，大家宁愿请人来先把谷砻成糙米，然后再请轧米船轧成熟米。但这样一来，不能再叫人家出三角一百斤，只能出得一角半。

轧米船不能答应。写账的说，拿谷子来，拿米来，在他们都是一样的手续。一百斤谷子只能轧五斗米，一百斤糙米轧出来的差不多仍有百把斤米，这里就已经给大家便宜了，那里还可以减少一半价钱。一定要少，就少到二角半，不能再少了。薛家村里的人不能答应，宁可仍旧自己请人砻好舂好。

于是伊新叔亲眼看见轧米船的生意又坏下去了。

"还不是开销不过去的！"他说，心里倒有点痛快。

"这样赚不来，赚那样！"轧米船的老板林吉康却忽然想出别的方法来了。

他自己本来在北碚市开着永泰米行的，现在既然发达不开去，停了又不好，索性叫轧米船带卖米了。

现在轧米船才成了伊新叔的真正的对头了。它把价钱定得比伊新叔的低。伊新叔历来对人谦和，又肯帮别人的忙，又可以做账，他起初以为这项生意谁也抢他不过，却想不到轧米船把米价跌了下来，大家争着往那里去买了。土白，中白，倒还不要紧，吃白米的人本来少，下白可不同了，而轧米船的下白，却偏偏格外定得便宜。

"这东西害了许多人，还要害我吗？"他自言自语的说。扳起算盘来一算，照它的价钱，还有一点钱好赚。

"就跌下来，照你的价钱，看你抢得了我的生意不能！"伊新叔把米价也重新订过了，都和轧米船的一样：上白六元二角算，中白五元六角算，下白由五元算改成了四元八角。

伊新叔看见轧米船的生意又失败了，薛家村里的人到底和伊新叔要好。这样一来，又全到昌祥南货店来籴米了，没有一个人再到轧米船去籴米。

"机器米，滑头货！吃了生脚气病，哪个要吃！"

林吉康看见轧米船的米生意又失败了,知道是伊新叔也跌了价的原因,他索性又跌起价来。他上中白的米价再跌了五分,下白竟又跌了一角。

伊新叔扳了一扳算盘。也就照样的跌了下来。

生意仍是伊新叔的。

然而林吉康又跌米价了:下白四元六。

伊新叔一算,一元一角算潮谷,燥干扇过一次,只有九成。一石米,就要四元谷本,一天人工三角半,连饭菜就四元四角朝外了,再加上屋租,捐税。运费,杂费。利息,只有亏本,没有钱可赚。

跟着跌不跌呢?不跌做不来米生意。新谷又将上市了,陈谷积着更吃亏。他只得咬着牙齿,也把米价跌了价。

现在轧米船的老板林吉康仿佛也不想再亏本了。轧米船索性不来了。他让它停在北碛市的河边,休了业。

伊新叔透了一口气过来,觉得亏本还不多,下半年可以补救的。

"瞎弄一场。想害人还不是连自己也害进在内了!"他嘘着气说,"不然,怎么会停办呢!"

但是他却没有想到林吉康已经下了决心,要弄倒他。

轧轧轧轧……

秋收一过,轧米船又突然出现在薛家村了。

它依然轧米又卖米。但两项的价钱都愈加便宜了。拿米去轧的,只要一角五分,依照了薛家村从前的要求。米价却一天一天便宜了下来。一直跌到下白四元算。

伊新叔才进了一批新谷,拼了命跟着跌,只是卖不出去。薛家村里的人全知道林吉康在和伊新叔斗花样,亏本是不在乎的,伊新叔跌了,林吉康一定还要跌。所以伊新叔跌了价,便没有人去买,等待着第二天到轧米船上去买更便宜的米。

伊新叔觉得实在亏本不下去了,只得立刻宣布不再做米生意,收了一半场面,退了工人,预备把收进来的谷卖出去。

"完啦,完啦!"他叹息着说,"人家本钱大,亏得起本,还有什么办法呢!"

然而林吉康还不肯放过他。他知道伊新叔现在要把谷子卖出去了,他

又来了一种花样。新谷一上场，他早已收入许多谷，现在他也要大批的出卖了。他依然不怕亏本，把谷价跌得非常的低。伊新叔不想卖了，然而又硬不过他。留到明年，又不知道年成好坏，而自己大批的谷存着，换不得钱，连南货店的生意也不能活动了。他没有办法，只得又亏本卖出去。

轧轧轧轧……

轧米船生意又好了。不但抢到了米生意，把工人的生意也抢到了。它现在三天一次，二天一次，有时每天到薛家村来了。

"恶鬼！"伊新叔一看见轧米船，就咬住了牙齿，暗暗的诅咒着。他已经负上了一笔债，想起来又不觉恐慌起来。他做了几十年生意，从来不曾上过这样大当。

伊新叔看着轧米船的米生意好了起来，米价又渐渐高了，他的谷子卖光，谷子的价钱也高了。

"不在乎，不在乎！"伊新叔只好这样想，这样说，倘若有人问到他这事情。"这本来是带做的生意。这里不赚那里赚！我还有别的生意好做的！"

真的，他现在只希望在南货杂货方面的生意好起来了。要不是他平时还做着别的生意，吃了这一大跌，便绝对没有再抬头的希望了。

他这昌祥南货店招牌老，信用好之外，还有一点最要紧的是地点。它刚在河北桥桥头第一家，街的上头，来往的人无论是陆路水路，坐在柜台里都看得很清楚。市日一到，担子和顾客全拥挤在他的店门口，他兼做别的生意便利，人家问他买东西也便利。房租一年四十元，双间门面，里面有栈房厨房，算起来也还不贵。米生意虽然不做了，空了许多地方出来，但伊新叔索性把南货店装饰起来，改做了一间客堂，样子愈加阔气了。到他店里来坐着闲谈的人本就不少，客堂一设，闲坐的人没有在柜台内坐着那样拘束，愈加坐得久了。大家都姓薛，伊新叔向来又是最谦和的，无论他在不在店里，尽可坐在他的店里，闲谈的闲谈，听新闻的听新闻，观望水陆两路来往的也有，昌祥南货店虽然没有经理，账房，伙计，学徒，给他们这么一来，却一点不显得冷落，反而格外的热闹了。

但这些人中间有照顾伊新叔的，也有帮倒忙的人。有一天，忽然有一个人在伊新叔面前说了这样的话：

"听说轧米船生意很好，林吉康有向你分租一间店面的意思呢！"

伊新叔睁起眼睛,发了火,说:

"——哼!做梦!出我一百元一月也不会租给他!除非等我关了门!"他咬着牙齿说。

"这话不错!"大家和着说。

说那话的是薛家村的村长,平时爱说笑话,伊新叔以为又是和他开玩笑,所以说出了直话,却想不到村长说这话有来因,他已经受了林吉康的委托。伊新叔不答应,丢了自己的面子,所以装出毫无关系似的,探探伊新叔的口气。果然不出他所料,伊新叔一听见这话不管是真是假,就火气直冲。

"就等他关了门再说!"林吉康笑了一笑说。他心里便在盘算,怎样报这一口气。

他现在不再显明的急忙的来对付伊新叔,他要慢慢的使伊新叔亏本下去。最先他只把他隆茂酱油店的酱油减低了一两个铜板的价钱。

北碚市到薛家村只有二里半路程,眨一眨眼就到。每天每天薛家村里的人总有几个到北碚市去。虽然隆茂的酱油只减低了一两个铜板,薛家村里的人也就立刻知道。大家并不在乎这二里半路,一听到这消息,便提着瓶子往北碚市去了。

"年头真坏!"伊新叔叹息着说,他还没有想到又有人在捉弄他。他觉得酱油生意本来就不大,不肯跟着跌,想留着看看风色。

过了不久,老酒的行情却提高了。许多人在讲说是今年的酒捐要加了,从前是一缸五元,今年会加到七元。糯米呢,因为时局不太平,又将和南稻谷一齐涨了起来。

"这里赚不来,那里赚!"伊新叔想。他打了一下算盘,看看糯米的价钱还涨得不多,连忙办好一笔现款,收进了一批陈酒。

果然谷价又继续涨了,伊新叔心里很喜欢。老酒的行情也已继续涨了起来,伊新叔也跟着行情走。

但是不多几天,隆茂的老酒却跌价了。伊新叔不相信以后会再便宜。他要留着日后卖,宁可眼前没有生意,也不肯跟着跌。于是伊新叔这里的老酒主顾又到北碚市去了。

北碚市的隆茂酱油店跌了几天,又涨了起来,涨了一点,又跌了下来,

伊新叔愈加以为林吉康没有把握，愈加不肯跟着走。

九月一到，包酒捐的人来了。并没有加钱。时局也已安定下来。老酒的行情又跌了，伊新叔这时才知道上了当，赶快跟着人家跌了价。但隆茂仿佛比他更恐慌似的，卖得比别人家更便宜，跌了又跌，跌了又跌，三十个铜板一斤的老酒，竟会一直跌到二十个铜板。

伊新叔现在不能不跟着走了。别的店铺可以把酒积存起来，过了一年半载再卖，他可不能。他的本钱要还，利息又重，留上一年半载，谁晓得那时还会再跌不会呢！单是利上加利也就够了。

这一次亏本几乎和米生意差不多，使他起了极大的恐慌。他现在连酱油也不敢不跌价了。

然而伊新叔是一生做生意的，人家店铺的发达或倒闭，他看见了不晓得多少次。他一方面谨慎，一方面也有着相当的胆量。他现在虽然已经负了债，他仍有别的希望。

"二十几岁起到现在啦！"他说。"头几年单做南货生意也弄得好好的！"

"看着吧！"林吉康略略的说，"看你现在怎样！"

他又开始叫天生祥南货店廉价了。从北碶市到薛家村，他叫人一路贴着很触目的大廉价广告。这时正是年关将近，家家户户采购南货最多的时候，往年逢到配货的人家送一包祭灶果的，现在天生祥送两包了，而且价钱又便宜了许多。薛家村里的人又往北碶市去了。到了十二月十五，昌祥南货店还没有过年的气象。伊新叔跟着廉起价来，但还是生意不多。平日常常到他店堂里来坐着闲谈的那些人，现在也几乎绝迹了，他们一到年关，也有了忙碌的事情。同时银根也紧缩起来，上行一家一家的来了信，开了清单来，钱庄里也来催他解款了。

伊新叔看看没有一点希望了。这一年来为了造屋子，用完了钱还借了一些债，满以为一年半载可以赚出来还清，却不料米和酒亏了本，现在南货又赚不得钱。倘不是他为人谦和，昌祥南货店的招牌老，信用好，早已没有转折的余地，关上门办倒账了。幸亏薛家村里的一些婆婆嫂嫂对他好，信任他，儿子丈夫寄来的过年款或自己的私钱，五十一百的拿到他那里来存放，解了他的围。

年关终于过去了。伊新叔自己知道未来的日子更可怕，结果怎样几乎不愿想了。但他也不能不自己哄骗着自己，说：

"今年再来过！一年有一年的运气！林吉康不见得会长久好下去，他倒起来更快！那害人的东西，他倒了，没有一点退路，我倒了还可以做'称手'过日子的！"

真的，伊新叔没有本钱，可以做"称手"过日子的。一年到头有得东西称。白菜，萝蔔，毛笋，梅子，杏子，桃子，西瓜，脆瓜，冬瓜……还有逢二四五七九的柴。

单是称柴的生意也够忙碌了，今天跑这里兜主顾，明天跑那里兜主顾。

"这柴包你不潮湿！"他看见品生婶在用手插到柴把心里去，就立刻从桥上站起来，止住了她，说。"有湿柴，我会给你拣出的！价钱不能再便宜了，五元二角算。"

"可以少一点吗？"品生婶问了。

"给你称得好一点吧，"伊新叔回答说。"价钱有行情，别地方什么价钱，我们这里也什么价钱，不能多也不能少的。买柴比不得买别的东西。我自己家里烧的也是柴，巴不得它便宜一点的。就是这两担吗？——来。抬起来！——四十八！——你看，这样大的一头柴，只有四十八斤，燥得真可以了！——五十！——五十一！——四十九！……"

轧轧轧轧……

轧米船在河北桥的埠头边响起来了。

伊新叔的眼前全是窒息的黑圈，滚着滚着，笼罩在他的四围，他透不过气，也睁不开眼来，他觉得自己瘫软得非常可怕，连忙又拖着秤坐倒在桥上。

轧轧轧轧……

他听见自己的心也大声的响了起来。它在用力的撞着。他觉得他身内的精力，全给它撞走了，那里面空得那么可怕，正像昌祥南货店一样，门开着，东西摆着，招牌挂着，但暗地里已经亏了本钱，栈房里的货旧的完了，新的没有进，外面背了一身债，毛一样的多……

"称一斤三全，伊新叔！"吉生伯母来买东西了。

伊新叔开开柜屉来，只剩了半斤龙眼。

他跑到栈房里，那里只有生了白花的黑枣。

再跑到柜台内,拉出几只柜屉来看,那里都是空的。他连忙遮住了吉生伯母的眼光,急速地推进了柜屉。

"卖完了,下午给你送来,好么?"

吉生伯母摇了摇头,走了。

他看见她的眼光里含着讥笑的神情。仿佛在说:"你立刻要办倒账啦!我知道!"

"一听罐头笋!"本全婶站在柜台外,说。

"请坐!请坐!"伊新叔连忙镇定下来,让笑容露在脸上,说。一面怕她看见不自然的神色,立刻转过身来,走到了橱边。

他呆了一会,像在思索什么似的,总算找到了一听。抹了一抹灰。

"怎么生了锈?拣一听好的吧!"本全婶瞪起奇异的眼光,说。

"外面不要紧,外面不要紧!运货的时候下了雨,所以生锈啦。你拿去不妨,开开来坏了再来换吧!"他这么说着,心里又起了恐慌。他看见本全婶瞪着眼在探看他的神色,估量店内的货物。她拿着罐头笋走了,她仿佛在暗地说:"昌祥南货店要倒啦!"

"要倒啦!要倒啦!"伊新叔听见她走出店门在对许多人说。

"要倒啦!要倒啦!"外面的人全在和着,向他这边走了过来。

伊新叔连忙开开后门,走到了桥上。

"柴钱一总多少,请你代我垫付了吧!"品生婶说。

这话不对,她有钱存在他这里,现在要还了!

"我五十!"

"我一百!"

"我三百!"

"还给我!伊新叔!"

"…………"

"…………"

"…………"

轧轧轧轧……

"把新屋子卖给我偿债!"

轧轧轧轧……

"把店屋让给我!"

轧轧轧轧……

长生嫂,万福婶,咸康伯母,阿林俚,贵财叔,明发伯,本全婶,辛生公,阿根嫂,梅生驼背,阿李拐脚,三麻皮,……上行,钱庄……全来了,黑圈似的漫山遍野的向他滚了过来。

伊新叔从桥栏上站了起来,把柴秤丢在一边。他知道现在连这一分行业也不能再干下去了。他必须立刻离开这里。

"好吧,好吧,明天是市日。明天再来!包你们有办法的!"

他说着从桥上走了下来。

轧轧轧轧……

他听见自己的脚步也在大声的响着。

(选自短篇小说集《雀鼠集》,1935年12月,文化生活出版社)

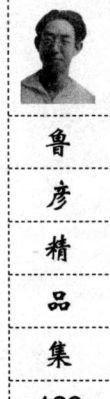

河　边

是忧郁的暮春。低垂着灰暗阴沉的天空。斜风挟着细雨，一天又一天，连绵着。到处是沉闷的潮湿的气息和低微的抑郁的呻吟——屋角里也是。

"还没晴吗？——"

每天每天，明达婆婆总是这样的问着，时时从床上仰起一点头来，望着那朝河的窗子。窗子永远是那样的惨澹阴暗，不分早晨和黄昏。

tak，tak 是檐口的水滴声，单调而又呆板，缓慢地无休止的响着。

tink，tink……是河边垂柳的水滴声，幽咽而又凄凉，栗颤地无穷尽的响着。

厌人的长的时间，期待的时间。

河水又涨了。虽然是细雨呵，这样日夜下着。山里的，田间的和屋角的细流全汇合着流入了这小小的河道。皱纹下面的河水在静默地往上涌着，往上涌着……

"还没晴吗？……"

每天每天，明达婆婆总是这样的问着，仿佛这顷刻间雨就会停止下来似的。她明知道那回答是苦恼的，但她仍抱着极大的希望期待着。她暂时忘记了病着的身体的疼痛和蕴藏在心底的忧愁，她的深陷的灰暗的眼球上闪过了一线明亮活泼的光，她那干枯的呆笨的口唇在翕动着，微笑几乎上

来了。

但这也只有一霎那。朦胧无光的薄膜立刻掩上她的眼球,口唇又呆笨地松弛着。一滴滴的雨声仿佛敲在她的心上,忧苦的皱纹爬上了她的面部,她的每一支血管和骨髓似乎都给那平静的河水充塞住了。浑身是痉挛的疼痛。

"这样的天气,这样的天气……"

她叹息着,她呻吟着。

天晴了,她会康健;天晴了,她的儿子会来到。她这么相信着。但是那雨,只是苦恼地飘着,一刻也不停歇。一秒一分,一点一天,已经是半个月了,她期待着。而那希望依然是渺茫的。

有三年不曾回家了,她的唯一的儿子。他还能认得她吗,当他回到家里的时候?她已是这样的衰老,这样的消瘦。谁能晓得,她在这世上,还有多少时日呢?风中之烛呵,她是。

然而无论怎样,她得见到他,必须见到他。那是不能瞑目的,倘若在他来到之前,她就离开了这人间。她把他养大,是受了够多的辛苦的。她的一生的心血全在他身上。而现在,她的责任还没有完。她必须帮他娶一个媳妇。虽然他已经会赚钱了,但也得靠她节省,靠她储蓄。幸福吗?辛苦一生,把他养大,看他结婚生孩子,她就够了。但是现在,这愿望还没完成,她要活下去。

什么时候能够恢复健康呢?天晴了,就会爬起来的。而那时,她的儿子也就到了。屋中的潮湿的发霉的气息是使人窒息的,但是天晴了,也就干燥而且舒畅。檐口的和垂柳的水滴声是厌人的,但是天晴了,便将被清脆的鸟歌和甜蜜的虫声所替代,——还有那咕呀咕呀的亲切的桨声。

"是谁来了呢?……"

每次每次,当她听到那远远的桨声的时候,她就这样问着,叫她的十五岁女儿在窗口望着。没有什么能比这桨声更使她兴奋了,她兴奋得忘记了自己的病痛。他来时,就是坐着这样的船来的,远远地一声一声的叫着,仿佛亲切地叫着妈妈似的,渐渐驶了近来,停泊在她的屋外。

那时将怎样呢?日子非常的短,非常的短了。

她是一个勤劳的,良善的女人;一个温和的,慈爱的母亲。而她又有一颗敬虔的心,对于那冥冥中的神。

看呵,慈悲的菩萨将怜悯这个苦恼的老人了。一天又一天,或一个早晨,阳光终于出现了,虽然细雨还没停止。而她的儿子也果然到了她的面前。

"是呵,我说是可以见到你的,涵子!……"她笑着说,但是她的声音颤栗得哽住了。她的干枯的眼角挤出来了两颗快乐的眼泪。世界上没有什么比立在她眼前的儿子更宝贵了。而这三年来,他又变得怎样的可爱呵。

已经是一个大人了,高高的,二十岁年纪,比出门的时候高过一个头。瘦削的面颊变成了丰满,连鼻子也高了起来。稳重的姿态,宏亮的声音,沉着的情调,是个老成的青年。真像他的年青时候的父亲。三年了,好长的三年,三十年似的。他出门的一年还完全是个孩子,顽皮的孩子。一天到晚蹲在河边钓鱼,天热了,在河里泅着,没有一刻不使她提心吊胆。

"苦了你了,妈……"涵子抽噎起来,伏在她的床边。

这样的话,他以前是不会说的,甚至还不晓得,只晓得什么事情都怪她,对她发脾气,从来不对她流这样感动的眼泪。是个硬心肠的人。但他现在含着悲酸的眼泪,只是亲切地望着她,他的心在突突的跳着,他的每一根脉搏在战栗着。他看见他的母亲变得怎样的可怕了呀。

三年前,当他出门的时候,她的头发还是黑的厚的,现在白了,稀了。她那时有着强健的身体,结实的肌肉,现在瘦了,瘦得那样,只剩了一副骨骼似的。从前她的面孔是丰满的,现在满是皱纹,高高地冲出着颧骨。口内的牙齿已经脱去了一大半。深陷的眼睛,没有一点光彩,蒙着一层薄膜。完全是另一个模样了。倘若在路上见到她,涵子决不会认识她。

"到城里去吧,妈,那里有一个医院,你住上半月,就很快的好了……"涵子要求说。

但是她摇了一摇头:

"你放心,这病不要紧……你来了,我已经觉得好了许多呢……你在路

上两三天,应该辛苦了,息息吧……学堂里又是日夜用心费脑的……梅子怎么呀?快去要你婶子来,给你哥哥多烧几碗菜……"

随后她这样那样的问了起来。气候,饮食,衣服……非常的详细,什么都想知道,怎样也听不厌,真的像没有什么病了。这只是一时的兴奋,涵子很明白。他看见她不时用手按着心口,不时用手按着头和腰背,疲乏地喘着气。

"到城里的医院去吧,妈……"涵子重又要求说。"老年人呵……"

"菩萨会保佑我的,"她坚决地说。"倘若时候到了,也就不必多用钱。——我要在家里老的。"

涵子苦恼地沉默了。他知道她母亲什么都讲得通,只有这一点是最固执的,和三年前一样,和二十年前一样。她相信菩萨,不相信人的力。火车,飞机,轮船,巨大的科学的出品摆在她眼前。甚至她日用的针线衣服粮食,没有一样不经过科学的洗礼,时时刻刻证明着神的世界是迷信的,但她仍然相信着神的权力。她舍不得吃,舍不得穿,什么都要省俭,但对于迷信的事情却舍得用钱。那明明是骗局:懒惰的和尚尼姑们,什么工作也不做,只靠几尊泥塑的菩萨哄骗愚夫愚妇去拜佛念经,从中取利。说是修行,实际上却是无恶不作的。

"菩萨会保佑我的。"而他的母亲生着重病,不相信医药,却相信神的力。她现在甚至要到寺院里去求神了。菩萨怎样给她医病呢?没有显微镜,没有培养器,没有听诊器,没有温度表,一个泥塑的偶像,能够知道她生的什么病吗?然而她却这样的相信,这样的相信,点上三炷香,跪下去叩了几个头,把一包香灰放在供桌前摆了一会,就以为菩萨给她放了灵药,拿回来吞着吃了。这是什么玩意呀?涵子想着想着,愤怒起来了。

"菩萨会保佑,你早就不会生病了!"他忿然的说。

"还不是全靠的菩萨,能够再见到你?"

"那是我自己要来的!菩萨并没有叫我回来!"

"我能够活到今天,便是菩萨保佑……"

"菩萨在哪里呢?你看见过吗?"

"呵,哪里看不到。你难道没到过庙堂寺院吗?……"

"泥塑木雕的偶像,哼!打它几拳,又怎样!"涵子咬着牙齿说。

"咳，罪过，罪过……"她忽然伤心了。"我把你养大，让你进学校，你现在竟变到这样了……你从小本是很敬菩萨的……你忘记了，你十五岁的时候，生着很大的病，就是庙里求药求好的……"

"那是本来要好了。或者，病了那么久，就是求药求坏的。听了医生的话，早就不会吃那么大亏的。"

"你没有良心！我哪种药没有给你吃，哪个医生没有请到，还说是求药求坏的！……"

三年不见了，她的心爱的儿子忽然变得这样厉害，她禁不住流出眼泪来。她懊恼，她怨恨，她想起来心痛。儿子虽然回来了，却依然是非常的寂寞，非常的孤独。

"做人真没味呵……"她喃喃的叹息着，觉得活着真和做梦一般。刚才仿佛过了，现在又听到了那乏味的忧愤的声音：

tak, tak……檐口的水滴声缓慢地无休止的响着，又单调又呆板。

tink, tink……河边垂柳的水滴声栗颤地无穷尽的响着，又幽咽又凄凉。

窗子外面的天空永远是那么惨澹阴暗，她的一生呵……

她低低地哭泣了。

"妈！你怎么呀？……病着的身体呀……饶恕我……我粗鲁……我陪你去，只要你相信呀！"

涵子着了急。他不能不屈服了，见到他母亲这样的伤心。他一面给她拭着眼泪，一面坚决地说：

"无论哪一天，你要去，我就陪你去。"

"这样就对了，"她收了眼泪说。"你才回来，休息一天，后天是初一，就和我一道到关帝庙去吧……"

"落雨呢？"，

"会晴的。"

"不晴呢？……明天先请个医生来好吗？"

她摇了一摇头：

"我不吃药。后天一定会晴的……不晴也得去，路不远，扶着我……"

涵子点了点头，不敢反对了。但他的心里却充满了痛苦。他和母亲本是一颗心，生活在同一个世界上的；现在却生出不同来。在他们中间隔下

了一条鸿沟,把他们的心分开了,把他们的世界划成了两个。母亲够爱他了,为着他活着,为着他苦着,甚至随时准备着为他牺牲生命,但对于她的信仰,却一点不肯放弃。而这信仰却只是一种迷信,一种愚蠢,她相信菩萨,既不知道神的历史和来源,也不了解教条和精神。她只是一味的盲从,而对于无神论者不但不盲从,却连听也不愿意听。无论拿什么证明给她看,都是空的。而他自己呢?他相信科学,并不是盲从,一切都有真凭实据的真理存在着的。在二十世纪的今日,他决不能跟着他母亲去信仰那泥塑木雕的偶像,无论他怎样的爱她母亲。他们中间的这一条鸿沟真是太大了,仿佛无穷尽的空间和时间,没有东西可以把它填平,也没有法子可以跨越过去。他的痛苦也有着这么大。

现在,他得陪着他母亲去拜菩萨了。他改变了信仰吗?决不。他不过照顾他病着的母亲行走罢了。他暗中是怀着满腹的讥笑的。

"下雨也去吗?"

"也去的。"

四月初一的早晨,果然仍下着雨,她仍要去。

为的什么呢?为的求药!哼!生病的人,就不怕风和雨了!仿佛已经给菩萨医好了病似的!这样要紧。仿佛赶火车似的!仿佛奔丧似的!仿佛逃难似的!仿佛天要崩了,地要塌了似的!……这简直比小孩子还没有知识,还糊涂!那边什么也没有,这里就先冒了个大险!这样衰弱的身体,两腿站起来就发抖,像要立刻栽倒似的!而她一定要去拜菩萨!拜泥塑木雕的偶像!一无知觉的偶像!

"香火受得多了,自然会灵的,"她说。

那么连那里的石头也有灵了!桌子也有灵了!凳子也有灵了!屋子也有灵了!一切都该成了妖精了!

就假定那泥塑木雕的关帝有灵吧,他懂得什么呀,那个红面孔的关云长?他几时学过医来?几时尝过百草?他活着会打杖,死后为什么不把张飞救出来,刘备救出来,诸葛亮救出来?为什么要眼望着蜀国给人家并吞呢?

"那是天数,是命运注定了的。"

那么,生了病,又何必求药呢?既然死活都是天数。都是命运注定

了的!

没有一点理由!一丝一毫也没有!而她却一定要去!给她扶到船上,盖着很厚的被窝,还觉得寒冷的样子。这样老了,什么都慎重得利害的,现在却和自己开这么可怕的玩笑,儿戏自己的生命!

"唉,唉……"

涵子坐在船上,露着忧郁的脸色,暗暗地叹着气。他同他母亲在同一个天空下,在同一个时间里,在同一只船上,在同一条河上,听着同一的流水声,看着同一的细雨飘,呼吸着同一的空气,而他和他母亲的思想却是那么样的相反,中间的距离远至不堪言说,永无接近的可能……横隔在他们中间的,倘若是极大的海洋,也有轮船可通;倘若是大山,也有飞机可乘,而他们的心几乎是合拍地跳着的,竟被分隔得这样可怕……

看呀,他现在是怎样的讥笑着,反对着那偶像和他母亲的迷信,怎样苦恼着焦急着他母亲的病,而他母亲呢?

她非常的敬虔,非常的平静,她确信她这次的病立刻会好了。她头一天晚上就预备得好好的:洗脚梳头备香烛,办金箔,已经开始喃喃地念着她所决不了解也不求了解的经句。睡在床上只是翻来覆去的等天亮。东方才发白,她已经穿好衣服,斜坐在床上了。倘若不是生着病,这时已经到了庙里,跪在香案前呢。一早下着雨,她不再问"还没晴吗",也不再怨恨似的说"这样的天气,这样的天气"。这两天,这寒凉的,潮湿的,忧郁的暮春天气,在她仿佛和美丽的晴天一样。她心里非常的舒畅,眼前闪耀着光明的快乐的希望。她不说半句不吉利的话,不略略皱一下眉头,什么也不想,只是一心一意的喃喃地念着经句,仿佛她只有一颗平静如镜的心,连那痛苦的躯壳也脱离了似的。虽然是下着细雨,吹着微风,船在河面驶着,依然是相当喧扰的:咕呀咕呀的船桨声,汩汩的破浪声,两岸淙淙的沟流声,行人的脚步声,时或远远地呜呜的汽车或汽船的汽笛声,某处咕咕的斑鸠唤雨声,一路上埠头边洗衣女人嘻嘻哈哈的笑语声,水面上来去的船只喧闹声,……但是这一切,她都没有听见,没有看见,她仿佛已经离开了这世界,到了清默寂寞的天堂似的。

"唉唉,……"

涵子一路叹息着,几乎发出声音来了。为了母亲,他现在是把他的痛苦紧紧地压在心里。但这痛苦却愈压愈膨胀起来，仿佛要爆裂了。他仰着头，望着天空，天空是那样的灰暗阴沉，无边的痛苦似的。他望着细雨，细雨像在低低的哭泣。他望着河面，河面蹙着忧苦的皱纹也对他望着。他转过脸去，对着两岸，两岸的水沟在对他诉苦似的呻吟着。

"苦呀，苦呀……"船桨对他叫着似的。

接着是一声声"唉，唉"的船夫叹息声。

"哈哈哈哈……"两岸埠头上的女人笑了起来，仿佛看见了他和她母亲中间隔着的那一条鸿沟。

涵子几乎透不过气了，连那潮湿的空气也是沉闷的窒息的。

船靠埠头了。要不是他母亲叫他，涵子简直还以为船仍在河的中心走着。

"滑稽的世界！"涵子自言自语的说，看着岸边，不觉好笑起来。

这里已经停满了船了：小的划子，大的摇船，有许多连篷边没有，在这样风雨的天气。有几只是二十里外的峚里来的，他看着船名就知道。有几只船上还载着兜子，那一定是更远在深山冷峚里了，或者是病得很利害。

他扶着他母亲走上岸来，一所堂皇华丽的庙宇和热闹的人群就映入了他的眼帘。这还是初一，如果是诞辰，还不晓得热闹到什么样子呢。

白了头发的，脱了牙齿的，聋了耳朵的，瞎了眼睛的，老的小的，男的女的，坐着摇篮，坐着轿子，坐着船，从旱路，从水路，远远近近的来了，这中间，有的肿着眼睛，有的生着疮，有的烂着腿，有的在咳嗽，有的在发热，有的是肺病，有的是肠胃病，有的是心脏病，……这些人都是来求药的，他们都把关帝菩萨当做了内外科，妇人科，小儿科，一切疾病的治疗者。此外有些康健的人是来求财，求子孙，问寿命，问信息。把关帝菩萨当做了无所不能，无所不知的万能者。一个一个拿着香烛进去，一个一个拿着香灰或签司出来。有的忧愁着，有的呻吟着，有的叹息着，有的流着眼泪，有的微笑着。他们生活在各种不同的屋角里，穿着各种不同的衣服，露着各种不同的面色，抱着各种不同的希望和要求，而他们的信仰却是一致的。

"愚蠢的人们……"涵子暗暗地说着，扶着他的母亲走到了关帝庙的门口。

那门口有着一片好大的广场,全用平滑的细致的石板铺着。左右两旁竖着高入云霄的旗杆,前面一个广大的圆池,四围用石栏杆绕着。走上高的石级,开着三道巨大的红漆的门,门口蹲着两个高大的石狮子。两边站着一个雄壮的马和马夫。香烟的气息就在这里开始了。大家都在这里礼拜着。

"让我点香呵……"明达婆婆说着,从涵子的手臂中脱出手来,衰弱无力地颤栗着,燃着了火柴。

"我给你插吧,"涵子苦恼地说着,"你没有一点气力呀!"

他接着香往香炉里插了下去,但他的心里充满了愤怒,这是一匹马,一匹泥塑的马!有着思想,有着情感的动物中最智慧的人现在竟向这样的东西行礼了!而且还不止一个人,无数的,无数的男女老少,连他也轮到了点香的义务!要不是为了母亲,他几乎把香摔在那东西上面,用什么棍子敲毁了那塑像!

三个好高大的门限,他吃力地扶着他母亲跨了进去,就是宽阔的堂皇的走廊。脚下的石板是砌花的,红漆的柱子和栋梁上都有着精细的雕刻,墙上挂满了金光夺目的匾额和各色的旗幡,上面写着俗不可耐的崇拜与称扬的语句。墙的下部份砌着许许多多石刻的碑铭,一样地不值得一读的语句,下面署着某某善男或信女的名字。

"哼!……"涵子暗暗地自语着,"都是好人,到这里来的!但是我们社会的黑暗,社会的腐败,贪婪残暴的恶人从哪里来的呢?……"

他愤怒地对着那些来来去去的男女老少射着轻蔑的眼光。他看见他们都把头低下了,非常惭愧,非常内疚似的,静默得只听见轻缓的脚步声,微细的衣服摩擦声,和低低的暗祷声。

"看你们这些人出了庙门做些什么!争闹,欺骗,骄傲,凶横残忍……"

他现在绕过一个大院子,走上一个雕刻的石级,到了第二道门了。这里的柱子,栋梁,墙壁和门道,雕刻得愈加精细,仿佛是以前的皇宫一般,金光灿烂的。门的两边竖着很大的木牌,写着"肃静回避"几个大字。走进门,又是非常宽阔的走廊,走廊又是许多旗幡,匾额和碑铭,外面还装着新式的玻璃门窗。广大的院子中间筑着一个华丽的戏台,面对着正中的大殿,倘若演戏了,那是演给菩萨看的。

"菩萨也要看戏!原来是个凡俗的菩萨!"涵子不觉苦笑起来。

这些人们真是够愚蠢了,他觉得。他们一面把菩萨当做了万能的,全知的,一面又把他当做平凡的愚笨的,和他们一模一样。

绕过围廊。他扶着母亲走进大殿了。这里简直是惊人的华丽。和溜冰场一样光滑的发光的石板,两抱粗的柱子,巨大的细致的铜炉,红木的雕刻的供桌,金碧辉煌的神龛,光彩焕发的泥像。关羽,周仓,关平。两旁神龛中还站着四个判官一类的神像,这连涵子也不晓得是谁了。关羽在这里仿佛做了皇帝,那些是他的文武官员似的。大殿中迷漫着香烟的气息,涵子几乎窒息了。而在这气息里面还夹杂肉的气息,鱼的气息。原来那偶像是吃荤的。

而那些顶礼的人们呢?却都是斋戒沐浴了来,奉行着佛教徒的习惯。他们都说自己是善男信女,而关羽活着的时候却是以善于杀人出名的。

——他抬起头来,望见了上面两块大匾,一边是"正义贯天"四个字,一边是"保国福民"四个字。

"哼!……"涵子又愤怒了。

这偶像在怎样的"保国福民"呢?他叫人民迷信,叫人民服从,叫人民否认现实的世界,叫人民忘却自己的"人"的能力!社会的经济破产了,国家将亡了,他还在不息地吮吸着人民的脂膏,造下富丽堂皇的王宫似的庙宇来供奉他的偶像!他在祸国,他在殃民。他的罪恶是贯天的!……

"快些点起香烛吧……"他母亲说着,已经跪倒在拜凳上。

他愤怒地咬着牙齿,点起香烛,几乎眼中喷出火来!——他要烧掉这庙宇!

"唉,唉……"他又痛苦地叹息起来。

那是完全为了他母亲,为了他母亲呵。

他母亲是多么的敬虔,多么的深信。她伏在拜凳上是那样的安静,那样的舒畅。她低着头,微微地睁着眼,久久地等候着。她看见了金光的闪耀,神帷的荡动,伟大的庄严的神像的起立,明亮如电的目光的放射,慈

悲的万能的手在香案上面的伸展，她甚至还闻到了一阵奇异的非人间所有的神药的气息，听见了宏亮的神的安慰的语声：

"给你加寿了……"

她感激地拜了几拜，缓慢地站起身来，充满了沉默的喜悦。她心头的一颗巨石落下了。她的眼前照耀着快乐的希望的光明。她走近香案，恭敬地取了香灰。但这时，她的另一个急切的愿望起来了。她要求那万能的全知的神给她解答。她取了两片木卦，重又跪倒在香案前，喃喃地祝祷了一会，把木卦举得高高的，往地上掷了下去。

是一阴一阳的胜卦。

她拾起来，喃喃地祈祷着，第二次掷了下去，也是胜卦。第三次义是胜卦。她抑制着最大的喜悦，感激地拜了几拜，这才站了起来。

"你去看一看卦牌，是怎样讲的吧，涵子，我求得了三胜卦呵……"

"呃！只怕太好了呀，看它做什么！"涵子摇着头说。

"自然是好卦，——但你给我看来吧，听见吗？"

"哼！专门和我开玩笑似的……"涵子喃喃地说着，终于苦恼地走近了那厌憎的卦牌：

"日出东方，前程亨泰，"他懒洋洋的念着。

她母亲微笑了。那样的快乐，是他回家后第一次的快乐的微笑。她的病仿佛好了。她的脚步很轻快，虽然一手扶着涵子的手臂，涵子却觉得非常轻松，没有扶着他似的。他们很快的走出了庙宇。

涵子惊异了一会，又立刻起了恐惧和痛苦。他知道这是他母亲的心理作用，病原并没有真正的去掉。他相信她的精神是过度的兴奋，不久以后，她的病会更加增重起来，尤其是疲劳的行动和风寒的感染。

他们又坐着原船在河面上了。

斜风依然飘着细雨。天空依然是灰暗阴沉的低垂着。河面依然露着忧苦的深刻的皱纹。

而涵子也依然苦恼地沉着脸，对着他母亲坐着。

他刚才做了什么事呢？他，一个有着新的知识和思想的青年学生？他是相信科学的人，他是反对迷信的人。他有勇气，他有热诚，他抱着改革社会的极大的志愿。但是现在呢？他连那最爱他的自己的母亲也劝不醒来，

也倔强不过她,也坚持不过她。他们中间距离是这样的远,这样的远,永没有接近的可能……

"涵子,你怎么老是这样的苦恼模样呵……"他母亲说了。"我的病已经好了,你不必忧愁呀……"

"我吗?……我没有什么,……"他喃喃地回答说,这才注意出了母亲下船后就是直着背坐着,很有精神的样子。

"你看,天就要晴了。"她微笑地安慰着他说。"日出东方……底下一句怎么呀?"

"日出东方,日出东方,天就会晴了吗?"涵子不快乐的说。

"那自然,菩萨说的……"

"谁相信!"

"你不相信也罢。我总是相信的……"

"你去相信吧;我,不。"他摇着头。

"那没关系……总之,天要晴了……日出东方……前程……你说呀,怎么接下去的。"

"前程吗?哼……前程亨泰呀!"

"可不是!……前程亨泰呵……"她笑了。"那是给你问的卦呀……你譬如东方的太阳呢……"

她笑了。她笑得这样的起劲,她的苍白的脸色全红了,连头颈也是红的。她的口角是那样的生动,那样的自然,和年青人的一模一样。她的眼球上的薄膜消失了,活泼泼地发着明亮的光。她的深刻的颤动的皱纹下呈露着无限的喜悦。她仿佛看见了初出的太阳在她前面灿烂地升腾了起来,升腾了起来,仿佛听见了鸟儿的快乐的歌唱,甜蜜的歌唱。她的心是那样的平静清澈,仿佛是无际的碧蓝透明的天空。

他惊异地望着她,看不出她是上了年纪的人,看不出她有一点病容,只觉得她慈祥,快乐,活泼,美丽,和年青时候一样。

"我的病已经好了,"她继续着说,"你的前途是光明的,譬如日出东方……自从你出门三年,我没有一天宽心过,所以我病了,我知道的……现在我心头的一块石头落下了……"

涵子低下了头:

她三年来没有宽心过,自从他出门以后!

而她现在笑了,第一次快乐的笑了……

他感动地流下几滴眼泪,忘记了刚才的愤怒和痛苦。

"你还忧愁什么呢?"她紧紧地握着他的手,眼角润湿了。"我的病真的好了。我知道你相信医生,你真固执……你一定不放心,我明天就到城里的医院去,只要有你在我身边……"

大滴的眼泪从涵子的眼里涌了出来。

是忧郁的暮春。低垂着灰暗阴沉的天空。

河水又涨了。虽然是细雨呵,这样日夜下着。山里的,田间的和屋角的细流全汇合着流入了这小小的河道。皱纹下面的河水在静默地往上涌着,往上涌着,像要把他们的船儿浮到岸上来。

(选自短篇小说集《河边》,1937年1月,上海良友图书印刷公司)

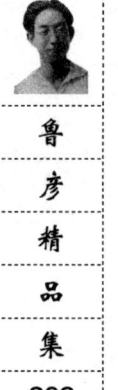